HEYNE
BÜCHER

Von Cornell Woolrich
sind als Heyne-Taschenbücher erschienen:

Phantom Lady/Die Braut trägt schwarz · Band 02/2152
Schwarzes Alibi · Band 02/2186
Engel der Finsternis · Band 02/2201
Unter Beobachtung · Band 02/2224
Nachtgedanken · Band 02/2234
Schatten der Nacht · Band 01/7693
Am Ende dieser langen Nacht · Band 01/7774
Die Braut trug schwarz · Band 01/7895

CORNELL WOOLRICH

DIE NACHT TRÄGT SCHWARZ

Roman

Ergänzt von Lawrence Block

WILHELM HEYNE VERLAG
MÜNCHEN

HEYNE ALLGEMEINE REIHE
Nr. 01/8282

Titel der Originalausgabe
INTO THE NIGHT
Aus dem Amerikanischen
übersetzt von Nikolaus Stingl

Die Originalausgabe erschien
im Verlag Mysterious Press, New York

Printed in Germany 1991
Umschlagillustration: Mauritius/MacBrain, Mittenwald
Umschlaggestaltung: Atelier Ingrid Schütz, München
Gesamtherstellung: Presse-Druck, Augsburg

ISBN 3-453-04893-8

Zuerst war da Musik. Aus ihrem kleinen Radio kamen Schlager, die Lautstärke war so weit zurückgedreht, daß die Musik ihre Gedanken nicht stören konnte. Dann, als der Himmel vor ihrem Fenster sich verdunkelte, stand sie auf, durchquerte das Zimmer, knipste eine Lampe an, überlegte es sich dann anders und schaltete sie wieder aus. Und da sie gerade davorstand, schaltete sie auch das Radio aus.

Lieber im Dunkeln sitzen, dachte Madeline. Lieber im Dunkeln sitzen, und in der Stille.

So leisteten einem allerdings nur die eigenen Gedanken Gesellschaft. Und ihre Gedanken waren in letzter Zeit schlechte Gesellschaft. Sie waren ein Wirbel, ein Strudel, der sie tief hineinsog in ihr Ich, ihr Seiten ihres Ichs zeigte, die sie nicht sehen wollte. Es tat nicht gut, allzu scharf in die Dunkelheit hineinzusehen, tat nicht gut, allzu genau auf diese Gedanken zu hören. Deshalb drehte alle Welt das Radio laut auf und ließ das Licht brennen. Um die Gedanken zu übertönen. Um die Dunkelheit sicher in Schach zu halten.

Aber es kam ein Zeitpunkt, da konnte man das nicht mehr.

Wie lange saß sie so da, reglos, während ihr Verstand sich Schneisen schlug, sich durch ein Labyrinth verquerer Gedanken einen Weg bahnte? Sie wußte es nicht. Sie trug eine Uhr am Handgelenk, aber sie warf keinen Blick darauf.

Ohne zu überlegen stand sie schließlich auf und ging zum Wandschrank. Durch das offene Fenster drang genug Licht, so daß sie gehen konnte, ohne irgendwo anzustoßen. Und sie kannte das kleine Zimmer gut genug, hatte lange genug hier gewohnt, um sich auch im Stockdunkeln mit zusammengekniffenen Augen darin zurechtzufinden.

Sie stieg auf eine Kiste, um das oberste Fach des Schrankes zu erreichen. Dort griff sie in eine andere Kiste, kramte herum, bis ihre Hände den Beutel mit dem harten Gegenstand darin fanden. Sie nahm ihn aus der Kiste, trat vom Wandschrank, kehrte zu dem Sessel zurück, in dem sie gesessen hatte. Und setzte sich wieder hin.

Der verschnürte Samtbeutel hatte einmal eine Flasche kanadischen Whisky enthalten. Jetzt enthielt er etwas, was rascher tötete.

Einen Revolver.

Sie lockerte die Verschnürung, zog den Revolver aus dem Samtbeutel. Sein Geruch schien das Zimmer zu erfüllen, ein Gemisch aus Metall- und Maschinenölgeruch. Sie meinte außerdem den Geruch von Schießpulver wahrzunehmen. Vielleicht war der Revolver seit seiner letzten Reinigung abgefeuert worden. Wahrscheinlicher allerdings war, daß der Schießpulvergeruch ihrer Einbildung entsprang. Der Revolver hatte ihrem Vater gehört, und soviel Madeline wußte, hatte der ihn niemals abgefeuert.

Das war nicht notwendig gewesen. Er hatte sich langsam umgebracht und auf gesellschaftlich eher akzeptierte, weniger skandalöse Art.

Mit Whisky. Zunächst mit teurem kanadischem Whisky von der Sorte, wie sie der Samtbeutel einmal enthalten hatte. Dann, gegen Ende, mit billigem Roggenwhisky und noch billigerem kalifornischem Wein. Bis er eines Nachts, wie man ihr erzählte, einen Anfall hatte und auf der Straße starb.

Er hatte die Kleidung hinterlassen, die er angehabt hatte, und noch ein paar andere Kleidungsstücke, die es kaum wert waren, daß man sie der Heilsarmee überließ. Er hatte einen Umschlag mit bedeutungslosen alten Briefen, Postkarten und Zeitungsausschnitten hinterlassen; sie hatte den Versuch aufgegeben, daraus schlau zu werden, und sie schon vor langer Zeit in den Müllschlucker geworfen. Und er hatte seiner einzigen Tochter als einziges wirkliches Erbstück diese Waffe, diesen Revolver, hinterlassen.

Und da war er nun, das Metall kalt in ihrer Hand, sein Geruch drückend in dem kleinen möblierten Zimmer.

Welch ein Erbstück! Welch ein Abschiedsgeschenk!

FALLS DU EINMAL JEMANDEN UMBRINGEN WILLST, MADELINE.

ODER FALLS DU DICH EINMAL SELBST UMBRINGEN WILLST.

Wie seltsam, daß er ihn all die Jahre aufbewahrt hatte und sich statt dessen einen langsameren, ruhigeren Tod leistete. Man sollte meinen, dachte sie, daß er den Revolver entweder weggeschafft oder benutzt hätte. Aber die Waffe war in seinem Zimmer gewesen, als er starb, und Wunder über Wunder, die Cops, die sein Zimmer durchsuchten, hatten sie ihr übergeben, anstatt sie für ihre eigenen Zwecke zu verwenden. Und so befand sie sich nun in ihren Händen, bereit, von ihr nach Belieben benutzt zu werden.

Ihre Hände kamen nicht los von dem Ding. Sie ließ es von Hand zu Hand gleiten, krümmte den Zeigefinger um den Abzug, streichelte mit dem Daumen den

Hahn. Mit der Waffe in der ausgestreckten Hand zielte sie quer durchs Zimmer auf mehrere Gegenstände, richtete sie auf das kleine Radio, die Lampe, die Dunkelheit in der gegenüberliegenden Zimmerecke. Sie zielte, spürte den Abzug unter ihrem Zeigefinger wie etwas Lebendiges zittern, übte aber nicht den letzten Druck auf ihn aus, der Phantasie in Wirklichkeit verwandeln würde.

Warum das Ding behalten? Warum es in dem Zimmer aufbewahren, in dem sie wohnte?

Weil es alles war, was ihr von ihm geblieben war, dachte sie, kam dann aber zu dem Schluß, daß das nicht stimmte. Sie hatte seine Papiere in den Müllschlucker geworfen, hatte seine Kleider weggegeben, ohne sich groß Gedanken zu machen. Sie hatte den Revolver behalten, weil –

Weil sie gewußt haben mußte, daß sie Verwendung dafür haben würde.

Bei dem Gedanken erstarrte ihr das Blut in den Adern. War es das? Sollte das letzte Geschenk ihres Vaters an sie das Mittel sein, mit dem sie ihrem eigenen Leben ein Ende machte?

Räum ihn weg, sagte sie sich. Steck ihn wieder in den Beutel, und hol ihn morgen früh, wenn das Sonnenlicht die Nachtgedanken verscheucht hat, heraus und schaff ihn weg. Wirf ihn in eine Mülltonne oder in einen Gulli. Schaff ihn weg, bevor er dich wegschafft.

Funktionierte er eigentlich? War er eigentlich geladen? Soviel sie wußte, enthielt er keine Patronen, war sein Mechanismus schon lange eingerostet, ließ sich das ganze Ding nur noch als Briefbeschwerer verwenden. Aber sie glaubte es nicht. Er schien in ihren Händen eine mörderische Energie abzugeben, als existierte die Fähigkeit zu vernichten, zu töten, als etwas Fühlbares, Lebendiges in ihm.

Sie steckte sich den Lauf in den Mund, schmeckte Metall auf der Zunge.

Spürte das Zittern des Abzugs.

Sie nahm den Revolver aus dem Mund und hielt ihn sich an die Schläfe. Sie steckte sich den Lauf ins Ohr, hielt ihn sich dann so an den Hals, daß er ihre Schlagader berührte. Einfach den Abzug drücken, dachte sie, und im Nu gäbe es keinen Pulsschlag, keine Gedanken im Kopf, nichts, überhaupt nichts mehr.

Aber warum?

Das, dachte sie, war das Seltsamste daran, denn die Frage war nicht zu beantworten. Warum sich umbringen? Weil ihr Leben leer war, dachte sie. Weil es keinen Grund gab, sich NICHT umzubringen. Aber war das überhaupt ein Grund für irgend etwas? Mit dem gleichen Recht könnte sie argumentieren, daß sie weiterleben sollte, und sei es nur deshalb, weil es keinen Grund gab, NICHT weiterzuleben.

Gründe.

Hatten die Leute überhaupt Gründe für das, was sie taten? Brauchten sie überhaupt welche? Das Leben war schließlich kein Problem der Logik. Man bekam keinen Preis dafür, daß man dahinterstieg, und das war auch gut so, denn niemand stieg je dahinter. Ob es nun einen Grund gab, weiterzuleben, oder nicht, manche Leute lebten weiter. Ob es nun einen Grund gab, sich umzubringen, oder nicht, manche Leute brachten sich um.

Mach Licht, dachte sie abrupt. Laß ein bißchen Musik laufen. Sing zum Radio, sing aus voller Kehle, wenn du willst. Aber bring dich in andere Stimmung und bring die Nacht hinter dich, und gleich morgen früh schaffst du den Revolver weg. — Nein.

Irgendwie konnte sie den Revolver nicht in den Samtbeutel zurückstecken. Gedanken schwirrten ihr durch den Kopf. Etwas, was sie einmal gehört hatte, eine Theaterregel: Wenn im ersten Akt eines Stückes ein Revolver vorkam, mußte dafür gesorgt werden, daß er vor dem Schlußvorhang am Ende des dritten Aktes abgefeuert wurde. Und gab es nicht irgendwo Eingeborene, die ihre Dolche, wenn sie sie einmal gezogen hatten, nicht wieder in die Scheide steckten, bevor sie nicht Blut vergossen hatten? War kein Feind da, ritzten sie sich lieber die eigenen Daumen, als ihre Waffen unbefleckt in die Scheide zu stecken. Vielleicht war das ein Aberglaube, vielleicht sollte es aber auch verhindern, daß sie ihre Waffen zu leichtfertig zückten.

Wieder ertappte sie sich dabei, wie sie den Revolver an die Schläfe hielt.

Ihr Leben hatte keinen Sinn.

Es war schwer zu sagen, wie es dazu gekommen war. Vielleicht hatte ihr Leben nie einen Sinn gehabt. Sie hatte sich treiben lassen, hatte da und dort gewohnt, dies und das gearbeitet, ohne sich klarzumachen, wie sehr sie sich treiben ließ. Sie hatte ohne Sinn gelebt, in seliger Unwissenheit von der Notwendigkeit eines Sinns, und nun sah sie sich der Sinnlosigkeit ihrer Existenz konfrontiert und fühlte sich von der Konfrontation zerschmettert.

Man konnte ein kurzes oder ein langes Leben führen. Man konnte ein sinnloses Leben im Keim erstikken oder es auf siebzig, achtzig oder hundert Jahre strecken. Man starb so oder so, und war man einmal tot, war es so, als hätte man nie gelebt.

Man war weg, und damit hatte es sich.

Warum es dann beschleunigen?

Oder: Warum es dann hinauszögern?

Laß das Radio laufen, sagte sie zu sich selbst. Mach Licht.

Statt dessen hielt sie sich noch einmal den Revolver an die Schläfe. Noch einmal zog ihr Daumen den Hahn zurück. Noch einmal spannte sich ihr Finger am Abzug.

BESCHLOSS sie, den Abzug zu drücken? Beschließt man so etwas? Ihr Finger spannte sich wie zuvor am Abzug, doch diesmal spannte er sich weiter, und sie drückte den Abzug.

Der Hahn schlug auf eine leere Kammer.

Erleichterung durchströmte sie, Erleichterung, die sich über ihren ganzen Körper ausbreitete. Sie war davongekommen, sie war gerettet worden, und plötzlich empfand sie ihr Leben als unendlich kostbar. Während sie noch davon zitterte, wie knapp sie entronnen war, wurde sie gleichzeitig von der Erregung gepackt, daß sie am Leben war. Eben noch hatte das Leben nichts Erregendes gehabt, und nun, plötzlich, war schon die bloße Tatsache erregend, daß sie am Leben war.

Sie hatte überlebt. Sie hatte ihre Karten ausgespielt, alles riskiert, und sie hatte gewonnen.

Sie sprang auf. Morgen würde der alte Revolver dorthin wandern, wo er hingehörte — in den Müll, in den Gulli, wo immer er keinen Schaden anrichten konnte. Sie würde ihn nicht noch einmal brauchen. Sie hatte ihn, wie sie jetzt wußte, zu eben diesem Zweck aufbewahrt — um am äußersten Rand des Todes zu stehen und ihr Leben zurückzubekommen. Sie war ein schreckliches Risiko eingegangen, aber es war ein Wagnis, das sie nie mehr würde auf sich nehmen müssen.

Sie tanzte durch das Zimmer, knipste die Lampe an, erfüllte das Zimmer mit heiterem Strahlen. Sie machte das kleine Radio an, ließ das Zimmer sich mit Musik füllen. Sie bewegte sich ausgelassen zu der Musik, die Füße nun so leicht, wie ihr Herz eben noch schwer gewesen war.

Und beim Tanzen wurde ihr mit einem Schlag bewußt, daß sie den Revolver noch immer in der Hand hielt.

Sie hielt inne, starrte das Ding in ihrer Hand an. Um ein Haar das Werkzeug zu ihrer Vernichtung, war es statt dessen das Mittel zu ihrer Errettung geworden, und ihre Gefühle für den Gegenstand waren unmöglich zu entwirren. Eins allerdings war ganz sicher. Sie wollte ihn jetzt nicht mit sich herumtragen.

Sie fand den Samtbeutel, steckte den Revolver hinein, zog die Verschnürung fest zu. Und dann, im Weitertanzen, von der Musik und ihrer Lebensfreude mitgerissen, knallte sie den Revolver auf einen Tisch. Vielleicht hatte sie ihn bloß hinlegen wollen. Vielleicht lag es am Rhythmus der Musik und an ihrem überschäumenden Lebensdrang, daß sie den Revolver so heftig hinschmetterte.

Der Revolver ging beim Aufprall los.

Das Krachen des Schusses in dem kleinen Zimmer war gewaltig. Es benahm ihr den Atem, und ihr Herz krampfte sich in der Brust zusammen. Noch während der Knall um sie herum verhallte, setzte sie sich rasch und ohne zu überlegen in Bewegung, um das Radio auszumachen, damit die Stille, die dem Schuß folgte, vollkommen war.

Wo war die Kugel hingeflogen?

Sie fuhr sich hektisch mit den Händen über den Körper, als könnte sie angeschossen worden sein, ohne es zu bemerken. Was für eine Ironie, bei einem Selbstmordversuch zu scheitern und sich dann nur Minuten später aus Versehen zu erschießen. Aber die Kugel hatte sie nicht getroffen.

Doch es war eine Kugel losgegangen. Das Zimmer stank nach Kordit, und der Samtbeutel wies ein schwarzgerändertes Loch auf, wo die Kugel ihn durchschlagen hatte.

Sie suchte nach einem Einschußloch an den Wänden, nach einer Beschädigung irgendwo im Zimmer. Sie sah nichts.

Dann wurde ihr Blick wie magnetisch zum Fenster hingezogen.

Sie starrte auf das Fenster, als sie draußen jemanden stöhnen hörte.

Eine Frau, allein, ausgestreckt auf dem Pflaster liegend. Eine Frau, jung, stöhnend, schluchzend, den Kopf jetzt in Madelines Schoß gebettet.

Eine Frau, in die Brust geschossen auf dem Bürgersteig gegenüber von Madelines Pension. In die Brust geschossen, blutend, das Blut aus der Wunde strömend. Augen, die klar zu sehen versuchten, ein Mund, der Worte zu formen versuchte.

Um sie herum sammelte sich eine Menschenmenge an. Leute riefen Fragen, gaben Antworten.

Wer ist sie?

Na, sie wohnt doch hier im Viertel.

Wer hat auf die geschossen?

Na, aus einem vorbeifahrenden Auto ist ein Schuß gefallen. Irgendein Verrückter, ein Mordlustiger, der durch ein ruhiges Viertel fährt, sein Fenster herunterkurbelt und blindlings drauflos ballert.

Mein Gott, hier? In diesem Viertel?

Verdammt, das könnte überall passieren. Es braucht nur einen Wahnsinnigen mit einem Revolver, der einen Widerwillen gegen jemand hat. Mehr braucht's nicht, und das kann überall und jedem passieren. Es gibt die Wahnsinnigen, die aus dem Fenster schießen, die Verrückten, die kleine Kinder umbringen, die Spinner, die Anhalter erstechen. Oder eben so jemand, der blindlings aus einem fahrenden Auto ballert.

Die Stimmen bildeten ein Hintergrundgeräusch für Madeline. Sie hörte sie kaum, denn sie hatten keine Ahnung. Es war kein Schuß aus einem vorbeifahrenden Auto gefallen, obwohl der Tod bei der Wahl dieser jungen Frau ebenso blindlings und willkürlich verfahren war.

Ihr Revolver, der Revolver ihres Vaters. Der Revolver hatte Madelines Leben verschont und statt dessen dieses Leben genommen. Es stimmte — man konnte seine Waffe nicht unbefleckt in die Scheide zurückstekken. Der Revolver, den man auf der Bühne zeigte, mußte abgefeuert werden, ehe der Vorhang fiel.

Jetzt war der Vorhang gefallen, und eine Komödie hatte sich in eine Tragödie verwandelt.

Eine Sirene ertönte, ein Polizeiwagen war unterwegs. Aber sie hörte es kaum. Sie schaute hinab in die Augen der Frau, und während sie hineinzusehen suchte, sah sie alles Leben aus ihnen weichen. Das Mädchen erschauerte einmal in ihren Armen und lag still.

Die Lampe war an, und das Radio. Beide blieben die ganze Nacht an, während sie in ihrem Zimmer saß und darauf wartete, daß man sie holen käme. Es war nur eine Frage der Zeit, dachte sie, bis die Polizei zu ihrem Zimmer käme und an ihre Tür klopfte. Wenn es soweit war, würde sie sie hereinlassen und ihnen sagen, was passiert war. Wie sie versucht hatte, sich umzubringen. Wie sie davongekommen war, und wie eine Frau auf der anderen Straßenseite von unsichtbarer Hand dazu bestimmt worden war, an ihrer Stelle zu sterben.

Wie sie, prosaischer ausgedrückt, nachlässig mit einem Revolver hantiert hatte und wie eine Kugel sich durch ein offenes Fenster in lebendiges Fleisch verirrt hatte.

Und was würde dann mit ihr passieren?

Sie wußte es nicht. Was sie getan hatte, war kein Mord im eigentlichen Sinne des Wortes. Es war zweifellos ein Unfall gewesen. Aber das hieß nicht, daß sie nicht belangt werden würde. Es war fahrlässige Tötung, und dafür würde sie bestimmt irgendwie büßen müssen. Und das war durchaus angemessen. Sie hatte einer anderen Frau das Leben genommen. Welche Strafe das Gesetz auch forderte, sie wäre nicht mehr als gerecht.

Und so wartete sie darauf, daß sie kämen. Sie hatte sich von dem Schauplatz draußen fortgestohlen, kurz nachdem sich das Leben der Frau fortgestohlen hatte. Sanft hatte sie den Kopf der Frau auf das Pflaster gelegt. Die Menge hatte sich vor ihr geteilt, als sie hindurchschritt, und sich dann wieder um die Leiche der Frau geschlossen, ohne von Madeline Notiz zu nehmen. Aber irgendwer hatte sie bestimmt bemerkt, und irgendwer würde etwas zu einem Polizisten sagen, und sie würden zu ihr kommen, und sei es nur, um ihre

Zeugenaussage aufzunehmen. Vielleicht war sie dabeigewesen, als die Frau erschossen wurde. Vielleicht hatte sie den Killer gesehen oder die Autonummer notiert. Jedenfalls mußte man sie befragen, um festzustellen, was sie wußte oder nicht wußte.

Das Radio lief weiter. Draußen kamen die Polizeiautos und fuhren wieder weg, die Menge zerstreute sich. Der immer noch in den Samtbeutel gehüllte Revolver lag nach wie vor auf dem Tisch, auf den sie ihn geworfen hatte. Von ihrem Platz aus konnte sie das häßliche, am Rand versengte Loch sehen, durch das die Kugel ausgetreten war.

Wenn sie gewußt hätte, daß die Polizei nicht kommen würde, hätte sie den Revolver vielleicht wieder gegen sich selbst gerichtet. Aber sie rechnete fest mit deren Besuch und war bereit, die Frage ihrer Sühne ihnen zu überlassen. Als die Dämmerung schon den Himmel erhellte, wartete sie noch darauf, daß sie erschienen.

Aber sie erschienen nicht.

Zwei Tage lang wartete sie. Sie verließ nicht das Zimmer. Sie aß nicht und trank nicht. Es ließ sich nicht sagen, ob sie schlief. Sie blieb in ihrem Sessel sitzen, und es gab Zeiten, wo ihre Augen offen waren, und Zeiten, wo sie geschlossen waren.

Nach zwei Tagen wußte sie, daß die Polizei nicht kommen würde.

Starr Bartlett.

Sie hatte mittlerweile einen Namen, die tote Frau. Einen Namen, der Leben, Romantik, ja Glanz atmete. Starr Bartlett.

Das hatte Madeline aus dem Radio erfahren, ehe ihr

klar wurde, daß die Polizei nicht kam. Näheres erfuhr sie aus den Zeitungen, die sie kaufte, als sie schließlich ihr Zimmer verließ. Starr Bartlett hatte nur zwei Straßen von Madeline entfernt in einer Pension gewohnt. Sie war jung, Mitte zwanzig, und ledig. Sie hatte allein gelebt. Und sie war von einer Kugel niedergestreckt worden, die nach Angaben von Zeugen aus einem vorbeifahrenden Auto abgefeuert worden war. Man hatte kein Motiv für das Verbrechen entdeckt, und die Polizei war davon überzeugt, daß der Mord das Werk eines wahllos zuschlagenden Killers war, möglicherweise auf die gleiche Art ausgeführt wie eine Serie von Morden, die sich vor zwei Monaten in einer tausend Meilen entfernten Großstadt ereignet hatte und die in der Presse ausführlich genug behandelt worden war, um einen Wahnsinnigen dazu zu bringen, als Nachahmungstäter aufzutreten.

Ein Polizeibeamter wurde mit den Worten zitiert, daß man ihn mit Sicherheit fassen würde, falls er wieder zuschlug.

Was nichts anderes hieß, als daß die Ermittlungen in eine Sackgasse geraten waren und der Mörder, falls sich keine ähnlichen Morde mehr ereigneten, ungestraft davonkommen würde.

Nun, es würden sich keine Morde mehr ereignen, jedenfalls nicht mit diesem Revolver. Madeline steckte ihn mitsamt dem Beutel in eine Einkaufstüte und stopfte das Päckchen in ihre Handtasche. Sie machte einen langen Spaziergang und schob den eingepackten Revolver unterwegs in ein Kanalisationsrohr. Er würde höchstwahrscheinlich nie gefunden werden; und wenn, würde man ihn nie mit ihr in Verbindung bringen.

Sie hatte also ungestraft einen Mord begangen.

Sie dachte darüber nach, als sie ein, zwei Tage später an der Theke einer Imbißstube saß und eine Tasse Kaffee trank. Sie hatte sich eine Zeitung gekauft und blätterte darin nach weiteren Berichten über den Tod von Starr Bartlett, aber es stand nichts drin. Und wenn sie kein Geständnis ablegte, dachte sie, würde auch nichts drin stehen. Denn die Geschichte war abgeschlossen. Starr war tot, und ihr Tod gehörte nun zu der langen Reihe ungelöster Verbrechen in den Akten der Stadt. Es würden keine Artikel mehr erscheinen, denn es gab nichts mehr zu sagen.

Sie sah die Augen, wie sie zu ihr aufstarrten. Und wie das Licht in ihnen erlosch, als das Leben ihrer Besitzerin erlosch.

»Fehlt Ihnen was, Miss?«

Sie blickte auf. Der Mann hinter der Theke hatte ein besorgtes Gesicht aufgesetzt.

»Der Ausdruck in Ihrem Gesicht«, sagte er. »Als würden Sie gleich in Ohnmacht fallen oder so was.«

»Nein«, versicherte sie ihm. »Nein, mir fehlt nichts.«

Sollte sie ein Geständnis ablegen?

Sie dachte darüber nach. Wenn die Polizei gekommen wäre, hätte sie sofort gestanden. Da sie aber nicht erschienen war, war das so, als hätte man ihr gesagt, daß ihr Geständnis nicht erforderlich sei, ja gar nicht erwünscht.

Aber was hieß das? Kam sie ungeschoren davon?

Das erschien ihr unangemessen. Vielleicht wäre mit ihrem Geständnis nichts gewonnen, aber was wäre gewonnen, wenn sie völlig straflos ausging? Hatte sie nicht eine Schuld zu tilgen? War sie nicht etwas schuldig?

Wem? Der Polizei? Dem Staat? Der menschlichen Gesellschaft etwa?

Nein.

Starr.

Der Gedanke leuchtete ihr unmittelbar ein, sobald er ihr kam. Sie, Madeline, hatte versucht, sich umzubringen. Sie war nicht dazu in der Lage gewesen. Sie hatte statt dessen Starr umgebracht.

Starr war für sie gestorben.

Deshalb würde sie für Starr leben. Aber wie?

Starr, dachte sie, ich wollte sterben, weil mein Leben keinen Sinn hatte. Jetzt kann ich ihm einen Sinn geben, indem ich für dich lebe, und du kannst durch mich weiterleben. Aber wer bist du, um Himmels willen? Was für ein Leben hast du geführt, Starr? Starr, ich kenne dich überhaupt nicht!

»Ich denke, ich sollte ihr Zimmer vermieten«, sagte die Wirtin. »Das werd' ich wohl auch, sobald ich dazu komme. Irgendwie hab' ich drauf gewartet, daß jemand ihre Sachen abholt, aber da tut sich wohl nichts. Ich hab's nicht fertiggebracht, ihre Sachen zusammenzupacken und wegzuschicken. Solang ihr Zimmer so ist, wie sie's verlassen hat, meint man, sie könnte jederzeit zurückkommen. Sobald ich ihren Kram zusammenpacke und das Zimmer an jemand anders vermiete, tja, dann kann ich wirklich nicht mehr dran rütteln, daß sie tot ist, wenn Sie wissen, was ich meine.«

»Ich weiß, was Sie meinen«, sagte Madeline.

»Wahrscheinlich stell' ich mich an«, sagte die Frau. »Wenn Sie das Zimmer sehen wollen, dann geht das wohl in Ordnung. Ich wüßte nicht, wem das was schadet. Die Polizei hat's durchsucht, hat nach Gründen gesucht, warum jemand sie umbringen wollte. Dann haben sie wohl festgestellt, daß niemand einen Grund gehabt hat, sie umzubringen, daß sie einfach in eine Kugel reingelaufen ist.«

Das kam der Wahrheit näher, als irgend jemand ahnte, dachte Madeline.

»Na dann, gleich hier entlang«, sagte die Frau.

Eine Pension ganz ähnlich wie ihre. Die gleichen Küchengerüche auf dem Flur, die Art von Gerüchen, die es überall gibt, wo Kochen hauptsächlich darin besteht, Konserven auf Heizplatten zu erhitzen. Knarrende Stufen. Wände, die einen neuen Anstrich brauchten.

»Bei so einem alten Gebäude kommt man einfach nicht nach«, sagte die Frau entschuldigend, obwohl Madeline nichts gesagt hatte. »Ständig ist irgendwas zu machen. Man kommt einfach nicht nach, wissen Sie. Oder man müßte die Mieten erhöhen, aber die Leute können nur soundsoviel zahlen. Ich halt's allerdings sauber, und ich vermiete nur an anständige Leute.«

Sie standen vor Starrs Tür. Die Frau klopfte an und hielt dann plötzlich inne.

»Ich weiß auch nicht, warum ich klopfe«, sagte sie. »Die Macht der Gewohnheit, wahrscheinlich. Ich respektiere die Privatsphäre der Leute, so bin ich erzogen.«

Sie zog einen Schlüssel hervor, drehte ihn im Schloß, öffnete die Tür. Das Zimmer war kleiner als das von Madeline, aber ähnlich möbliert. Die Tür des Wandschranks stand offen, und man sah Kleidung an Haken und auf Bügeln. Das Bett war gemacht, und ein paar Kleidungsstücke waren darauf gestapelt.

»Da sehen Sie, was ich meine«, sagte die Wirtin. »Als würde das Zimmer darauf warten, daß sie hierher zurückkommt.«

»Ja«, flüsterte Madeline.

»Es ist schwer zu begreifen, was mit ihr passiert ist. So niedergeschossen zu werden.« »Ja.«

»Und dabei war sie noch so jung.«

»Es ist hart zu sterben, wenn man jung ist«, sagte Madeline. »Wie ein streunender Hund.«

»Genau das ist es«, sagte die Frau. »Sie hat was Besseres verdient. Sie hat's nicht verdient, wie ein Hund auf der Straße zu sterben, und genauso ist sie gestorben. Und wozu? Wozu?«

Madeline sagte nichts. Eine ganze Weile standen die beiden Frauen so da. Dann räusperte sich die Ältere, als wollte sie etwas sagen, und Madeline sagte: »Erzählen Sie mir von ihr.«

»Was gibt's da zu erzählen? Sie hat hier gewohnt. Nicht sehr lange, aber ich hatte das Gefühl, daß ich sie besser kenne, als es eigentlich der Fall war.«

»Wie meinen Sie das?«

»Ich weiß nicht genau. Wir haben nicht viel miteinander geredet. Sie ist meistens für sich geblieben. Das hab' ich alles der Polizei erzählt.« Sie sah Madeline an. »Warum wollen Sie das alles wissen?«

»Bloß so ein Gefühl. Daß sie und ich uns ähnlich waren. Junge Frauen, alleinstehend, die allein in einer Pension in diesem Viertel wohnen. Genausogut hätte ich es sein können, die da draußen auf einem Spaziergang von einer verirrten Kugel getroffen wird.«

»Sie fühlen sich mit ihr verwandt«, sagte die Frau.

»Das wird es wohl sein. Ich habe das Gefühl, daß ... daß mein und ihr Leben eng miteinander verknüpft sind, obwohl wir uns nie begegnet sind und ich sie überhaupt nicht kannte. Ich habe ein Gefühl, als ob ich ihr etwas schulde.«

»Was sollen Sie ihr denn schulden?«

Ein Leben, dachte sie. Starr hat ihr Leben für mich geopfert. Sie hat es unwissentlich getan, sie hat es nicht gewollt, aber was spielt das für eine Rolle? Sie ist für mich gestorben, und ich muß für sie leben.

Aber das konnte sie natürlich nicht zu der Frau sagen.

»Verständnis«, sagte sie gedankenvoll. »Ich schulde ihr Verständnis.«

»Ich weiß nicht, was Sie meinen.«

»Vielleicht weiß ich selbst nicht, was ich meine. Aber ich habe so ein Gefühl, als ob mein und ihr Leben miteinander in Berührung standen, und ich möchte die Frau kennenlernen, deren Leben mit meinem in Berührung stand.«

Die Frau sagte eine ganze Weile nichts. Madeline ging im Zimmer umher, trat ans Fenster, sah hinaus. Sie drehte sich um und legte eine Hand auf das Bett, als wollte sie die Federung ausprobieren.

Die Frau sagte: »In ihrem Leben hat es niemand gegeben.«

»Sie meinen, sie hat allein gelebt?«

»Ich meine noch etwas anderes. Ich meine, daß sie mit sich selbst allein war, völlig allein. Sie hat keine anderen Menschen an sich herangelassen. Ich hab' sie gemocht, ich hab' mich gefreut, wenn ich ihr auf dem Flur oder auf der Treppe begegnet bin, und wir haben uns jedesmal guten Tag gesagt, aber ich bin ihr kein bißchen nähergekommen. Ich glaube, da gab es niemand. Das konnte wohl auch niemand.«

»Ich verstehe.«

»Ich glaube, sie hat Kummer gehabt«, sagte die Frau. »Sie hat ihren Kummer nicht an die große Glokke gehängt, aber ich glaube, er war immer da. Ich glaube, irgend etwas oder irgend jemand hat ihr tiefen

Schmerz zugefügt, und ich glaube nicht, daß sie je über diesen Schmerz hinweggekommen ist.«

»Vielleicht wäre sie darüber hinweggekommen«, sagte Madeline. »Wenn sie länger gelebt hätte.«

»Vielleicht«, sagte die Frau. Und dann, kurz darauf: »Aber wissen Sie, es gibt Arten von Schmerz, da kommt man nie drüber weg.«

»Ja«, sagte Madeline. »Ich weiß.«

»Tja«, sagte die Frau. »Wenn sonst nichts ist, ich hätte noch einiges zu erledigen. Bei so einem Haus ist ständig was zu tun.«

»Könnte ich –«

»Was?«

»Ich würde gern hierbleiben.«

Die Frau starrte sie an. »Sie wollen ihr Zimmer mieten? Sie wollen wohnen, wo sie gewohnt hat?«

Darauf war sie noch gar nicht gekommen, doch nun erlaubte sie sich, mit dem Gedanken zu spielen. Konnte sie auf diese Weise geradewegs in Starrs Leben einziehen?

Der Gedanke war nicht ohne einen gewissen Reiz, aber eigentlich nicht sinnvoll. Sie wollte nicht Starr Bartlett werden, was ohnehin von vornherein unmöglich war. Nein, sie wollte nicht ALS Starr, sondern FÜR sie leben. Um für Starr eine Aufgabe zu erfüllen, die die Tote nicht selbst erfüllen konnte.

Aber was für eine Aufgabe? Was könnte das sein, und wie konnte sie je dahinterkommen?

»Nein«, sagte sie. »Nein, ich will das Zimmer nicht mieten. Ich finde aber, Sie sollten es an jemand vermieten. Räumen Sie es aus und vermieten Sie es. Im jetzigen Zustand ist es ein Grabmal für eine nicht vorhandenen Leichnam.«

»Ja«, sagte die Frau. »Ja, Sie haben recht.«

»Aber bis dahin würde ich gern ein wenig Zeit hier verbringen«, fuhr Madeline fort. »Ich möchte einfach hier allein sein.«

»Allein?«

»Nun ja, praktisch allein. Allein mit Starr.«

»Sie haben auch Ihren Kummer zu tragen«, sagte die Frau nachdrücklich. »Genau wie sie.«

»Vielleicht.«

»Es müßte schon gehen, daß Sie ein bißchen Zeit hier verbringen«, sagte die Frau. »Es wird schon nichts schaden. Nur —«

»Nur was?«

»Ich sage das nicht gern.«

Madeline wartete.

»Manchmal faßt jemand den Entschluß, sich ... sich umzubringen. Und anstatt das dort zu tun, wo er wohnt, mietet er sich bloß zu diesem Zweck ein Zimmer. Das ist hier einmal passiert. Ein Mann ist gekommen, ohne Gepäck, hat gesagt, es käme nach, er würde eine Woche im voraus bezahlen, und gleich in der ersten Nacht hat er Tabletten genommen und ist im Schlaf gestorben.« Die Frau wich Madelines Blick aus. »Und Sie«, sagte sie, »Sie wollen das Zimmer einer Toten sehen und darin allein sein. Ich glaube ja nicht, daß Sie so was vorhaben, und ich wollte auch gar nichts sagen, aber ich war diejenige, die zu dem Mann ins Zimmer gekommen ist und seine Leiche entdeckt hat. Ein Blick, und ich hab' gewußt, daß er nicht schläft. Er hat überhaupt nicht ausgesehen wie einer, der schläft. Sein Gesicht war so blau, daß es schon fast lila war.« »Wie schrecklich für Sie.«

»Es hat geheißen, er hätte irgendeine Krankheit gehabt, an der er bald gestorben wäre. Er wollte einen leichten Tod, und er ist hierher gekommen, um seinen

Lieben den Schock zu ersparen, ihn so zu finden. Aber er hat offenbar gedacht, daß man einem völlig Fremden diesen Schock ruhig zumuten kann.«

»Ich werde mich nicht umbringen«, sagte Madeline sanft.

»Das weiß ich doch. Ich hätte nichts sagen sollen, aber ich... ich mußte einfach.«

»Ich verstehe schon.«

»Bleiben Sie hier, solange Sie möchten«, sagte die Frau. »Ich weiß zwar nicht, was Sie davon haben, aber es wird schon nichts schaden, oder? Verbringen Sie so viel Zeit hier, wie Sie wollen. Ich hab' ihr Zimmer so gelassen, wie sie es verlassen hat. Ich hab' bloß ein bißchen aufgeräumt. Die Polizei hat ihre Sachen durchsucht, und die nehmen sich nicht immer Zeit, ordentlich zu sein. Die haben ein paar Sachen auf dem Boden liegen lassen, die hab' ich zusammengelegt und hier aufs Bett getan.«

»Ah ja.«

»Als hätte sie nicht gewollt, daß ihre Sachen unordentlich herumliegen. Als ob es ihr jetzt noch was ausmacht, wie ihr Zimmer aussieht. Aber sie war ordentlich, wissen Sie. Sie ist für sich geblieben, und sie hat ihre Sachen in Ordnung gehalten. Da ist es nur recht und billig, daß man sie jetzt auch in Ordnung hält.«

»Ja.«

»Ich glaube, Sie haben recht mit dem, was Sie vorhin gesagt haben. Sobald ich die Kraft dazu aufbringe, packe ich ihre Sachen zusammen. Statt zu warten, bis jemand sie abholt, schicke ich sie einfach zu ihrer Mutter nach Hause. Und dann vermiete ich das Zimmer.«

Madeline nickte.

»Aber bis dahin«, sagte die Frau, »können Sie so viel Zeit hier verbringen, wie Sie wollen. Vielleicht ist ihr Geist hier, oder eine Spur davon. Vielleicht können Sie irgendeinen Kontakt zu ihr herstellen. Es passieren jeden Tag noch viel seltsamere Sachen.«

Madeline stand noch lange danach reglos genau an der Stelle, wo die Frau sie alleingelassen hatte. Und lauschte dem Echo in ihrem Herzen, dem Nachklang von etwas, was sie vorhin gesagt hatte. Schwer und dumpf, kalt und einsam, traurig und schwermütig.

ES IST HART ZU STERBEN, WENN MAN JUNG IST. WIE EIN STREUNENDER HUND.

Das muß ich mir immer und immer wieder vor Augen halten, stündlich, sagte sie sich. Stündlich, täglich, wöchentlich; ja sogar jährlich, falls es nötig werden sollte. Bis ich zumindest teilweise gutgemacht habe, was ich ihr Schreckliches angetan habe. Was niemals, so sehr ich mich auch bemühe, vollständig gutgemacht werden kann.

Nach einer Weile zog sie sich aus, wie Starr es getan haben würde, hier in diesem, in ihrem Zimmer. Sie ging zum Bett hinüber und suchte aus den Sachen, die die Wirtin dorthin gelegt hatte, ein Nachthemd heraus. Vielleicht war es genau das, das Starr bei ihrem letzten Schlaf, in ihrer letzten Nacht auf Erden getragen hatte. Aber dann sah sie, daß das nicht gut möglich war, denn es war frisch gewaschen und gebügelt, und an einer Stelle, wo es leicht ausgefranst war, sogar geflickt — es sei denn, die Wirtin hatte das nach ihrem Tod getan (und warum sollte sie?).

Sie zog es an und stellte sich darin vor den Spiegel.

»Starr«, flüsterte sie der Gestalt zu, die sie darin sah. »Starr. Jetzt kann ich dich sehen. Und das ist eine Form des Weiterlebens.«

Sie machte das Licht aus, rückte einen Stuhl ans Fenster, setzte sich hin und blickte hinaus. Es war Abend in der Stadt, und Abend am Himmel. Dort unten waren tausend Sterne, dort oben waren ebensoviele. Aber die unteren waren wie Menschenleben, bloß für eine Nacht da und dann wieder weg. Die oberen waren wie menschliche Hoffnungen und Träume, sie leuchteten dort für immer. Und wenn ein Leben schwand und verlosch, dann kam ein anderes und machte sich die Hoffnung, den Traum zu eigen, der unveränderlich, der für immer dort oben leuchtete.

So wie ich jetzt, dachte sie. Wie ich jetzt.

Und während sie zu ihnen aufschaute, bis sie sich in ihren angestrengt geweiteten, bang glänzenden Augen zu spiegeln schienen, flüsterte sie ihnen leise und flehentlich zu: Ihr müßt sie vor mir an eben diesem Fenster haben sitzen sehen. Ihr müßt in der Stille der Nacht deutlich den Herzschlag ihrer Hoffnungen und Sehnsüchte gehört haben. Wißt IHR, welche das waren? Wißt IHR es?

Man macht eine Reisetasche auf – und ein Leben rückt wieder in den Blick. Ein Leben, das bereits erledigt, verschlossen und weggeräumt war. Und während man es überall um sich herum im Zimmer ausbreitet – auf dem Bett, auf Stuhlsitzen, wo immer Platz ist –, verspürt man irgendwie leise Erschrockenheit über das, was man da tut, spürt, daß man kein Recht dazu hat. Es ist, als versuche man die Naturgesetze und die Gottesgesetze umzukehren. Eine Wiederauferstehung im kleinen Maßstab von etwas, das schon ruhte, zu erzwingen. Paß lieber auf, sagt man sich fortwährend; sei lieber vorsichtig.

Das Foto eines Mannes. Wer war er? Was hatte er ihr bedeutet? Wo war er jetzt?

Er lächelte sie an. Lächelte das Objektiv an, das ihn aufgenommen hatte, aber an diesem Tag mußte sie hinter dem Objektiv gestanden haben, denn es war ein besonderes Lächeln, wie man es nicht nur dem Objektiv einer Kamera schenkt; es sagte: Du bist da drüben und ich bin hier drüben. Aber eben noch warst du hier drüben bei mir, und gleich wirst du wieder hier sein. Länger werden wir nicht getrennt sein; das war auch nicht vorgesehen; das lassen wir nicht zu.

»Meiner geliebten Starr, Vick.«

Wer bist du, Vick?

Vermißt du sie denn nicht? Weißt du denn nicht, daß sie fort ist? Der Augenblick ist vorbei, wunderst du dich denn nicht, warum sie nicht zu dir herüberkommt?

Lächle weiter, Vick. Lächle ewig so weiter. Inzwischen lächelst du den leeren Raum an und weißt es nicht. Sie ist nicht mehr hinter dem Objektiv der Kamera. Du bist noch da, aber sie ist fort. Fort, und sie wird nie zurückkommen. Würdest du weiterlächeln, wenn du das wüßtest?

An irgendeinem ruhigen Plätzchen – es sah so aus, als wäre es an einem ruhigen Plätzchen aufgenommen worden – konnte sie fast wieder die klare, silbrige Stimme des Mädchens erklingen hören.

»Jetzt halt still, Vick. Geh ein Stückchen zurück. Nein, bloß ein Stückchen; gut so. Jetzt lächle für mich. Das war's.«

Lächle ewig, Vick. Solange das Glanzpapier hält.

Du kannst jetzt aufhören zu lächeln, Vick, sie ist nicht mehr da. Du lächelst leeren Raum an. Die Welt hat ein Loch hinter der Kamera, wo sie gewesen war.

Sie stellte das Photo auf, setzte sich hin und betrachtete es.

Draußen ging die Sonne unter, und im Zimmer wurde es dunkel.

Ein Lichtfleck verharrte bis zum Schluß genau an der Stelle, wo sie das Foto aufgestellt hatte. Hob es hervor, akzentuierte es; ließ sein Gesicht und seine Gestalt darauf leuchtend wirken.

Sag es mir, Vick, flehte sie. Sag es mir, solange du noch kannst.

Der Lichtfleck zog sich zusammen, schnurrte auf Stecknadelkopfgröße ein, erlosch; wie eine Irisausblendung auf einer Kinoleinwand.

Das Foto war jetzt dunkel, eins geworden mit der umliegenden Dunkelheit des Zimmers.

Der Zug sauste aus der Nacht in den nahenden Tag, als raste er aus dem Inneren eines stundenlangen Tunnels dessen stetig heller werdender Mündung entgegen, die weit vorn auf dem Gleis näher, immer näher kam. Dann plötzlich war es draußen ganz hell, die blanke Aluminiumfarbe des Tagesanbruchs.

Plötzlich war da eine Landschaft, wo vorher keine gewesen war. Ein großer Backsteinschober glitt vorbei, bereits mit voll ausgebildetem Schatten. Plötzlich war da ein Heute, wo vorher keins gewesen war. Plötzlich war da ein JETZT, und die Dunkelheit war zum DAMALS geworden. Das Wimmern eines kleinen Babys in den Armen seiner Mutter, irgendwo hier im selben Eisenbahnwaggon, war der neue Tag, der begann. Ebenso jung, ebenso formbar und noch ohne Geschichte.

Sie hatte nicht geschlafen. Sie hatte nicht gewollt, hatte es nicht versucht. Schlaf war etwas für die ohne Lebenssinn, eine Unterbrechung zwischen Nichtigkeiten, die so, als einzelne, erträglicher gemacht werden sollten.

Den Kopf die ganze Nacht an die schräge Lehne zurückgelegt. Die Lider gegen Störungen halb gesenkt, aber nicht ein einziges Mal ganz geschlossen; so wie sie es auch jetzt noch waren. Unablässig unterwegs, entlang dem Bahndamm Fragezeichen als Telegrafenmasten. Unterwegs nicht ins Morgen, sondern ins Gestern. Zudem ein doppelt fernes Gestern. Das Gestern von jemand anderem. Ein Gestern, das du übersprungen hast, das — für dich — niemals ein Heute gewesen ist. Ein Phantomgestern.

Der Mann kam zur Tür und sagte den Namen einer Stadt.

Sie stand auf und hob ihre Tasche herunter, und der Zug kam unter ihr zum Stillstand, während ihre Füße sich den Gang hinunter bewegten. Er stand schon still, als sie die Plattform erreichte. Dampf verhüllte die Öffnung zum Gestern, die Waggontür, als sie ausstieg. Dann lichtete er sich, verzog sich wieder und ließ ihr — das Gestern.

Das war es also.

Sie schaute hinab auf den schlackigen Kies, der ihr in die Füße stach, und hinauf, wo die Sonne hoch am Himmel stand und Strahlen herabwarf, die wie ein chemisches Bad oder eine Lösung die Welt bleichten. Und hinüber zu einer Waage mit rundem Spiegel, der nur Himmel zeigte, obwohl er direkt auf ihr Gesicht gerichtet war. Wahrscheinlich, weil das Glas schief in den Rahmen eingesetzt war.

Und auf ein halb loses Schild, das längs über dem Eingang zu einer Passage hing, auf dem ›Gepäck‹ stand. Und auf eine an der Bahnhofswand aufgestellte Bank aus grünen, körpergerecht geformten Latten, auf der niemand saß. Auf der nur eine gefaltete Zeitung lag, die jemand zurückgelassen hatte. Und unter der das zerknüllte Einwickelpapier eines Schokoladenriegels lag, wie ein kleines, silbernes Schiffswrack, das sich leicht im Wind wiegte, aber niemals über das Betonmeer des Bahnsteigs segeln würde.

Das war es also.

Hier hast du einmal gestanden, Starr. Hast auf den Zug gewartet, der dich wegbrachte. Vielleicht genau da, wo mein Fuß jetzt ist, während ich ihn ein Stück vorschiebe; bis zu der Ritze da im Beton. Vielleicht hast du auch den Fuß bis zu der Ritze vorgeschoben und sie einen Moment verdeckt, sie betrachtet. Wer hat bei dir gestanden? Hast du allein dagestanden? Hat Vick hier bei dir gestanden, vielleicht die Hand als fruchtlose Mahnung auf deinen Arm gelegt; den Blick ganz sicher mit vergeblichem Flehen auf dein Gesicht gerichtet?

Was hat er gesagt? Du hast es nicht gehört? Wenn du darauf gehört hättest, wärst du jetzt vielleicht noch am Leben, anstatt tot am tausend Meilen entfernten Ende dieser Gleise. Wäre es nicht besser gewesen, auf abgeschmackte, fade, spießige Ratschläge zu hören und heute noch am Leben zu sein, als sie in den Wind zu schlagen und heute tot zu sein? Darauf antwortest du nicht, Starr. Und ich auch nicht. Denn ich weiß nicht genau, wie die Antwort lautet.

Hast du dich ein letztes Mal umgesehen (vielleicht über seine Schulter hinweg, während er dich in den Armen hielt)? Den Kopf gedreht, kurz hierhin, kurz dahin, kurz anderswohin, wie ich es jetzt tue? Einen Spiegel gesehen, der das Gesicht nicht widerspiegelt, ein Schild, auf dem ›Gepäck‹ steht, eine Bank, auf der niemand sitzt? Warst du froh? Warst du todunglücklich? Hattest du Angst? Warst du tapfer?

Die Steine und Straßenpflaster von Zuhause, die

dicht gedrängten Gesimse und Häuserfronten, die sich perspektivisch verengenden Straßen.

Du bist zurückgekommen, Starr.

Im Bahnhof gab es eine Imbißstube. Die gibt es in jedem Bahnhof. Sie ging hinein, zur Theke hinüber, und setzte sich auf einen Hocker.

Sie hatte im Zug nichts gegessen. Da hatte sie nicht gewollt, und sie wollte auch jetzt nicht. Sie brauchte kein Essen, sie brauchte keinen Schlaf. Sie hatte keine Zeit für derartige Ablenkungen, sie hatte einen Traum. Auch sie hatte jetzt einen Traum; bitterer, heftiger als jeder Traum, den Starr jemals gehabt hatte. Aber man mußte eine Pause machen, etwas zu sich nehmen, schlafen, sonst hielt man nicht durch.

Hinter der Theke stand ein Mädchen. Ein einfacher, türkisgrüner Streifen säumte die Manschetten, den Kragen, die Taschenöffnungen und den hochgeklappten Mützenrand ihrer ansonsten völlig weißen Kluft.

»Ich möchte Kaffee.«

»Sonst noch etwas?«

»Kaffee und sonst nichts«, antwortete Madeline gereizt, als langweilte es sie schon, damit Zeit vergeuden zu müssen.

Das Mädchen brachte ihr den Kaffee.

»Darf ich Sie etwas fragen?«

»Ich kann Sie nicht daran hindern«, sagte das Mädchen schnippisch.

»Wohnen Sie schon lange hier?«

Das Mädchen warf ihr einen Blick zu, der besagte: Was geht das dich an? Aber sie gab ihr gleichzeitig doch die Antwort. »Schon immer.«

»Kennen Sie dann jemanden namens Starr Bartlett? Je von jemand namens Starr Bartlett gehört?«

»Hab' den Namen nie gehört.« Lokalstolz bewog sie,

Zwischen __________ durch:

Madeline scheint weder Hunger noch Müdigkeit zu spüren – doch die Vernunft rät ihr, eine Pause zu machen, etwas zu essen …
Und wir? Gespannt folgen wir ihr und vollziehen ihre Gedanken nach. Da ist keine Zeit für eine lange Unterbrechung – doch Atemholen sollten wir schon. Bei einem heißen Drink beispielsweise, der im Nu neue Energie schenkt – wie der…

einen versteckten Tadel nachzuschieben. »So klein ist es hier auch wieder nicht.«

Madeline probierte ihren Kaffee. Er war nicht gut. Auch wenn er gut gewesen wäre, wäre er nicht gut gewesen.

»Wie kommt man — wie komme ICH zur Forsythe Street?«

»Da können Sie den Bus nehmen. Der Fahrer ruft's für Sie aus, wenn Sie ihm beim Einsteigen Bescheid sagen.«

Madeline blickte auf ihren vom Kaffee getrübten Kaffeelöffel, dann wieder unschlüssig auf das Mädchen.

»Nur noch eine Frage.«

»Aber sicher, nur zu«, sagte das Mädchen mit ebenso steifer Höflichkeit. Und meinte damit: Noch hast du mich nichts gefragt, was mich ärgert. Wenn du das tust, wirst du's schon merken.

»Wo könnte man hier gut unterkommen? Ich bin allein. Gerade angekommen.«

»Jemand wie Sie —« Das Mädchen taxierte sie. Das Mädchen konnte scharf taxieren. »Ein Mädchen, das sich um seinen eigenen Kram kümmern will — das Dixon ist anständig. Furchtbar schäbig, aber anständig. Die anständigen Häuser sind immer schäbig, ist Ihnen das auch schon aufgefallen?«

Dann gab sie ungefragt und vielleicht unabsichtlich einen Einblick in ihre ganze Lebensphilosophie. »Es kommt sowieso nicht auf das Hotel an. Es kommt drauf an, wer drin wohnt.«

Madeline legte ihr Geld hin, ließ ihre Tasse dreiviertelvoll stehen, stand vom Hocker auf.

Das Mädchen rief ihr ein wenig barsch nach:

»Ihr Kaffee kostet nur zehn.«

»So steht's auf dem großen Schild da«, pflichtete Madeline bei.

Das Mädchen entnahm den überzähligen Betrag, schob ihn mit unnachgiebig starrem Lächeln ein Stück weiter über die Theke. »Das hab' ich mir doch gar nicht verdient.«

»Ich habe Ihnen drei Fragen gestellt, und Sie haben mich mit Kaffee versorgt.« Sie wollte tatsächlich den Grund wissen.

»Ich weiß auch nicht; es macht einfach nicht soviel Spaß. Es ist so, als würde man sich selber was wegnehmen.«

Madeline erbat das Geschenk zurück. Sie wollte, daß das Mädchen sich wohlfühlte; die Arbeit war stumpfsinnig genug.

Niemand reagierte auf die Türglocke. Nachdem das erste Klingeln hinreichend lange unbeachtet geblieben war, klingelte sie zaghaft ein zweites Mal. Und wartete dann noch länger, aus Angst, aufdringlich zu erscheinen, aus Angst, sich unbeliebt zu machen. Und klingelte schließlich in äußerster Angst ein drittes Mal. Es kam immer noch niemand.

Sie wußte nicht, was sie jetzt machen sollte. Sie brachte nicht den Mut auf, ein weiteres Mal zu klingeln. Entweder war niemand da, und dann hatte es ohnehin keinen Zweck, oder es war jemand da und hatte keine Lust aufzumachen, und dann würde sie sich unbeliebt machen, und genau das wollte sie vermeiden.

Schließlich drehte sie sich um und ging die Treppe hinunter. Sie hatte nicht aufgegeben, sie hatte nicht die Absicht aufzugeben, auch wenn das bedeutete, daß sie vor der Tür ihren Mantel zusammenfalten, sich daraufsetzen und den Rest des Tages und die ganze Nacht hindurch warten müßte. Doch im Augenblick hatte sie die Absicht, gleich draußen auf der Straße jemanden ausfindig zu machen und anzusprechen, der ihr einige Informationen liefern könnte. Auch ein Kind, wenn möglich — sie hatte vorhin ein paar Kinder auf dem Bürgersteig spielen sehen. Tatsächlich waren Kinder oft die besten Informationsquellen, arglos und unbefangen, wie sie gewöhnlich waren.

Wie dem auch sein mochte, sie war erst bis zum unteren Treppenabsatz gekommen und befand sich immer noch in Hörweite, als sie meinte, die Tür aufgehen zu hören, und — in diesem Fall ohne jeden Zweifel — eine Stimme (wegen des geschlossenen Flurs ziemlich dumpf) rufen hörte: »Hallo? War da gerade jemand?« Und dann noch einmal (und sie wußte genau, daß es das letzte Mal sein würde, daß es nicht wiederholt werden würde): »Hallo?« Sie drehte sich um und rannte die Treppe, die sie gerade heruntergegangen war, mit Höchstgeschwindigkeit wieder hinauf, um nicht von der Stimme abgeschnitten zu werden.

Als ihr Kopf und dann ihr Körper behende über dem Boden des Treppenabsatzes aufschnellten, sah sie, daß die Tür offenstand. Nicht nur einen Spalt, sondern sperrangelweit offen, wobei wie leuchtender Rauch Licht aus ihr heraus in den düsteren Flur dunstete, der keine Fenster hatte. Und mitten im Flur, ein ganzes Stück von der Tür weg, stand, den Kopf suchend erst hierhin, dann dorthin drehend, eine nicht mehr junge Frau. Die Frau, von der sie irgendwie wußte, daß es Starr Bartletts Mutter war.

Es war seltsam, daß sie sich dessen auf Anhieb so sicher war, denn wenn sie sich im vorhinein irgendwelche Vorstellungen von ihr gebildet hatte — und das hatte sie natürlich —, so wurde keine davon richtig bestätigt. Sie war in beinahe jeder Hinsicht das Gegenteil von dem, was Madeline erwartet hatte.

Sie hatte erwartet, daß sie grau sein würde, nicht bloß ergraut, sondern insgesamt von fahlem, grauem Äußeren. Es war zweifellos das Wort ›Mutter‹, das diese Vorstellung in ihr hervorgerufen hatte. Da sie die ihre schon früh verloren hatte, fehlte ihr die aktuelle, alltägliche Erfahrung mit einer Mutter. Für sie waren sie alle von einem Schlag, keine Individuen. Ganz im Gegensatz dazu war die Gesamterscheinung von Starrs Mutter dunkel. Alles an ihr war schwarz. Ihr Haar hatte das unnatürliche, unechte Schwarz von Teer, so daß es ziemlich sicher mit einem Färbemittel behandelt worden sein mußte, um so einheitlich zu bleiben. Vielleicht hatte der Gebrauch des Mittels Jahre zuvor eingesetzt und wurde eher aus Gewohnheit denn aus Eitelkeit beibehalten. Ihre Kleidung war durchgängig schwarz; nirgendwo an ihr war ein Farbtupfer zu sehen. Aber das hatte natürlich mit Starrs Tod zu tun. Ihre Brauen waren tiefschwarz, und zwar von Natur aus. Fast glichen sie kleinen, über ihren Lidern angeklebten Borten aus schwarzem Seehundsfell. Und schließlich waren auch ihre Augen schwarz. Schwarz wie Schuhknöpfe. Doch sehr bewegliche Schuhknöpfe.

Madeline hatte erwartet, daß ihre Gestalt üppig, plump, mütterlich sein würde. Sie war fadendünn, knochig. Daß sie schwerfällig, vielleicht sogar gehbehindert sein würde. Ihr Gang war lebhaft, das sah man auf einen Blick; die fortschreitenden Jahre hatten sie vom anderen Ende her angegriffen. Sie hatte scharf und grausam gekrümmte Schultern. Und wirkte dadurch, obwohl sie recht groß war, klein, ja verkümmert.

»Mrs. Bartlett?« flüsterte Madeline. Weil sie die Treppe so schnell wieder hinaufgestürmt war, mußte sie flüstern.

»Ja«, sagte die Frau und richtete die schwarzen Augen auf sie. Darunter waren große Kummerfalten, sah Madeline. »Wollten Sie zu mir? Waren Sie das, die geläutet hat?«

»Ja, das war ich«, sagte Madeline.

Sie kamen sich jetzt ein wenig näher.

»Kenne ich Sie?« fragte die Ältere.

»Nein«, erwiderte Madeline ruhig.

Sie dachte, es ist nicht nett von mir, es hinauszuzögern. Sag es ihr gleich, laß sie nicht warten.

»Ich habe Starr gekannt«, sagte sie also.

Zwei Gefühle, grundlegende Gefühle, zeichneten sich unmittelbar nacheinander auf dem Gesicht der Älteren ab. Sie waren so offensichtlich und lebhaft, als würden nacheinander zwei verschiedene Scheiben einer Drehblende Licht auf ihr Gesicht werfen. Zuerst Freude. Einfach schlichte, unverfälschte Freude. Der Name selbst, der geliebte Name. Jemand, der sie gekannt hatte. Jemand, der mit ihr befreundet gewesen war. Jemand, der von ihr erzählen konnte. Dann Kummer. Einfach schlichter, grenzenloser Kummer. Nicht sie selbst, nur jemand, der sie gekannt hatte. Nicht sie selbst, nur jemand, der von ihr erzählen konnte.

Ihr Mund öffnete sich. Und so geöffnet zuckten und zitterten seine Ränder, als versuchte er, sich wieder zu schließen. Und ihre Augen litten so. Besser gesagt, ließen solches Leid erkennen.

»Kommen Sie herein«, war alles, was sie sagte. Und zwar recht gefaßt. Zumindest bebte ihre Stimme nicht.

Auf ihre fast unmerklich schwache Geste hin ging Madeline voraus.

Sie folgte und schloß hinter ihnen beiden die Tür.

Die kleine Zweizimmerwohnung war ellbogenförmig. Das heißt, die beiden Zimmer lagen nicht auf einer Linie; eins lag im rechten Winkel zum anderen und ging in eine andere Richtung. Sie konnte beim Eintreten nur das erste sehen. Es war sauber, aber alles andere als aufgeräumt. Es war kein Staub oder Abfall zu sehen, aber es war von allem viel zuviel darin. Es war überfüllt. Vielleicht machte es auch nur diesen Eindruck, weil es ein kleines Zimmer war.

»Setzen Sie sich«, sagte Mrs. Bartlett. »Nein, nicht dahin. Der hier ist besser. Bei dem da ist die Federung kaputt.«

Madeline wechselte folgsam den Platz.

Sie dachte in einem fort: Hier hat sie gelebt. Hier also hat sie gelebt. Hier, wo ich jetzt bin. Und meinetwegen lebt sie nicht mehr hier. Sie lebt nirgendwo mehr. Daran bin ich schuld. Wie kann ich diesen schwarzen Augen gegenübertreten, die mich jetzt gerade anblicken? Wie kann ich in sie hineinsehen?

»Sie haben mir nicht gesagt, wie Sie heißen«, sagte Mrs. Bartlett und lächelte sie dabei an. Einen Moment lang ließ sie liebevoll den Arm auf Madelines Schulter liegen.

»Madeline Chalmers«, sagte Madeline. »Mörderin. Die Mörderin Ihrer Tochter.« Aber nur der erste Teil kam ihr über die Lippen.

»Haben Sie sie lange gekannt?« sagte Mrs. Bartlett. Ein Jettkreuz an ihrem Hals blinkte im Sonnenlicht auf, als hätte es gerade eine Träne vergossen.

»Es kommt mir länger vor — als es tatsächlich war. Viel länger. Ein Leben lang.«

So sorgfältig die Antwort formuliert war, sie machte keinen Eindruck. Mrs. Bartlett hatte den Kopf abgewandt, plötzlich und heftig. »Entschuldigen Sie mich einen Moment«, sagte sie mit belegter Stimme. »Ich bin gleich wieder da.« Sie ging durch die Tür – es war eigentlich ein Durchgang ohne Tür –, wandte sich nach rechts und ging ins Nebenzimmer, offenbar das Schlafzimmer. Sie war dort hineingegangen, um zu weinen, wie Madeline wußte.

Sie hörte keinen Laut und bemühte sich auch nicht darum, falls ein Laut zu hören gewesen wäre. Aber es war keiner zu hören.

Das machte es ihr nicht leichter, diese zeitweilige Abschweifung. Sie versuchte, ihren Verstand zu beschäftigen, indem sie kleine Gegenstände betrachtete. Gegenstände, die sie eigentlich nicht interessierten.

Das Kabel einer Lampe war, zweifellos weil es nicht genügend Anschlüsse gab, nach oben geführt und an eine Steckdose der Deckenfassung angeschlossen. Die Wand wies, zumindest auf der ihr gegenüberliegenden Seite, zwei Grüntöne auf. Größtenteils ein verblassendes, vergilbendes Grün, wie von Erbsen, wenn sie zu verdorren und zu vertrocknen begonnen haben. Und mitten darauf ein rechteckiger Fleck von viel dunklerem Grün, der so frisch aussah, als sei er gerade mit Wasser angefeuchtet worden. Ein leerer Nagel ragte mitten daraus hervor und lieferte die Erklärung. Dort hatte vor langer Zeit einmal ein Bild gehangen und war dann abgenommen worden. Vor dem Fenster war eine hell strahlende Trittleiter. Aber keine echte, sondern eine Phantomtrittleiter aus flirrenden Sonnenstäubchen, wie für einen dienstbaren Engel aufgestellt, damit er hochsteigen und die Gardinen aufhängen konnte. Die Zwischenräume in der Plattform der Feuerleiter vor dem darüberliegenden Fenster bildeten ihre leuchtenden Sprossen.

Auf dem Dach, sichtbar nur als schräge Linie, die eine obere Ecke des Fensters schnitt, hängte eine Frau Wäsche auf. Jedesmal, wenn sie ein Stück Leine zu sich heranzog, hörte man den Flaschenzug gereizt quietschen, ohne daß sie oder die Wäsche zu sehen waren.

Mrs. Bartlett kam wieder herein. Ob sie geweint hatte, war nicht zu erkennen.

»Darf ich Ihnen etwas anbieten?« sagte sie. »Wo habe ich nur meine Gedanken! Möchten Sie einen Kaffee?«

»Nein danke, nichts«, bat Madeline sie vollkommen ehrlich, beinahe entsetzt. »Ich wollte eigentlich nur mit Ihnen reden.«

»Das werden Sie Starrs Mutter doch wohl nicht abschlagen, oder?« sagte ihr Gegenüber gewinnend. »Das dauert keine Minute. Dann können wir uns hinsetzen und miteinander reden.« Sie ging durch einen schmalen, fast nur spaltbreiten Durchgang auf der anderen Seite der Wohnungstür, und Madeline hörte Wasser zuerst pladdernd in die trommelförmige Höhlung eines Porzellanbeckens, dann gedämpft in Blech oder Aluminium laufen. Dann hörte sie das samtweiche Ploppen, mit dem sich Gas entzündet.

Mrs. Bartlett kam wieder. Zum erstenmal, seit sie Madeline hereingelassen hatte, setzte sie sich zu ihr.

»Sie sehen müde aus«, meinte Madeline mitfühlend.

»Ich schlafe nicht mehr viel, seit sie tot ist«, sagte sie zurückhaltend. »Nachts, meine ich. Deswegen muß ich schlafen, wenn ich kann. Ich war gerade eingenickt, als Sie geläutet haben, deshalb habe ich so lange gebraucht, um aufzumachen.«

»Das tut mir leid«, sagte Madeline zerknirscht. »Ich wäre ein andermal gekommen.«

»Ich bin froh, daß Sie gerade jetzt gekommen sind.«

Sie tätschelte Madelines Arm und machte es sich erwartungsvoll im Sessel bequem. »Sie haben mir noch kein Wort von ihr erzählt.«

»Ich weiß nicht, wo ich anfangen soll«, sagte Madeline. Und das stimmte.

»War sie glücklich?«

»Das«, sagte Madeline unendlich langsam, »weiß ich nicht. Wissen Sie's denn nicht?«

»Sie hat es mir nicht gesagt«, sagte Mrs. Bartlett schlicht.

»War sie glücklich, als Sie noch hier bei Ihnen war?«

»Anfangs ja. Später — da bin ich mir nicht so sicher.«

Madeline dachte: Da könnte etwas sein. Aber wie kriege ich das heraus?

»Hatte sie bestimmte — Pläne, von denen sie Ihnen je erzählt hat?«

»Alle Mädchen haben Pläne. Alle jungen Dinger. Wer keine hat, ist überhaupt nicht jung.« Sie sagte es traurig.

»Hatte sie denn ganz bestimmte?« beharrte Madeline.

»Ja«, sagte Mrs. Bartlett. Und dann noch einmal: »Ja.« Und dann hielt sie inne, als grübelte sie darüber nach.

Madeline wartete mit angehaltenem Atem.

»Einen Moment, bitte«, bat Mrs. Bartlett im Aufstehen. »Ich höre den Kaffee kochen.« Sie ging hinaus, um ihn zu holen.

Madeline stieß leise den Atem aus, wie Luft aus einem undichten Reifen entweicht. Verdammte Kaffeepause, dachte sie. Gerade als es so aussah, als kämen wir vorwärts.

Mrs. Bartlett machte sich mit Tassen, Untertassen,

Löffeln und einem Glas mit kleinen Zuckerstückchen zu schaffen (sie bewahrte sie in einem Wasserglas auf und nicht in einer Dose), und es war unmöglich, weiterzufragen. Was auch immer um ein Haar an Boden gewonnen worden wäre — und mehr ließ sich beim besten Willen nicht dazu sagen —, es war vorläufig wieder verloren.

Mrs. Bartlett saß da und nippte an ihrem Kaffee, und die schwarzen Augen beobachteten Madeline über den Rand der geneigten Tasse hinweg, jedoch freundlich und vertrauensvoll.

Ich kann nicht ihr Brot essen, dachte Madeline und meinte damit das Getränk. Ihr wurde übel. Ich bin eine Mörderin. Ich kann nicht hier sitzen und mit ihr essen und trinken. Ich habe ihre Tochter umgebracht. Es ist unvorstellbar, abscheulich, das zu tun.

»Schmeckt es Ihnen nicht?« fragte Mrs. Bartlett bekümmert.

Madeline zwang sich etwas davon in den Mund. Sie brachte es nicht hinunter.

»Ich glaube, ich verstehe«, sagte Mrs. Bartlett nach geraumer Zeit sanft. Zum erstenmal, seit sie sich kennengelernt hatten, schlug sie die Augen nieder, wandte sie von Madelines Gesicht ab.

Madeline nahm die Untertasse unter der Tasse weg und ließ den Mundvoll Kaffee, den sie bereits zu sich genommen hatte, wieder darauflaufen. Das geschah nicht nur aus rührseligem Zartgefühl. Ihre Kehle war zugeschnürt; sie wäre an einem einzigen Schluck der blutwarmen Flüssigkeit erstickt. Sie stellte Tasse und Untertasse beiseite.

Diesmal hantierte Mrs. Bartlett sehr taktvoll und sehr unauffällig, und plötzlich waren die Tassen nicht mehr zu sehen.

Als sie zurückkam, hatte sich Madeline in einen anderen Sessel gesetzt und beschirmte kurz mit der Hand ihre Augen.

»Sie sind wirklich eine echte Freundin«, sagte Mrs. Bartlett mit leiser Bewunderung. »Doch, das sind Sie.« Und sie sagte es noch ein drittes Mal. »Das sind Sie.«

»Ja«, sagte Madeline mit bitterem Hohn. »Ja. O ja.«

Sie schwiegen kurze Zeit. Dann wandte sich Madeline ihr abrupt zu – bis jetzt hatte sie halb abgewandt dagesessen – und sagte: »Sie wissen vermutlich, wie es passiert ist?«

Die Ältere schien in ihrem Sessel einzuschrumpfen. Einzusinken wie etwas, das Luft verliert. »Ja, ich weiß es«, sagte sie. »Man hat es mir gesagt.« Und dann flüsterte sie: »Ein Schuß – auf der Straße.« Flüsterte es so leise, daß Madeline die Worte gar nicht hörte. Aber sie wußte, wie sie lauteten, denn es waren die Worte, die hierher gehörten. Und die Lippenbewegungen bildeten sie ab, paßten sie ein.

Nach einer Weile setzte Madeline zu der Frage an: »Sind Sie –?« Und wußte dann nicht, wie sie es sagen sollte.

»Bin ich was?« fragte Mrs. Bartlett nach, die Augen auf den Boden gerichtet.

»Sind Sie – hingefahren, sind Sie in die Stadt gefahren, als man Sie verständigt hat? Haben Sie sie – heimgeholt? Liegt sie hier begraben?«

»Ich konnte nicht selbst fahren«, sagte Mrs. Bartlett ganz schlicht, die Augen immer noch niedergeschlagen. »Sehen Sie, ich bin hier ganz allein. Ich war nicht in der Verfassung, um – die ersten Tage, nachdem ich die Nachricht erhalten hatte, war ich bettlägerig.«

Madeline zuckte zusammen.

»Aber Mr. Taylor, das ist der Beerdigungsunternehmer, war sehr nett, er hat alles für mich in die Wege geleitet, alles in die Hand genommen. Er hat sie hierher überführen lassen, hat sich um den Kauf einer Grabstätte gekümmert. Ich hatte nicht genug Geld, um eine zu kaufen, aber sie lassen es mich in Raten abzahlen, nach und nach.«

Madeline konnte einen Schauer nicht unterdrücken.

»Es hört sich schrecklich an, ich weiß«, räumte Mrs. Bartlett ein. »Aber was soll man machen, wenn der Tod so plötzlich zuschlägt und man nicht darauf vorbereitet ist? Ich hatte immer gedacht, ich würde vorher sterben und sie würde dergleichen für mich erledigen. Ich hätte mir nie träumen lassen, daß ich — diejenige sein würde, die sie begräbt.« Sie schloß die Hand zu einer winzigen Faust, weiß und zerbrechlich wie eine Elfenbeinschnitzerei, und preßte sie sich auf ein Auge.

Madeline sah, daß sie für den Augenblick am Ende ihrer Kräfte war. Es blieb nichts anderes übrig, als auf ein anderes Mal zu warten.

Sie stand auf und sagte: »Ich hoffe, ich habe Sie nicht — ich wollte Ihnen nicht so weh tun.«

Die kleine, geballte Faust lag jetzt auf ihren Lippen, verschloß sie, quetschte sie ein. Sie nickte leicht, doch ob sie ihr damit verzieh oder die Entschuldigung zur Kenntnis nahm, konnte Madeline nicht erkennen.

»Darf ich wiederkommen?« fragte sie. »Darf ich noch einmal mit Ihnen reden?« Wieder nickte die stumme Gestalt, doch diesmal war die Bedeutung klar.

Als Madeline auf dem Weg zur Tür an ihr vorbeikam, ließ sie, als einzigen, flüchtigen Trost, den sie ihr geben konnte, einen Moment lang die Hand auf ihrer Schulter liegen. Die kleine Faust öffnete sich, flatterte auf wie ein Vogel, der die Flügel ausbreitet, und kam auf der tröstenden Hand zur Ruhe.

Vom Eingang aus blickte Madeline zurück, während sie leise die Tür hinter sich zuzog. Abgesehen von dieser einen kleinen Geste hatte sie sich nicht gerührt, hatte nicht den Kopf gewandt, um ihr nachzusehen. Madeline konnte sie nur von hinten sehen, wie sie da saß, immer noch da saß, eine Art verschwommenen, weichen Lichtschleier um die Silhouette ihres Kopfes. Nur fühlte, nur atmete. Leben im Tod. Oder Tod im Leben.

Ich bin für zwei Tode verantwortlich, klagte sich Madeline an, nicht nur für einen. Auch für diesen. Den Tod eines Herzens.

Als Madeline sich am nächsten Tag dem fünfstöckigen Mietshaus näherte, sah sie, zuerst mit Verblüffung und dann mit einem gewissen Unbehagen, die vertraute schwarzgekleidete Gestalt von Mrs. Bartlett im Schatten der grünen Segeltuchüberdachung am Eingang warten, die bis zum Rand des Bürgersteigs reichte. An der Art, wie sie sich in einem fort umdrehte, um zunächst in eine Richtung die Straße hinauf- und dann in eine andere die Straße hinunterzublicken, war zu erkennen, daß sie auf jemanden wartete. Und Madeline wußte, daß dieser Jemand sie selbst sein mußte. Der kürzeste Weg von ihrem Hotel hatte sie auf der gegenüberliegenden Straßenseite hergeführt, sie wußte, daß die Ältere sie noch nicht bemerkt hatte (auf ihrer Seite stand eine beinahe lückenlose Reihe geparkter Autos, die sie verdeckte), und einen Moment lang verspürte sie den Drang, umzukehren und wieder zurückzugehen, ehe sie gesehen wurde.

Warum wartete sie so auf sie, mit Hut, draußen vor dem Haus? Wollte sie sie irgendwohin mitnehmen?

Wollte sie sie mit anderen Angehörigen, anderen Familienmitgliedern bekanntmachen? Aber war nicht genau das Madelines Anliegen gewesen, sie als erstes ausfindig zu machen, um über sie Anhaltspunkte zu finden, andere Kontakte herzustellen? Warum also die Scheu, warum die Ängstlichkeit?

Sie zwang sich, quer über die Straße auf sie zuzuhalten, und als Mrs. Bartlett sie zwischen zwei geparkten Autos hervorkommen sah, trat sie an den Rand des Bürgersteigs, um sie zu begrüßen, und legte fast unmerklich den Kopf schräg, wie um einen Kuß zuzulassen. Madeline berührte mit den Lippen ihre Stirn.

»Ich bin so froh, daß Sie zeitig gekommen sind«, sagte Mrs. Bartlett leise. »Ich habe gestern vergessen, Sie zu fragen, wo ich Sie erreichen kann.«

Madeline sagte es ihr, da sie keine Notwendigkeit sah, es zu verschweigen.

»Ich habe mir so gewünscht, daß Sie mitkommen«, fuhr die Ältere fort. »Ich habe gewußt, daß Sie es sich auch wünschen.«

»Wohin, Mrs. Bartlett?« Schlagartig verfiel sie vor Schreck einen Moment lang instinktiv in eine plötzlich angespannte, argwöhnisch ausweichende Haltung.

»Nennen Sie mich Charlotte.«

»Wohin?«

»Na, zur 11-Uhr-Messe natürlich. Es ist gleich hier um die Ecke. Wir kommen gerade rechtzeitig.«

Der Killer, der für den Getöteten betet. Nein, ich kann nicht. Aber das hat es schon gegeben. Schon oft. Der Mörder, der für den Ermordeten betet. Aber ich kann nicht. Ich kann nicht mit ihr dort hineingehen.

Sie stand starr, wie angewurzelt da. Mrs. Bartlett machte einen Schritt vorwärts, wandte sich dann um, sah, daß Madeline sich nicht mit ihr in Bewegung gesetzt hatte, streckte die Hand aus — sie war noch immer nur eine Armeslänge voraus —, nahm Madeline sanft bei der Hand und ging dann weiter. Widerstandslos glitt Madeline hinter ihr her. Fast wie eine Schlafwandlerin, die von jemandem, der wach ist, geführt wird.

Derart eigenartig Hand in Hand bogen sie um die Ecke und erreichten die Kirche. Bogenförmige, graue Steinstufen führten zum Eingangsportal hinauf, und auf den eingemeißelten Nischen zu beiden Seiten sahen die leeren Steinaugen von Heiligen blicklos auf die Welt hinaus.

Die Berührung der ersten Stufe mit ihrem Zeh schien Madeline aus ihrer tranceähnlichen Passivität wachzurütteln, als wäre ein Schalter ausgeknipst worden, der einen lähmenden Stromfluß unterbrach, und sie machte ihre Hand los und scheute zurück, Mrs. Bartlett eine Stufe über sich.

»Ich kann da nicht hineingehen. Verlangen Sie das nicht von mir.«

Mrs. Bartletts Blick war ruhig und ohne Vorwurf; vor allem anderen schien unendliches Verständnis, die Weisheit des Alters, darin zu liegen. »Liegt es am Glaubensbekenntnis? Liegt es daran, daß Sie einen anderen Glauben haben? Dann gehen wir eben in Ihre Kirche. Gotteshäuser sind alle Gottes Häuser. Unitarische, baptistische —«

Sie dachte: Ein Mörder ist ein Mörder, in jeder Konfession.

»Ich gehe mit Ihnen und bete an Ihrer Seite«, fuhr die Frau fort. »Auf meine Art, aber zu demselben Gott. Und ich bin sicher, unsere jeweiligen Gebete werden ihn auf die gleiche Weise erreichen. Es gibt nur einen Gott, keinen aufgeteilten Gott.«

Madeline wandte das Gesicht ab, wie es jemand tut, der Angst hat, einen Schlag zu bekommen, getroffen zu werden. Wandte es nicht nur ab, sondern gleichzeitig nach unten. Jede schräge, vom Kirchenportal wegstrebende Linie ihres Körpers drückte Widerwillen aus. Nicht den Widerwillen des Ekels, den Widerwillen der Angst. Sie begann am ganzen Leibe zu zittern, so daß das Zittern sich von ihrem Arm auf Mrs. Bartletts Hand übertrug.

»Ich warte draußen auf Sie«, sagte sie mit dumpfer Stimme. »Ich warte hier auf der Treppe.«

Mrs. Bartlett sah sie eigenartig an. Sie ließ sie los. »Dann spreche ich zwei Gebete«, sagte sie ruhig. »Eins für sie und eins — für Sie.«

Sie drehte sich um, stieg langsam die Treppe hoch, öffnete die Tür und ging hinein. Die wuchtigen Schließer zogen die Tür geräuschlos hinter ihr zu.

Madeline stand wartend da, ohne sich zu rühren. Einen Fuß auf einer Stufe, den anderen auf der nächstunteren, wie in einer zum Stillstand gekommenen Bewegung des Eintretens.

Die Tür ging auf, als ein paar Nachzügler hineingingen, und die Musik schwoll heraus wie ein Preisgesang und dämpfte sich wieder zu einem Summen. Sie drehte den Kopf und erhaschte gleichsam wie am Ende eines langen, trüb-violetten Tunnels einen flüchtigen Blick von Wachsperlen, die wie goldene, eine Wand hinunterrinnende Tropfen glitzerten. Dann schloß sich die Tür wieder, und die Welt war zweigeteilt, in diese Welt und in die andere.

Endlich war die Messe zu Ende, und die Leute kamen heraus, die Frauen und Kinder in ihren hellen Kleidern, wie Blumen, die sich um sie herum über die Treppe ergossen. Und als alle sich zerstreut hatten, und es auf der Straße wieder ruhig war, stand Mrs. Bartlett, die als allerletzte herausgekommen war, allein oben auf der Treppe.

Sie kam langsam herunter und wandte sich zur Seite, und obwohl ihre Augen auf Madeline gerichtet waren, lag kein Zeichen des Wiedererkennens darin. Madeline machte kehrt und schloß zu ihr auf, aber den ganzen Rückweg über waren sie wie zwei Fremde, die einander nicht kennen und doch unerklärlicherweise nebeneinander hergehen. Die enge Gemeinschaft ihres Gangs zur Kirche war dahin, war zunichte gemacht.

Als sie das Mietshaus erreichten, trat Mrs. Bartlett zuerst ein, was ihr aufgrund ihres Alters zukam, aber sie hielt sichtlich die Tür nicht auf für Madeline, die zufassen und sie festhalten mußte, um hineinzukommen. Als Mrs. Bartlett vor der Wohnungstür ihren Schlüsselbund hervorzog, zitterte ihre Hand so sehr, daß sie es nicht fertigbrachte, den richtigen Schlüssel ins Schloß zu stecken. Die Schlüssel klirrten laut in der Stille des Flurs. Aber als Madeline danach zu greifen versuchte, um es für sie zu tun, riß Mrs. Bartlett den Schlüsselbund mit einer Abruptheit von ihr weg, die fast etwas Feindseliges hatte.

Als Mrs. Bartlett die Tür schließlich geöffnet hatte, trat sie ein, drehte sich dann aber um und fixierte Madeline kalt, wobei sie so dastand, daß Madeline selbst nicht hineingehen konnte. Ihr Gesicht war grau vor Schmerz, davon zernarbt, die Oberfläche porös wie Bimsstein.

»Was haben Sie hier verloren? Ich habe keine weiteren Kinder.« Madeline holte Atem, der ihr beim Einziehen scharf wie eine Rasierklinge in die Kehle schnitt.

»Ich hatte nur das eine. Suchen Sie sich ein anderes Haus, in das Sie Leid bringen können.«

Madeline schwieg.

»Sie sind es«, fuhr die Trauernde fort. »Sie haben es getan. Ich habe es gewußt, als Sie nicht mit mir in die Kirche kommen wollten.«

Und nach und nach begann sie die Tür zwischen sich und Madeline zu schließen, und während sie weitersprach, verengte sich der Spalt.

»Sie haben es getan. Sie.«

Die Tür schloß sich.

Verzweifelt warf sich Madeline halb herum, so daß ihre Schultern die Wand neben der Tür berührten. Sie ließ den Kopf hängen.

Nach einer Weile richtete sie sich auf, drehte sich wieder um und klopfte leise, flehentlich, an die Tür.

Es kam keine Reaktion.

Nach einer Weile ging sie weg.

Am nächsten Vormittag um elf ging die Tür auf, und Mrs. Bartlett, die einen kleinen Einkaufswagen hinter sich herzog, kam heraus. Sie sah Madeline wartend dastehen, sagte aber nichts.

Als sie nach mehr als einer Stunde zurückkam, war der kleine Wagen mit ihren Einkäufen gefüllt. Sie sah, daß Madeline immer noch da war, sagte aber nichts.

Die Tür schloß sich hinter ihr.

Am nächsten Tag gegen Mittag ging die Tür wieder auf, und sie kam wieder heraus. Wieder sah sie Madeline wartend dastehen, sagte aber nichts. Als sie einige Zeit später zurückkam, hatte sie ein gereinigtes Kleidungsstück bei sich, das in einer Plastikhülle steckte. Sie hielt es an einem Drahtkleiderbügel, dessen Haken am einen Ende der Plastikhülle herausstand, und es war schwierig für sie, es vom Boden wegzuhalten und gleichzeitig ihren Hausschlüssel hervorzuholen.

Madeline trat vor, nahm es ihr wie selbstverständlich aus der Hand und hielt es für sie, während sie ihren Schlüssel hervorzog und die Tür aufschloß. Dann gab Madeline es ihr ebenso selbstverständlich zurück. Sie ging damit hinein.

Die Tür blieb hinter ihr offen.

Nach einer Weile folgte Madeline ihr zaghaft und schloß die Tür hinter sich.

Mrs. Bartlett hatte zwei Tassen auf den Tisch gestellt.

»Ich habe sehr jung geheiratet. Mit siebzehn. Wir hatten praktisch vom Hochzeitstag an nichts als Pech. Wenn ich heute manchmal zurückdenke, kommt es mir fast wie ein Omen vor.

Wir hatten zuerst einen kleinen Jungen, vor Starr. Dann haben wir ihn verloren, als er ungefähr fünf war.«

»Er ist gestorben?« fragte Madeline.

»Nein«, sagte sie. »Das heißt, wir haben es nie erfahren.«

»Das verstehe ich nicht.«

»Er ist eines Tages einfach verschwunden. Vom Erdboden verschwunden. Wir haben ihn nie wiedergesehen. Diesen Moment spielte er noch vor unseren Augen vor der Tür, im nächsten war nichts mehr von ihm zu sehen. Ich weiß nicht, ob irgendein Sittenstrolch ihn weggelockt und dann beseitigt hat. Wenn er sich bloß verirrt hätte, hätte man ihn irgendwann wieder gefunden. Kein Kind bleibt so lange unauffindbar. Die Polizei hat monatelang daran gearbeitet. Monatelang. Ungefähr ein Jahr danach sind sie schließlich zu mir gekommen. Es muß ein volles Jahr gewesen sein. Über ein Jahr. Bis dahin hatte ich mich schon daran gewöhnt, damit zu leben. Sie haben mir gesagt, sie könnten nur zu einem Schluß kommen. Er war nicht mehr am Leben, sonst hätte man ihn schon gefunden. Sie haben mir gesagt, er sei wohl gleich nach ein, zwei Tagen umgebracht worden, ehe die Fahndung richtig anlief. Und seine Leiche sei so beseitigt worden, daß sie nie wieder auftauchen würde. Ein Kind in diesem Alter ist so klein«, sagte sie matt. »Es läßt sich praktisch in einem Kohleofen oder einer Aschentonne verstecken. Oder in ein offenes Kanalisationsrohr wälzen.«

Madeline schauderte und biß sich in den Handrükken. Gott, es gibt auf Erden nichts Abscheulicheres als Kindesmord! Im Vergleich dazu ist Mord an einem Erwachsenen geradezu etwas Anständiges und Rechtschaffenes.

»Selbst damals habe ich die Hoffnung nicht aufgegeben. Welche Mutter würde das tun? Aber die Wochen wurden zu Monaten, und die Monate — Bennett, mein Mann, hat erkannt, daß ich grübelte, mich vor Gram verzehrte, und schließlich vorgeschlagen, daß wir noch ein Baby bekommen. Wahrscheinlich, um mich davon abzulenken, mir neuen Lebensmut einzuflößen. Ich habe mich rundheraus geweigert. Ich wollte das kein zweites Mal durchmachen, die Angst, es zu verlieren, wenn man es gerade ins Herz geschlossen hat, gerade zu lieben gelernt hat. Ich habe ihm gesagt, ich hätte nach dem, was mit dem ersten Kind passiert ist, keine ruhige Minute mehr, wenn ich noch eins bekäme. Das wäre schlimm für das Kind und noch schlimmer für mich. Nichts, was er sagte, konnte mich überzeugen.

Tja, eigentlich ist die Sache wohl zu heikel und persönlich, um darüber zu reden, aber es ist schon so viele Jahre her, daß es nicht mehr sonderlich wichtig ist. Ich weiß nicht, wie es passierte, aber ich stellte plötzlich fest, daß ich wieder schwanger war. Ich bin sogar zu einem Arzt gegangen und habe ihn gebeten, etwas dagegen zu tun, aber er hat es mir ausgeredet. Und neun Monate später wurde Starr geboren.«

Arme Starr, dachte Madeline bitter. Sogar ihre eigene Mutter hatte sie nicht gewollt.

»Und danach?«

»Das hat einen Keil zwischen uns getrieben, uns auseinandergetrieben. Keiner konnte etwas dafür, die Ehe stand einfach unter einem ungünstigen Stern. Bei manchen Ehen ist das eben so. Es folgte eine lange Zeit der — ich weiß nicht, wie ich es nennen soll. Ergebenheit. Gleichgültigkeit. In späteren Jahren begann er dann zu trinken. Er war wohl verbittert. Es ist schrecklich mitanzusehen, wie ein Mensch sich vor den eigenen Augen zu Tode trinkt. Das Hinfallen. Das Erbrechen. Die körperlichen Unanständigkeiten. Ich habe das Kind so gut es ging davor bewahrt. Habe sie in ihrem Zimmer eingeschlossen. Ich meine, sobald er nachts nach Hause kam. Aber Kinder sind schlau. Sie bekommen einiges mit, sie können es spüren.

Und dann — wahrscheinlich ist es schrecklich, so etwas zu sagen, aber Gott in Seiner unendlichen Barmherzigkeit war gnädig. Gnädig zu ihm und gnädig zu mir und gnädig zu seinem Kind. Er lag eine ganze bitterkalte Nacht lang im Rausch in einer Einfahrt, konnte nicht aufstehen und gehen und starb an Unterkühlung.«

Und war Gott auch zu Starr gut? fragte sich Madeline blasphemisch. Als er sie mit einundzwanzig aus der Welt schaffte, nachdem er ihr eine solche Kindheit geschenkt hatte?

»Als Starr noch klein war, waren Sie da besorgt und ängstlich, daß sich das Verschwinden des ersten Kindes wiederholen könnte, wie Sie es zuerst befürchtet hatten?«

»Nein, seltsamerweise nicht«, sagte Charlotte. »Ich bin zu meinem Priester gegangen, und er hat viel dazu beigetragen, mir meine Befürchtungen zu nehmen. Er hat sinngemäß gesagt, daß ein Blitz nie zweimal einschlägt und daß es praktisch nicht im Bereich des Möglichen liegt, daß so etwas derselben Familie, denselben Eltern ein zweites Mal passiert. Das hat mir eingeleuchtet, und von da an war ich alle meine Ängste los.«

»Haben Sie auch bestimmt nichts dagegen?« fragte Madeline, bevor sie das dünne Päckchen aufschnürte, das Charlotte ihr gegeben hatte.

»Nein, nur zu; Sie können sie ruhig lesen, wenn Sie wollen«, forderte Charlotte sie auf. »Es steht nichts Wichtiges drin; eben die typischen Briefe, die ein Mädchen, das von zu Hause weg ist, nach Hause schreibt.« Dann fügte sie nachdenklich hinzu: »Wahrscheinlich ist es albern, Briefe aufzuheben — zumal, wenn die Schreiberin tot ist.«

»Aber das tun wir doch alle irgendwann einmal«, erinnerte Madeline sie.

»Sie müssen sie umdrehen, wenn Sie sie in der richtigen Reihenfolge lesen wollen«, erklärte Charlotte. »Die frühen sind unten, die späteren oben.«

Vielleicht hilft es mir, sie besser kennenzulernen, rechtfertigte sich Madeline in Gedanken und wußte, daß sie sich etwas vorlog. Sie versuchte nicht, Starr besser kennenzulernen; sie schnüffelte schlicht, versuchte Hinweise aufzuspüren, fast wie es ein Detektiv getan haben würde. Sie war sich mit Unbehagen bewußt, daß es etwas ganz anderes war, Charlotte im Gespräch zu befragen, als Starrs Privatbriefe zu lesen, Briefe, die an jemand anderen gerichtet waren. Zumindest nach ihrem eigenen Empfinden, und das zählte. Es war, als sähe man jemanden nackt ausgezogen vor sich.

Sie nahm die Briefe mit hinüber zum Fenster und setzte sich dorthin, um sie ungestörter lesen zu können. Charlotte blieb auf ihrem Platz sitzen, blickte schweigend auf ihre Handrücken hinunter, als durchlebe sie in der Erinnerung noch einmal die Zeit, als sie sie zum erstenmal gelesen hatte.

Madeline las nicht jeden von vorn bis hinten durch; das mußte sie nicht. Ihr Blick überflog jeweils die Seite und griff einen Schlüsselsatz heraus. Manchmal kam in diesem Schlüsselsatz der ganze Kern des Briefes, seine Bedeutung für ihre Zwecke, zum Ausdruck.

...sehr müde von der Fahrt. Und natürlich ein bißchen Heimweh. Habe Dich und die Stadt, in der ich aufgewachsen bin, vermißt. In der ersten Nacht in einer fremden Stadt ist einem immer seltsam zumute...

...gewöhne mich langsam daran. Fühle mich allmählich zu Hause...

...Arbeitskollegin hat darauf bestanden, mich zu dieser Party mitzuschleppen. Ich wollte eigentlich nicht hin, habe mich aber breitschlagen lassen, damit sie mich nicht für unfreundlich und unnahbar hält.

Dort war ein Mann namens Herrick. Wirkte sehr nett. Hat mich hinterher nach Hause gebracht, nur bis zur Tür. Hat mich gefragt, ob er mich anrufen darf. Ich habe ihn angelogen und gesagt, ich hätte kein Telefon. Ich will mich noch nicht mit jemandem einlassen, das hat Zeit...

...ich bin beinahe umgekippt, als ich dranging und sich herausstellte, daß er es war. Wie es scheint, hat ihm diese Kollegin meine Nummer gegeben. Na, wenn ich die zu fassen kriege, der werd' ich was erzählen...

...je mehr ich ihn zu entmutigen versuche, desto weniger scheint es mir zu gelingen. Die Situation wächst mir allmählich über den Kopf...

...es hat sich herausgestellt, daß er verheiratet ist. Zwar hat er es mir aus freien Stücken gesagt, aber das macht es auch nicht besser. Ich habe ihm in deutlichen Worten Lebewohl gewünscht und ihm gesagt, er soll mich nicht mehr besuchen kommen...

...Es hat mehr weh getan, als ich mir vorgestellt hatte. Ich muß viel tiefer hineingeraten sein, als mir bewußt war...

...als er sagte, wer an der Tür war, wollte ich nicht aufmachen, da hat er ein Papier unten durchgeschoben. Ich habe es aufgehoben und angesehen, es war eine Kopie seiner und ihrer Scheidungsurkunde. Rechtskräftig. Ich habe eine Weile darüber nachgedacht. Dann habe ich die Tür aufgemacht. Plötzlich lagen wir uns in den Armen. Bis zu diesem Moment war es mir nicht klar gewesen, aber ich liebte ihn schon lange...

...Gestern haben wir geheiratet...

...Je länger ich ihn kenne, desto mehr liebe ich ihn. Es ist wie ein wahrgewordener Traum. Ich liebe ihn so sehr, daß ich manchmal Angst habe, daß etwas passieren wird, daß ein unfreundliches Schicksal uns dafür bestrafen wird, daß wir es wagen, so glücklich zu sein. Es ist zu schön, um von Dauer zu sein...

...Gestern anderthalb Jahre. Achtzehn Monate. Unser anderthalbjähriger Hochzeitstag, sagt man das so? Er hat mir ein goldenes Armband mit Amulett geschenkt. Jedes Jahr soll man ein neues Amulett dazutun, bis es ganz voll ist. Auf dem ersten steht »Ich liebe dich«. Wie können die späteren hinzukommenden das übertreffen? Ich habe ihm ein Feuerzeug mit seinen Initialen geschenkt. Wir haben in der Wohnung Champagnercocktails getrunken, nur wir zwei ganz allein. Dann sind wir chinesisch essen gegangen. Danach sind wir bei einer großen Musikrevue gewesen. Als wir uns nach dem Schlußvorhang durch das Gedränge im Foyer einen Weg nach draußen bahnten, wollte er mich zum Schluß in einen dieser großen Nachtclubs ausführen. Ich habe gesagt: »Vick, gib doch nicht in einer Nacht dein ganzes Geld aus. Ich weiß, daß du mich liebst. Du mußt dich nicht so in Unkosten stürzen, um es mir zu beweisen.« Er hat nur gesagt – und mir dabei diesen Blick zugeworfen, bei dem ich dahinschmelze wie ein Schneeball in einem Ofen –: »Laß es mich doch beweisen. Nur diese eine Nacht. Laß es mich doch beweisen. Bitte, ja?« Dieser Kleine-Jungen-Blick, dieser Ehemann-Blick, dieser Geliebten-Blick. Ich konnte nicht an mich halten, ich konnte einfach nicht. Ich habe mitten in der Menge die Arme um ihn geworfen, mich ihm an den Hals gehängt, ohne mit den Füßen den Boden zu berühren, und ihn ungefähr achtzehnmal geküßt. »Es gibt nur einen Vick, es gibt nur einen wie dich«, habe ich ihm ins Ohr geflüstert. »Das liegt daran«, hat er gesagt, »daß es nur eine Starr gibt...«

Madeline faltete den Brief zusammen und schloß die Augen.

Das klingt aufrichtig, überlegte sie. Das kann nicht vorgetäuscht sein, das kann nicht erfunden sein. Noch so lange danach glüht ja geradezu die Tinte, mit der es geschrieben wurde. Sie haben sich unsterblich geliebt, wahnsinnig geliebt, wahrhaft geliebt.

Es war der letzte Brief. Danach war keiner mehr gekommen.

»Aber die erste Frau hat es nicht widerspruchslos hingenommen. Sie war Sängerin. Ist in Clubs aufgetreten. Ein Rauhbein, verstehen Sie, was ich meine? Sie hat ihnen etwas angetan, was die Ehe vollkommen ruiniert hat. Vollkommen ruiniert.«

»Was denn?«

»Das habe ich nie erfahren. Starr wollte es nicht sagen.«

»Ist Starr ihr je begegnet? Hat sie sie überhaupt gekannt?«

»Das habe ich sie auch gefragt. Sie hat gesagt: ›Ich habe sie nie im Leben zu Gesicht bekommen.‹ Das waren ihre Worte. ›Ich habe sie nie im Leben zu Gesicht bekommen.‹ Dann hat sie gesagt: ›Sie hat bloß ein einziges Mal angerufen. Bloß ein einziges Mal, um ein Uhr morgens. Bloß ein kurzer Telefonanruf, aber er hat mein Leben ruiniert, mein Glück zunichte gemacht, die Tore zur Hölle weit aufgerissen und mich hineingestoßen.‹«

Madeline starrte sie gespannt, angsterfüllt, verwundert an.

»Genauso habe ich sie auch angesehen«, sagte Charlotte, die den Blick richtig deutete.

»Hat sie sonst noch etwas gesagt?«

»Nur folgendes: ›Ich würde gern mit ihr quitt werden.‹ Sie hat eine Faust gemacht, die geballte Faust so gehalten – und sich dann damit ins Gesicht geschlagen, zwischen die Augen. ›Ich würde gern mit ihr quitt werden‹, hat sie gesagt. ›Aber was könnte ich ihr schon antun, das dem entspräche, was sie mir angetan hat? So etwas gibt es auf der Welt nur einmal, nur einmal, nie zweimal.‹«

Charlotte kam zur Tür, und ihr Gesicht strahlte auf, als sie Madeline sah. Sie gewann sie allmählich lieb, nahm Madeline an. Sie küßten sich leicht auf die Wange.

»Kommen Sie herein«, sagte Charlotte. »Ich mache Ihnen eine Kleinigkeit zu essen. Es ist so schön, beim Essen Gesellschaft zu haben und nicht allein zu sein.«

»Nein«, widersprach Madeline. »Ich wollte mit Ihnen ausgehen. Es ist so ein herrlicher Tag. Haben Sie das schon bemerkt?«

Charlotte nickte. »Es ist wirklich herrlich. Ich habe es vom Fenster aus gesehen.«

»Machen wir einen Spaziergang in dem ruhigen kleinen Park nicht weit von hier –«

»Lakeside?«

» – setzen wir uns eine Weile in die Sonne und plaudern. Danach spendiere ich Ihnen in einem Restaurant oder einer Teestube, worauf Sie Lust haben. Sie werden sehen, wieviel Spaß es macht, einen Teil des Tages zusammen zu verbringen.«

»Sie verwöhnen mich«, sagte Charlotte versonnen.

Madeline bedachte sich selbst mit einem leichten Kopfschütteln, während sie in der Tür stand und wartete. Sie kam sich einfach ein bißchen unaufrichtig, ein bißchen hinterlistig vor. Und dabei, sagte sie sich, konnte es Charlotte doch gar nicht schaden oder zu ihrem Nachteil sein. Im Gegenteil, sie versuchte doch nur, die Wünsche ihrer Tochter auszuführen, sie zu erfüllen. Das müßte sie doch gutheißen, damit müßte sie doch einverstanden sein, wenn sie es wüßte.

Charlotte kam zurück, das schlichte Kleid lediglich durch Hut und Handtasche ergänzt.

»Vergessen Sie auch nicht abzuschließen«, erinnerte Madeline sie fürsorglich, als sie die Tür hinter ihr zuzog.

Sie gingen zusammen die in der Sonne leuchtende Straße entlang, das Mädchen und die ältere Frau, wie Mutter und Tochter. Wie Starr es getan haben mochte, zu einer Zeit, die nun vorbei war.

Madeline seufzte leise. Starr. Immer Starr. Warum bin ich mit einem so überempfindlichen Gewissen auf die Welt gekommen, dachte sie. Diejenigen, die keins haben, wieviel leichter haben sie es.

Sie gingen in den Park, verlangsamten ihren ohnehin gemächlichen Schritt noch weiter und schlenderten einen der langen, gewundenen, gepflasterten Wege entlang. Das Grün mit seinen durch die klare Luft und die strahlende Sonne fast unnatürlich satten Abstufungen war absolut unglaublich. Das Gras war wie Smaragd und funkelte sogar (es war wohl vor kurzem besprengt worden, nahm sie an). Die Blätter an den Bäumen glichen kleinen Spänen und Schnitzeln aus hauchdünner, dunkelgrüner Jade, und unter jedem Baum lag ein Tümpel aus saphirenem Schatten. Im Schmuck eines solchen Tages wirkte das Ganze nicht wie ein wirklicher Park, sondern wie eine nachträglich kolorierte Ansichtskarte davon.

»Städte und ihre Parks können auch heutzutage zuweilen noch schön sein«, bemerkte Madeline.

»Als Kind bin ich oft zum Spielen hierhergekommen. Meine Mutter ist mit mir hergegangen.«

Sie kamen an einem kleinen Teich vorbei, auf dem Enten schwammen. Das Wasser blitzte und blendete wie blankpoliertes Silber. Selbst das Gefieder der plumpen kleinen Vögel schimmerte grün-golden wie polierte Bronze.

In der letzten Bemerkung hatte Madeline einen Ansatzpunkt erkannt.

»Starr hat das später wohl auch getan.«

»Ja, ich bin mit ihr hierhergekommen, so oft es ging. Und der Kreislauf hat sich wiederholt. Schon seltsam, das Leben.«

Aber jetzt ist sie tot, also wird sie ihrerseits nie ihre kleine Tochter zum Spielen hierherbringen können.

Charlotte wandte sich ihr ganz unerwartet zu und sagte: »Ich weiß, woran Sie gerade gedacht haben.«

Madeline versuchte nicht, es abzustreiten. Sie nickte einfach und sagte: »Ja, daran.«

Sie kamen zu einer Bank, und Madeline sagte: »Sollen wir uns hier hinsetzen? Ist Ihnen das recht?«

Sie setzten sich beide.

Madeline holte Zigaretten hervor und bot ihrer Begleiterin eine an.

»Es ist Jahre her, daß ich eine probiert habe«, sagte Charlotte. »Aber ich denke, ich gönne mir zur Abwechslung mal eine, wenn es Ihnen recht ist.«

»Ich möchte mit Ihnen noch ein bißchen über Starr reden«, sagte Madeline. »Das heißt, wenn es Ihnen nichts ausmacht.«

»Jetzt nicht mehr«, sagte Charlotte. »Nicht seit Sie hier sind. Davor hat es schon weh getan, bloß an sie zu denken. Jetzt scheint es mir zu helfen, mich zu erleichtern, wenn ich über sie rede.«

Madeline vergeudete keine Zeit mehr mit Präliminarien. »Als sie in die Stadt zurückgefahren ist, als sie das letzte Mal hier weggefahren ist, glauben Sie, sie hatte die Absicht, zu — zu ihrem Mann zurückzukehren, sich wieder mit ihm zu versöhnen?« Sie ließ ihr winziges cloisonné-emailliertes Feuerzeug endgültig wieder in ihre Handtasche fallen.

Charlotte blickte ziemlich überrascht zu ihr auf.

»Warum zögern Sie mit der Antwort? Sie sind sich nicht sicher, ist es das?«

»Ich bin mir sicher«, sagte Charlotte und sah weg.

»Sie sind sich sicher, daß sie nicht zu ihm zurückwollte?«

»Ich bin mir sicher, daß sie tatsächlich nicht zu ihm zurückwollte. Jedenfalls nicht so, wie Sie das meinen.«

»Aha, ich verstehe«, warf Madeline kurz ein, denn sie hoffte, daß das Gespräch mittlerweile so weit in Gang gebracht war, daß der Rest mehr oder weniger von allein herauskommen würde, ohne daß sie allzusehr nachbohren mußte.

So geschah es auch, freilich etwas widerstrebend.

»Ich habe ihr die Frage selbst gestellt, als sie am Abend vor ihrer Abreise zu packen anfing. Ganz natürlich, daß eine Mutter ihrer verheirateten Tochter, die sich ihrem Mann entfremdet hat, diese Frage stellt, finden Sie nicht?«

Madeline nickte nur, da sie nicht unterbrechen wollte.

»Sie hat aufgehört mit dem, was sie gerade tat, und mich angesehen. Ich werde diesen Blick mein Lebtag nicht vergessen. Es war ein schrecklicher Blick. Noch nie hatte ich einen solchen Blick bei ihr gesehen. Auch bei sonst niemandem. Er war grimmig, er war von tödlichem Haß erfüllt. Ihre Augen spannten sich an den Winkeln straff nach hinten und waren hart wie Stein. Auch ihr Mund war zu einer dünnen, verkniffenen Linie gedehnt. Und sogar ihre Nasenflügel konnte ich mit ihren Atemzügen pulsieren sehen. Ich wiederhole, es war der schrecklichste Blick, den ich je gesehen habe.

Und dann hat sie gesagt – und sogar ihre Stimme war nicht mehr die gleiche –: ›Und ob ich zu ihm gehe. Ich gehe zu ihm, und wenn es das letzte ist, was ich tue. Ich gehe zu ihm, darauf kannst du dich verlassen.‹

Genau wie ich jetzt sehe, daß Sie nicht verstehen, habe ich nicht verstanden, was sie damit meinte. An dem schrecklichen, fast irren Blick, von dem ich Ihnen erzählte, habe ich erkannt, daß sie nicht Versöhnung, nicht Verzeihen, nicht Liebe meinte. Schon die Art, wie sie es gesagt hatte. Sie hat nicht gesagt: ›Ich gehe zu ihm ZURÜCK.‹ Sie hat nicht gesagt: ›Ich gehe WIEDER zu ihm.‹ Sie bestand immer wieder auf den Worten ›Ich gehe zu ihm‹, als ob darin die Drohung oder die Bedeutung dessen läge, was sie vorhatte.«

Charlotte hielt ihre Zigarette wie jemand, der das Rauchen nicht gewöhnt ist – zwei Finger um das äußerste Ende des Filters gekrümmt. Sie warf sie auf den Boden und trat sie aus.

»Vielleicht wollte sie ihn verhaften lassen oder vor Gericht bringen? Oder sogar ins Gefängnis?«

Charlotte schüttelte ganz ruhig, ganz langsam den Kopf. »Mehr als das.«

»Aber was kann eine Frau denn mehr –?«

»Sie hatte vor, ihn umzubringen.«

Madeline fuhr unwillkürlich zusammen. »Woher wollen Sie das so genau wissen?«

»Ich habe den Revolver«, sagte Charlotte tonlos.

»Woher haben Sie gewußt, daß sie einen hatte?«

»Ich habe es nicht gewußt. Das hat sich ganz zufällig ergeben. Sie hat an diesem Abend fertiggepackt, und wir haben nicht mehr darüber geredet. Ich wollte diesen Blick nicht mehr sehen. Ich wollte ihn nicht noch einmal hervorrufen. Am nächsten Tag ist sie kurz weggegangen, um vor der Zugfahrt noch ein paar Sachen einzukaufen. Ich hab' noch ein paar Taschentücher von ihr gefunden, die ich für sie gewaschen und gebügelt hatte. Ich hatte vergessen, sie ihr am Abend vorher so rechtzeitig zurückzugeben, daß sie sie einpacken konnte, und sie hatte offenbar vergessen, daß ich sie noch hatte.

Ich bin damit in ihr Zimmer gegangen. Die Tasche war verschlossen und reisefertig, aber sie hatte ihre Schlüssel auf der Kommode liegenlassen. Warum auch nicht. Ich war nie so eine neugierige Mutter, die in den Sachen eines Mädchens herumschnüffelt, auch nicht, als sie noch jünger war.

Ich habe die Tasche aufgemacht und angefangen, die Taschentücher gleichmäßig obenauf zu verteilen. Dabei habe ich unter einer Kleiderschicht etwas Hartes und Schweres gefühlt. Ich habe es aufgedeckt, und es war ein Revolver.«

Selbst so lange danach stieg ihr, wie Madeline sehen konnte, noch ein Anflug der damaligen Angst und Besorgnis ins Gesicht.

»Ich hatte Angst, ihn da drin zu lassen. Ich hatte ständig diesen Blick vom Abend zuvor vor Augen. Ich wollte nicht, daß sie es tat, daß sie in Schwierigkeiten kam. Ihr ganzes Leben wäre von da an wertlos, ruiniert. Ganz gleich, was er ihr angetan hatte. Ich habe den Revolver rausgenommen, die Tasche wieder in

Ordnung gebracht und verschlossen. Und die Schlüssel wieder dorthin gelegt, wo ich sie gefunden hatte.

Ich wußte nicht, was ich damit machen sollte. Ich wußte, wenn sie sein Fehlen vorzeitig bemerkte, ehe sie in den Zug stieg, würde sie ihn wie eine Stecknadel suchen. Ich wollte nicht, daß sie ihn wiederbekam. Schließlich ist mir ein Versteck eingefallen, auf das sie höchstwahrscheinlich nicht kommen würde. Der Kühlschrank in der Küche war sehr alt, und zwischen seiner Rückseite und der Wand war ein Zwischenraum. Dort habe ich ihn hineingesteckt. An dem Teil, wo man ihn hält, am Griff, war er etwas dicker, deshalb ist er nicht ganz hinuntergerutscht, sondern ziemlich weit oben steckengeblieben.«

»Hat sie sein Fehlen bemerkt?«

»Nein, sie hat die Tasche nicht noch einmal aufgemacht. Die Sachen, die sie in letzter Minute noch eingekauft hatte, hat sie in einer Einkaufstasche mitgenommen. In der Reisetasche war dafür ohnehin kein Platz mehr.«

Sie atmete schwer. »Wir haben uns einen Abschiedskuß gegeben, und sie hat den Zug genommen. Das war das letzte Mal auf dieser Welt, daß ich sie gesehen habe. Nicht einmal brieflich habe ich noch etwas von ihr gehört. Als nächstes habe ich dann erfahren, daß sie tot ist. Es muß gleich nach ihrer Rückkehr passiert sein, am nächsten oder übernächsten Tag.«

Dann fügte sie hinzu: »Sie hat nicht einmal gewollt, daß ich zum Bahnhof mitkomme. Sie hat gesagt, sie wollte nicht, daß ich sie dort verabschiede. Das allein zeigt, daß sie fest vorhatte – was ich Ihnen gesagt habe. Wir haben uns gleich an der Wohnungstür oben Lebewohl gesagt. Und dann habe ich zugesehen, wie das Licht hinter der kleinen Glastafel an der Fahrstuhltür langsam nach unten ging. Wie ein verlöschendes Leben.«

Zwei sehr kleine Mädchen, die sich ein einziges Paar Rollschuhe teilten, kamen vorbeigefahren, sie hielten sich an den Händen und stießen sich mit den Füßen ab. Eins fiel hin und riß das andere beinahe mit sich. Das Gesicht der Gestürzten begann zu arbeiten, zeigte alle Vorstadien eines tüchtigen Sichausweinens. Doch ihre Spielkameradin half ihr wie eine sehr klein geratene Mutter geschäftig wieder auf, strich ihr das Haar glatt und zupfte am Saum ihres Kleidchens, um es zu richten. Das Weinen blieb aus. Fröhlich wie zuvor schwangen sie sich weiter den Pfad entlang.

»Niedlich«, meinte Charlotte beiläufig, während sie ihnen nachsah.

Wenigstens haben sie nicht unsere Probleme, dachte Madeline.

»Was haben Sie hinterher damit gemacht?« fragte sie.

»Nichts. Ich wußte nicht, was ich machen sollte, ich hatte Angst davor, jemandem zu sagen, daß ich ihn hatte. Ich hatte Angst davor, es der Polizei zu melden, denn das hätte Starr mit ihm in Verbindung gebracht. Wie sollte ich überhaupt erklären, daß ich ihn hatte? Ich konnte nicht sagen, ich hätte ihn gefunden, denn man hätte ihn trotzdem zu ihr zurückverfolgen können. Ich hatte Angst davor, ihn in eine Papiertüte zu stecken und einfach irgendwo auf der Straße in eine Mülltonne zu werfen. Jemand anders hätte ihn finden und dazu verleitet werden können, etwas Schlimmes damit zu tun.

Später, nach ihrem Tod, kam eines Tages ein Handwerker, um sich den Kühlschrank anzusehen, und ich machte mir Sorgen, daß er ihn zu Gesicht bekommen könnte, deshalb habe ich ihn da hinten herausgeholt, in eine leere Schuhschachtel gelegt und die dann hinten im Schrank auf dem Boden versteckt. Seither ist er dort.

Ich kann ihn Ihnen zeigen, wenn wir zurückkommen.

Jedesmal, wenn ich an den Schrank gehe, um etwas herauszuholen, sehe ich ihn, und das mag ich nicht. Irgend etwas tut er mir. Einmal habe ich sogar nachts von ihm geträumt. Er ist von allein aus dem Schrank gekommen.«

»Ich schaffe ihn Ihnen vom Hals«, sagte Madeline gedankenverloren.

An diesem Abend setzte sie sich an den kleinen Schreibtisch in ihrem Hotelzimmer. Ein Schreibtisch war es eigentlich nur dank zweier flacher Schubladen mit Hotelbriefpapier, Telegrammformularen, einem Block mit vorgedruckten Wäschelisten und dank eines großen, grünen Löschpapierbogens, der die ganze Tischplatte bedeckte. Sie stellte ihre Handtasche darauf und öffnete sie. Sie nahm den Revolver heraus, den Charlotte ihr vor kurzem aufrichtig erleichtert übergeben hatte, und musterte ihn neugierig.

Sie wußte nichts über Revolver, nur daß sie töten konnten (und wer wüßte das besser als sie?). Sein Kaliber konnte sie nicht bestimmen, abgesehen davon, daß es ziemlich klein war. Die typische Waffe, die eine Frau oder ein Mädchen kaufen und tragen würde. Aber klein oder nicht, er konnte Leben nehmen. Er war vernickelt, zumindest hielt sie den glänzenden, silbrigen Überzug für eine Vernickelung, und der Griff bestand aus Horn oder Elfenbein — aus welchem von beiden, wußte sie nicht genau.

Sie legte den Revolver auf eine Seite der Löschunterlage und ließ ihn vorerst dort liegen. Sie öffnete eines der Innenfächer ihrer Handtasche und entnahm ihm ein kleines, billiges Notizbuch, wie man es in jedem Kaufhaus oder Schreibwarengeschäft bekommen kann. Die kleinformatigen Seiten waren blau liniert, ein weiterer Hinweis auf seinen niedrigen Preis. Auf den Deckel war mit unabsichtlicher Ironie das einzelne Wort ›Memo‹ aufgedruckt.

Aber es stand praktisch noch nichts darin, nur ein kurzer Satz:

1. Mit einer Frau quitt werden.

Sie nahm einen metallenen Kugelschreiber aus der Handtasche und drückte mit leisem Klicken die Spitze heraus. Dann wog sie ihn in der Hand, schrieb aber nicht (als wäre, sobald sie schriebe, das Geschriebene unwiderruflich und sie würde daran festgehalten). Sie dachte an den Vers aus dem RUBAIYAT, der lautet: »Der rührige Finger schreibt und schreitet, ist's geschrieben, fort / Und alle Frommheit nicht und aller Witz / Lockt ihn zurück, zu streichen eine halbe Zeile / Und alle Tränen löschen nicht ein einziges Wort.«

Sie schaute auf den Revolver, sie schaute auf den Kugelschreiber, sie schaute auf die Seite dazwischen, die bis auf den einzigen Satz noch immer leer war. Es glich ein wenig dem Unterzeichnen eines Todesurteils.

Lange Zeit saß sie reglos da. So still, daß das Ticken ihres kleinen Reiseweckers auf der Kommode im Schweigen ihres Herzens und ihres Verstandes, dem unschlüssigen Schweigen, deutlich zu hören war.

Wenn sie erst schrieb, mußte sie auch danach handeln, es bis zum Ende durchführen, denn so war sie, und nichts konnte etwas anderes aus ihr machen, als sie war.

Plötzlich senkte sich der Kugelschreiber auf das Papier, und die Ziffer ›2‹ erschien.

1. Mit einer Frau quitt werden.
2.

Erneut hielt sie inne. Sie verschränkte die Hände, den Kugelschreiber noch ins Gewirk der Finger geklemmt, führte sie zum Mund und hielt sie dort so, an die Lippen gepreßt, als flüsterte sie ihnen etwas zu.

Die Medizin, die ich nehme, um meine Krankheit zu heilen, ist die ein zweites Mal auftretende Krankheit selbst, dachte sie. Habe ich denn das Recht dazu? SIE hat Haß für ihn empfunden, ich empfinde keinen. Wie denn auch, ich kenne ihn ja gar nicht. Habe ihn noch nicht einmal gesehen.

ICH HABE ES IHR VERSPROCHEN. ICH HABE ES IHR GELOBT. DAS VERTRAUEN DER TOTEN DARF MAN NICHT ENTTÄUSCHEN, SONST ERSTEHEN SIE AUF, UM EINEN ANZUKLAGEN.

Plötzlich stieß der Kugelschreiber aufs Papier, zuckte in raschem, abgehacktem Strich darüber hin und rollte frei vom Fingerdruck in drei, vier Drehungen aus. Es war getan.

1. Mit einer Frau quitt werden.
2. Einen Mann umbringen.

Zum erstenmal sah Madeline sie eines Abends in einem Vergnügungslokal namens INTIME. Sie war dort Sängerin. Sie wurde von einer dreiköpfigen Combo begleitet, Klavier, Schlagzeug und Baß. Sie war dort Sängerin, und sie war gut.

»OH-H-H-H-H-H-H,
THERE'S A LULL IN MY LIFE,
SINCE YOU HAVE GONE AWAY
THERE IS NO NIGHT, THERE IS NO DAY...«

An einer Wand des Raumes entlang verlief knapp über Kopfhöhe eine Art schmale Plattform oder Galerie, und darauf stand sie, die Hände auf dem Geländer, und blickte auf die Zuhörer hinab. Von der anderen Seite des Raumes maß ein Punktscheinwerfer mit der Exaktheit einer weißen Maske ihr Gesicht ab, ohne den Bruchteil eines Zentimeters Licht übrigzulassen, so daß ihr Hals, ihre Schultern, ihre Arme und ihr Kleid in rauchigen, braunen Dämmer getaucht blieben.

Ein Lied von Liebe, von verlorener Liebe. Es herrschte jene äußerste, samtige Stille, die die völlige Beherrschung der Zuhörer bedeutet.

Paare Seite an Seite, sich an den Händen haltend, Köpfe an Schultern geschmiegt, und sie glaubten daran, saugten es auf, lebten es. Niemand im Lokal war viel älter als dreißig. Es war etwas für Junge. Der Betreiber hatte da eine gute Idee gehabt, und Madeline begriff sofort, worin sie bestanden haben mußte.

Leute, die viel Geld für ihr Nachtleben ausgeben können, gehen in einen der großen, schicken Clubs mit ihren Tanzflächen, Revuen und zwanzigköpfigen Bigbands. Leute, die kein Geld für ihr Nachtleben ausgeben können, gehen in die Bar an der Ecke und sehen mit ihren Freunden aus der Nachbarschaft fern. Aber dazwischen gibt es noch eine Gruppe, die unter keine der beiden Kategorien fällt. Die jungen verlobten und die jungen verheirateten Paare, die noch in rosarote Nebel von Liebe gehüllt sind, die noch daran glauben, die es noch gesungen hören wollen. Dies Lokal war für sie da und die ein, zwei Dollar, die sie ausgeben konnten; Madeline sah sie überall um sich herum, mit verklärtem Blick, Wange an Wange gedrückt, wie sie ihre Träume träumten. Sie würden wiederkommen und ihre Freunde mitbringen, andere von ihrem Schlag: die Jungverliebten. Der Betreiber hatte ein Lokal mit eingebauter Kundschaft. Das junge Ehepaar von morgen. Ja, er hatte eine gute Masche gefunden.

Während des Liedes und der zwei, drei, die folgten, dachte sie immer wieder: Aber das reicht nicht. Wie lerne ich sie kennen? Richtig kennen? Soll ich ihr einen Fanbrief schicken, schreiben, daß ich sie bewundere, ihre Bekanntschaft machen will? Das bringt nur ein Lächeln, einen Händedruck, ein paar höfliche Phrasen, und dann darf ich wieder verschwinden. Wenn Männer eine Künstlerin kennenlernen wollten, wurden sie Bühneneingang-Johnnies. Genau das mache ich auch, beschloß sie. Ich werde etwas in der Art, aber mit etwas anderen Absichten. Ich werde eine Bühneneingang-Jenny.

Sie wartete noch so lange, daß sie den Applaus abschätzen konnte. Er war nicht donnernd, er war nicht stürmisch, es war nicht die Sorte Lokal. Aber er war warm und freundlich, wie leichter Sommerregen, der auf ein Blechdach trommelt. Sie mochten sie, und das ist immer schon die halbe Miete.

Von außen war das Lokal so unscheinbar, daß man es leicht hätte übersehen können. Es gab keinen Baldachin, keinen Türsteher, kein Fließband aus ankommenden und abfahrenden Taxis. Über der Tür befand sich eine sehr bescheidene Neonreklame, die wie handgeschrieben das Wort ›Intime‹ bildete, und an einer Seite auf einer Staffelei ein Sandwichplakat, auf dem schlicht ›Adelaide Nelson, Gesangskünstlerin‹ stand und das ihr Foto und den Namen der Combo, ›The Partners Three‹, zeigte.

Nach ein paar Minuten unschlüssigen Herumstehens vor dem Lokal bekam sie, sozusagen als Ersatz, ein Taxi. Es kam eins, setzte jemanden ab, und sie stieg ein und setzte sich, noch ehe der Sitz abgekühlt war.

Der Fahrer warf schließlich einen fragenden Blick nach hinten, nachdem er vergeblich darauf gewartet hatte, daß sie von sich aus das Fahrziel nannte.

»Ich warte auf jemanden, der gleich herauskommt«, sagte sie ihm, »bleiben Sie also einfach ein Weilchen stehen. Sehen Sie die Parklücke hinter dem Auto gleich vor uns? Probieren Sie, ob Sie da hineinkommen; dann bleibt der Eingang frei.«

Er tat es, mit einer Gewandtheit und Behendigkeit, wie sie nur ein routinierter Taxifahrer an den Tag legen konnte. Damit befand sie sich außerhalb von Adelaide Nelsons unmittelbarem Blickfeld, wenn diese herauskäme. Sie überprüfte anhand mehrerer Leute, die vorher herauskamen, die Sicht und stellte fest, daß sie sie einwandfrei sehen konnte, wenn sie mit einer halben Kopfdrehung zum Rückfenster hinausblickte.

Der Fahrer rauchte und brachte sein Fahrtenbuch auf den neuesten Stand.

Sie saß einfach da, hielt Ausschau und wartete.

»Machen Sie das Licht aus«, sagte sie plötzlich.

Adelaide Nelson trug eine salopp über die Schulter geworfene Pelzstola und keinen Hut. Madeline bekam sie deutlich zu sehen. Sie mußte genauso warten wie vorhin Madeline. Einmal ging sie sogar auf das Taxi zu, in dem Madeline saß, obwohl dessen Leuchtschild eindeutig aus war. Madeline kauerte sich in eine Ecke. Ehe die Frau Madelines Taxi erreichen konnte, kam ein anderes langsam herangefahren, und sie winkte es heran und stieg ein.

Madeline sagte: »Sehen Sie das Taxi gleich hinter uns, in das die Frau eingestiegen ist? Dem fahren Sie einfach den ganzen Weg nach.«

»Ach, so 'ne Geschichte ist das«, meinte er mit unbeteiligter Stimme.

»Sie brauchen ihm nicht am Auspuff zu kleben, aber verlieren Sie es nicht aus den Augen.«

Er gehörte zu den Fahrern mit Rhythmusgefühl. Er hatte gelernt, Fahrweise und Geschwindigkeit so abzustimmen, daß er jede Ampel nahm, kurz bevor sie umsprang, und kein einziges Mal anhalten mußte.

An einer Kreuzung wurde das vordere Taxi von einem ausscherenden Bus geschnitten und schaffte die Ampel nicht mehr, weshalb auch er sie nicht schaffen durfte und ebenfalls zurückbleiben mußte. Danach stimmte der Takt nicht mehr, und keines der beiden Autos kam mehr über eine einzige Ampel, ohne anzuhalten. Aber sie blieben jedesmal zwischen zwei Querstraßen beieinander.

Schließlich hielt das führende Taxi, Adelaide Nelson stieg aus, bezahlte das Fahrgeld und ging unter einer langen, dunkelgrünen Bürgersteigüberdachung hindurch in ein Gebäude.

»Welche Hausnummer ist das?« fragte Madeline mit suchendem Blick.

»Zwei-zwanzig.«

Sie hatte sie unterdessen schon selbst ausgemacht.

»Gut, Sie können jetzt weiterfahren.« Sie gab ihm ihre eigene Adresse.

»Das war's schon?« fragte er verständnislos.

»Das war es.«

Sie wußte, daß noch mehr kam. So war es auch.

»Hat sie Ihnen Ihren Scheich ausgespannt, geht's darum?«

»Ich habe keinen Scheich zum Ausspannen. Und wenn ich einen hätte und er ließe sich so leicht ausspannen, könnte sie ihn behalten.«

Die Aktenmappe aus Pappmaché, die sie bei Woolworth gekauft hatte. Das Notenpapier, das sie in einem Musikgeschäft gekauft hatte. Die Noten auf dem Notenpapier stammten von ihr. Dürftig, aber von ihr, hatte sie sich gedacht, als sie sie niederschrieb, und das war kein Witz.

Sie konnte Klavier spielen, in der sehr beschränkten Art, die man mit wöchentlichen Stunden im Alter von zwölf Jahren erlernt. Und sie konnte ein Lied summen, wer kann das nicht? Und sie wußte, daß sich bei einem Liedtext das letzte Wort jeder zweiten Zeile mit dem letzten Wort zwei Zeilen vorher reimen muß, die Zeilen dazwischen sich jedoch nicht reimen müssen. Viel mehr ist an manchen Liedern ohnehin nicht dran. Aber ihr ging es nicht um Verkäuflichkeit, nur um Glaubwürdigkeit. Um eine Frau kennenzulernen.

Die Tür ging auf, und sie standen sich zum erstenmal gegenüber.

Aus solch unmittelbarer Nähe war Adelaides Make-up eine Karikatur. Aber es war kein individuelles, persönliches Make-up, es war Bühnen-Make-up, wie Madeline klar wurde, das mußte man ihr zugute halten. Ein Paar künstliche Wimpern, ohne Rücksicht auf Natürlichkeit über die eigenen geklebt, stachen aus ihren

Augenrändern wie Sonnenstrahlen aus einer Kohlezeichnung. Im Umkreis von mehreren Metern um sie herum war ein Aroma wahrzunehmen, in dem sich Alkohol und Blümchenduft die Vorherrschaft streitig machten. Ihr Haar war so geringelt, daß es schon kraus war, und ingwerfarben. Es zu kämmen mußte dem Versuch geglichen haben, einen Dornenstrauch zu kämmen. Sie hatte trügerische blaue Augen, die sich wahrscheinlich fast ins Grüne verdunkelten, wenn sie haßte. Wahrscheinlich haßte sie viel. Sie trug eine Art hüftlange, gesteppte Jacke und viertellange Shorts, beides weiß. Ihre Füße waren nackt, und ihre Zehen, wie Madeline bemerkte, golden lackiert.

Sie hatte etwas Herausforderndes, wie sie da stand; nicht speziell vor Madeline, sondern vor der ganzen Welt. Faß mich nicht an, sonst kratz ich dich; eine Allüre dieser Art.

»Sie sind das?« sagte sie. »Ich dachte, Sie wären ein Mann, so wie sich der Brief angehört hat.«

»Ich dachte, so hätte ich eine bessere Chance«, gab Madeline zu.

»Hatten Sie auch«, sagte ihr Adelaide frei heraus. »Kommen Sie trotzdem rein«, fügte sie barsch hinzu, »dann schauen wir mal, was ihr Zeug taugt.«

Sie warf sich rückwärts in einen Sessel, aber von der Seite, so daß ein Bein über die Armlehne zu liegen kam und schräg von ihrem Körper abgewinkelt blieb. Sie begann die Noten zu durchblättern. Sie vollbrachte Bemerkenswertes mit einem Mundvoll Rauch; schob die Unterlippe vor und stieß ihn in derart senkrechtem Strom nach oben aus, daß er ihr leicht das Haar bewegte, wo es auf dieser Seite in die Stirn hing.

»Als Titel nicht schlecht«, meinte sie und las ihn laut vor. »›Faß dir ein Herz (Nimm meins)‹.«

Sie stand auf und ging zum Klavier hinüber. Sie beugte sich stehend hinab und begann mit einem Finger auf der Tastatur die Töne anzuschlagen. Sie schüttelte verwirrt den Kopf, wie um ihn von der Disharmonie freizumachen, und begann noch einmal. Sie schüttelte erneut den Kopf und hörte auf.

»Was haben Sie denn da?« knurrte sie. »Das Zeug gibt nicht mal 'ne Melodie.«

Plötzlich kam ihr ein Gedanke. »Vielleicht halt ich's verkehrt rum«, meinte sie und drehte es auf dem Notenpult um. Dann drehte sie es erneut. »Nein, die Notenschlüssel zeigen alle in diese Richtung.«

Sie warf Madeline einen langen, skeptischen Blick zu. »Ha'm Sie mal Komposition studiert?« wollte sie wissen.

»Nicht direkt«, räumte Madeline ein. »Alle meine Freunde sagen, daß es mir ganz von allein zufällt.«

»Ach ja?« blaffte Adelaide. »Dann hören Sie auf mich und werfen Sie's gleich wieder weg. Ich weiß nicht, was es ist, was Sie da bekommen, aber Musik ist es ganz bestimmt nicht. Ich glaube, es ist das Morsealphabet auf slowakisch.«

»Was soll das heißen?«

»Das soll heißen, daß Sie von Musik nicht den leisesten Schimmer haben«, blaffte Adelaide. »Sie glauben, Sie müssen bloß eine Handvoll Noten aufs Papier werfen, und schon kommt ein Lied raus. So funktioniert das nicht, genausowenig, wie Sie Farbe auf eine Leinwand klecksen können, und heraus kommt die ›Mona Lisa‹.«

»Ich hab' an diesem Lied hart gearbeitet«, protestierte Madeline.

»Ach ja? Mir kommt's so vor, als wissen Sie gar nicht, was harte Arbeit ist. Ich hab' mal einen Mann gekannt, der war Physiklehrer. Der hat gesagt, es gibt eine Formel für Arbeit. Ich hab' gesagt, klar, zwei Drittel Ellenbogen und ein Drittel Schweiß. Aber er hat mir die Formel gesagt, und ich hab' sie mir gemerkt. Wissen Sie, wie sie lautet?«

Madeline wartete.

»Kraft mal Weg. Mit anderen Worten, es kommt nicht nur drauf an, wie kräftig man gegen etwas drückt. Es kommt auch drauf an, wie weit man es bewegt. Wenn man mit aller Kraft gegen eine Wand drückt und sie bewegt sich keinen Zentimeter, hat man keine Arbeit geleistet. Und das hier« — sie wedelte mit den Notenblättern — »das bewegt überhaupt nichts. Mich jedenfalls ganz bestimmt nicht.«

»Ich verstehe nicht«, sagte Madeline. »Wenn Sie von Wänden reden —«

»Sie wollen mit dem Kopf durch die Wand«, sagte Adelaide scharf, »wenn Sie erwarten, daß Sie hiermit irgendwas erreichen. Und Sie vergeuden meine Zeit.«

Es ist dein Lied, sagte sich Madeline. Du hast dein ganzes Leben hineingelegt, und diese Frau hat dir gerade gesagt, daß es nichts taugt. Das ist deine Chance. Wenn du sie nicht mit dem Lied für dich gewinnen kannst, dann gewinn sie damit, was du dabei fühlst.

Sie zwang sich, ein langes Gesicht zu machen. »Ich bitte vielmals um Entschuldigung«, sagte sie steif und griff nach den Notenblättern, um sie Adelaide aus der Hand zu nehmen. »Ich hatte ganz bestimmt nicht die Absicht, Ihre Zeit zu vergeuden.«

Sie ging zur Tür, drehte den Knauf, zog sie auf. Sie wandte sich um, wirkte den Tränen nahe. »Trotzdem danke«, brachte sie hervor, wobei ihre Stimme beim zweiten Wort brach, und dann war sie zur Tür hinaus und zog sie hinter sich zu.

Es vergingen ein, zwei Sekunden. Sie hörte, wie der

Knauf sich zu drehen begann; die Tür würde gleich noch einmal aufgehen. Rasch legte sie den Unterarm an die Wand und vergrub ihr Gesicht darin, in einer Haltung übermächtiger, untröstlicher, jugendlicher Verzweiflung. Sie ließ sogar die Schultern leicht beben, als müßte sie ein Schluchzen unterdrücken.

Die Tür ging auf, und sie wußte, daß Adelaide dastand und sie beobachtete.

»Kleines.« Adelaides rauhe Stimme wurde etwas weicher. Jedenfalls soweit sie fähig war, weicher zu werden. »Tut mir leid, daß ich so grob zu Ihnen war, Kleines. Vergessen Sie's, und kommen Sie wieder rein. Ihre Lieder kauf' ich nicht, aber ich kauf' Ihnen auf Kosten des Hauses einen Drink. Es ist ein einsamer, trüber Dienstagnachmittag.«

Madeline schickte sich langsam an, ihr Gesicht wieder zum Vorschein zu bringen und es ihr zuzuwenden, wobei sie sich Zeit ließ, ein zaghaftes, zittriges Lächeln zu erzeugen. Innerlich aber jubilierte sie. Sie war drin.

Frauen können häufig viel leichter und schneller Freundschaft miteinander schließen als Männer. Einmal ist ihr Ego weniger schwierig, weniger geneigt, ein mißverstandenes Wort oder eine Tat übelzunehmen und sich beleidigt zu fühlen. Ist der Pakt erst einmal geschlossen und anerkannt, neigen sie weniger dazu, sich im Umgang miteinander nichts zu vergeben, und verhalten sich viel weniger reserviert zueinander. Das liegt daran, daß eine Reihe auslösender Faktoren für ein solches Verhalten fehlt. Wenn überhaupt, mißgönnen sie einander selten den finanziellen Erfolg als solchen und neigen aus eben diesem Grund dazu, in finanzieller Hinsicht vertrauensvoller miteinander zu sein. Es fehlt das Halsabschneidertum des Geschäftslebens.

Es war Mitleid, das Adelaide die Möglichkeit zu einer Freundschaft mit Madeline eröffnet hatte, Mitleid in Verbindung mit Schuldgefühlen wegen ihrer Unbeherrschtheit. Aber Mitleid und Schuldgefühle können eine Beziehung nur eine gewisse Zeit aufrechterhalten, ehe der Gegenstand des Mitleides zum Gegenstand der Verstimmung wird, weil er einen mit unangenehmen Gefühlen belastet hat. In diesem Fall gingen die beiden Frauen vom Stadium des Mitleides und der Schuldgefühle rasch zur Grundlage einer tieferen Beziehung über.

Während sie Adelaide kennenlernte, wurde Madeline klar, daß sie ein Bedürfnis der anderen Frau nach einer Freundin erfüllte. Sie war jemand, mit dem man reden, jemand, dem man sich anvertrauen konnte. Gleichzeitig war sie jemand, den man anleiten und belehren, jemand, dem sich Adelaide überlegen fühlen konnte.

»Sag Dell zu mir«, forderte sie Madeline frühzeitig auf. »Was ist schon Adelaide? Eine Stadt in Australien. Ich wette, du warst noch nie in Australien.«

»Du hast recht.«

»Ich auch nicht, aber ich bin genügend herumgekommen, um zu wissen, daß ich da nicht hin muß. Weißt du warum? Weil es überall gleich ist. Und selbst wenn es anders ist, bin ich der gleiche Mensch, egal wohin ich gehe. Und das Leben, das ich da vorfinde, wäre das gleiche Leben, in das ich reingerate, egal wo ich bin. Es gäbe die gleiche Sorte Männer, auch wenn sie mit anderem Akzent reden. Genau wie hier würden sie das gleiche von einem Mädchen wollen und das gleiche dafür bieten. Ich würde die gleichen Lieder singen und von jedem, dem ich begegne, die gleiche alte Platte zu hören bekommen.«

»Das hört sich bitter an«, meinte Madeline.

»Ach ja? Was du nicht sagst. Bitter kommt man besser zurecht als süß. Wenn man süß ist, ist die Welt voller Leute, die drauf aus sind, einen zu fressen. Wenn man bitter genug ist, kosten sie einmal und hauen ab.«

»Und so willst du es haben?«

»So bleib ich am Leben«, sagte Dell.

Zwar milderte die Freundschaft Dells Verhalten Madeline gegenüber, änderte aber nicht ihre Meinung über die Musik, die Madeline komponiert hatte. »Das sind keine Lieder«, sagte sie rundheraus. »Allem Anschein nach hast du keine Ahnung, wie man eine Tonfolge zustande bringt, vom Ausknobeln der Akkorde ganz zu schweigen. Wenn du ein tolles Melodiegefühl hättest, könntest du dir von jemand anders die Akkorde ausarbeiten und ein Arrangement schreiben lassen, aber davon sehe ich hier nichts. Warum bist du überhaupt so wild drauf, Lieder zu schreiben?«

»Ich habe eben das Gefühl, daß es etwas ist, was ich tun muß.«

»Ja«, sagte Dell. »Ich kann schon verstehen, was das für ein Gefühl ist. Wenn einem was so ins Blut geht, ist es schwer, einen Weg zu finden, nein dazu zu sagen. Wenn man Glück hat, kommen das Bedürfnis und das Talent in einem Paket. Aber manche haben Pech und kriegen nur das eine ab. Sicher, wenn man das Talent, aber nicht das Bedürfnis hat, ist das nicht das Schlimmste auf der Welt. Ich hab' mal ein Mädchen gekannt, ich schwöre, die hatte eine Stimme wie ein Engel. Ein unglaubliches Organ. Und nicht bloß das

Rohmaterial. Ihre Phrasierung, ihr Timing, bei der stimmte alles. Alles, bis auf eins.«

»Und was war das?«

»Sie hatte nicht das Bedürfnis. Ihr lag nichts dran. Sie hätte auf Anhieb ein Star werden können, hätte wahrscheinlich ganz groß rauskommen können. Schallplatten, Fernsehen, vielleicht sogar Film. Das Talent dazu hatte sie. Aber ohne das Bedürfnis hat sie sich den Mist nicht gefallen lassen, der zum Geschäft gehört, und weißt du, wie's ihr ergangen ist?«

»Wie?«

»Sie hat einen wirklich netten Kerl kennengelernt und ihn geheiratet, und jetzt singt sie bloß noch ihrem Mann und ihren Kindern vor, wohnt in einem Haus in der Vorstadt und ist wunschlos glücklich. Hört sich gar nicht schlecht an, was?«

»Eigentlich nicht.«

»So ergeht's einem, wenn man das Talent und nicht den Drang hat. Wenn es umgekehrt ist, erlebt man sein Leben lang nur Enttäuschungen. Ach was, Quatsch — die erlebt man auch, wenn man den Drang UND das Talent hat, weil in diesem Geschäft sogar die Gewinner meistens verlieren. Aber immerhin gibt's zwischendurch ein paar Siege, etwas, was die Hoffnung aufrechterhält.«

»Und ich habe kein Talent?«

»In der Sparte Musik nicht. Aber ich werd' dir was sagen, so ungern ich dich auch ermutige —«

»Was?«

»Ein paar von deinen Texten sind gar nicht so schlecht. Es haut eigentlich keiner richtig hin, weil ein Text nicht in einem Vakuum existieren kann. Ein Text ist kein Gedicht, sondern der sprachliche Teil eines Liedes, und er muß zu einer Melodie passen. In einem wirklich guten Text, auch wenn er für sich allein steht, ist eine Melodie eingeschlossen, die darauf wartet, daß ein Komponist sie findet und herauszieht. Einen Text in dem Sinn hast du nicht, aber du hast hier und da Stückchen, die ein gewisses Flair zeigen.«

»Zum Beispiel?«

Dell durchblätterte Madelines Noten. »Na, zum Beispiel das hier«, sagte sie. »›You and I together all alone, in a little country of our own, where the population's only two.‹ Das ist bloß ein Fragment, aber es ist was dran, was mir gefällt. Das heißt allerdings nicht, daß es schon ein Text ist.«

»Vielleicht kann ich daran arbeiten.«

»Vielleicht ja, aber ich weiß nicht, warum du dir die Mühe machen solltest. Wenn man's recht überlegt, sagen alle Lieder das gleiche. Auf die eine oder andere Art sagen sie einem alle, die Liebe ist wundervoll. Manche sagen, sie tut weh, und manche sagen, sie ist ein Zuckerschlecken, aber alle glauben sie, daß alles sich darum dreht. Glaubst du, die Leute müssen das unbedingt nochmal hören?«

Es war komisch, dachte sie, wie rasch Dell die empfindsame Seite ihres Gemüts vergessen zu machen suchte. Sie konnte kein nettes Wort über einen bestimmten Text sagen, ohne es im nächsten Atemzug mit einem bissigen, sarkastischen Kommentar zunichte zu machen. Madeline wurde klar, daß es zwei Dells gab. Meist stand die weltlich gesinnte, zynische, schnodderige Dell auf der Bühne, aber die andere Dell wartete immer schon in den Kulissen.

Die andere Dell war ruhiger, nicht so ingrimmig. Und diese andere Dell sprach so selten, sprach so wenig, daß man sich kein Wort von ihr entgehen lassen wollte. Sie war tot, war abgetötet worden, würde nie mehr zum Leben erwachen, und man wollte so viel von ihr erfahren, wie man konnte.

»Da war Johnny Black. Er hat den größten Hit seiner Zeit geschrieben, ›Dardanella‹. Den haben sie ihm geklaut. Sich zumindest drangehängt, mitgemischt. Um ihn rausbringen zu können, hat er sie dran rumpfuschen lassen müssen, ein, zwei Noten ändern. Bloß damit sie ihren Anteil bekamen. Kennst du das lange, traurige Klagen, das mit dem Lied einsetzt und dann wieder verhallt? Jedesmal, wenn ich das höre, denke ich, es ist Johnny Black, der in seinem Grab klagt, weil sie ihm das Herz herausgeschnitten haben.

Da war Byron Gay. Er war völlig pleite, als er starb. Zwanzig Jahre nach seinem Tod hat jemand eine von seinen Nummern ausgegraben. Sie hieß ›Oh!‹. Schlicht ›Oh!‹. Wahrscheinlich der kürzeste Titel aller Zeiten. Er hat in einer Saison fünfundzwanzigtausend Dollar eingebracht. Hätte keiner netteren Leiche passieren können.

Es ist ein hartes Geschäft. Ein knochenhartes Geschäft. Laß bloß die Finger davon. Heirate und leg dir einen Schulbus voller Kinder zu. Dafür bist du glaub' ich eher der Typ.«

Doch ein andermal sagte sie, im Widerspruch zu ihren eigenen Worten: »Es gibt dabei auch Momente von plötzlicher Inspiration, für die sich alles andere lohnt, denke ich.

Zum Beispiel der aufstrebende junge Songwriter, der eines Tages auf den Straßen von New York von einem Gewitter überrascht wurde. Er stellte sich in der nächsten Hotelhalle unter, um ins Trockene zu kommen, und während er dort saß und darauf wartete, daß es aufhörte, bekam er zufällig mit, wie eine Frau zu ihrem Mann sagte: ›Hat es noch nicht nachgelassen? Können wir noch nicht gehen?‹ Der Mann drehte sich von dem Fenster weg, aus dem er hinaussah, und sagte: ›Nur noch ein paar Minuten. Warte, bis die Sonne scheint, Nellie – Wait till the sun shines, Nellie.‹

Oder damals, als Rodgers und Hart in Paris fast einen Autounfall hatten und eins von den Mädchen in ihrer Begleitung sich die Hand auf die Brust legte und sagte: ›Mein Herz ist stillgestanden – My heart stood still!‹«

In jedem von uns, dachte Madeline grüblerisch, stecken zwei. Der eine, der wir hätten sein können, und der andere, der wir sind.

Dell hatte einen Zug von Schläue, wie ihn viele Frauen besitzen, die auf den ersten Blick allein von Frivolität zu leben scheinen. Es war mehr als nur Schläue, sie hatte ein ausgezeichnetes Gespür für Geschäfte. Ausgehend von ihrer ursprünglichen Prämisse, für nichts etwas zu bekommen (und ist das dem Geschäftsleben so fremd?), setzte sie diese mit einer Tüchtigkeit um, die den Beifall jedes Verwaltungsrates gefunden haben würde.

Eines Tages gab sie mit einem Solitär an, den sie liebevoll anhauchte und dann an ihrem Ärmel blank rieb, und bemerkte beiläufig: »Der hier hat noch ungefähr zwei Wochen.«

»Was meinst du damit? Gibst du die Sachen zurück?« fragte Madeline überrascht.

Dell wölbte tadelnd die Augenbrauen. »Sei nicht albern«, wies sie sie zurecht. »So was tun nur Schwachköpfe.«

»Dieses alte Lied, das Carol Channing mal gesungen hat«, fuhr sie fort. »›Diamonds Are a Girl's Best

Friend‹, das ist Quatsch. Stimmt nicht. Man kann sie zwanzig Jahre hamstern, und was hat man dann? Immer noch Diamanten. Sie sind schön, aber sie arbeiten nicht für einen. Und alles, was nicht für einen arbeitet, ist eigentlich überhaupt nicht schön, oder? Ich will mal so sagen: gute Aktien werfen im Jahr drei Komma sechs ab. Diamanten werfen im Jahr genau null Komma null ab. Von Diamanten wird das Kätzchen nicht satt.

Deshalb mach' ich folgendes. Ich hab' so eine Art speziellen, persönlichen Freund —« Sie unterbrach sich, weil sie über sich selbst lachen mußte. »Na ja, das muß ja wohl ein spezieller, persönlicher Freund sein, wie? —, der von Zeit zu Zeit mit einem Klunker von der Sorte aufkreuzt. Bei besonderen Anlässen. Wie zum Beispiel Weihnachten oder Geburtstag. Ich geb' dem Stein eine Laufzeit von circa zwei Monaten, und wenn mein Freund sich dann richtig dran gewöhnt hat, daß ich ihn trage, und ihn nicht mehr beachtet, nehm' ich ihn aus der Auslage. Ich bring' ihn zu einem Diamantenhändler, den ich kenne, der bietet ihn zum Verkauf an, zieht seine Kommission ab, und ich kassiere den Rest. Ich werde jedesmal übers Ohr gehauen, aber das macht mir nichts aus. Ich hab' zum Beispiel nichts dagegen, für einen Klunker, der zweitausend wert ist, zwölfhundert zu nehmen. Den vollen Preis kriegt man nie. Dann bringe ich meine zwölfhundert, netto wohlgemerkt, zu einem anderen speziellen Freund von mir, der ist Börsenmakler, und der kauft mir dafür ein Paket U.S. Steel oder General Motors oder sonst ein erstklassiges Papier. Das leg' ich auf die Seite und vergesse es, und von da an fängt's an, für mich zu arbeiten. Wenn ich also eines Tages mal zuviel Rost in der Kehle hab', um weiterzusingen, und die

Männer nicht mehr mit Diamanten antanzen, hab' ich genügend Einnahmen, um Leib und Seele zusammenzuhalten.«

»Du weißt, wo's lang geht«, sagte Madeline bewundernd.

»Das muß man auch, so wie das Leben ist. Kennst du dieses Lied, das Billy Holiday gesungen hat? ›God Bless the Child Who's Got His Own‹ – Gesegnet das Kind, das etwas Eigenes hat. Gott, es macht mich völlig fertig, wie sie dieses Lied gesungen hat. Sie hat es nicht bloß gesungen, weißt du. Sie hat es geschrieben. Sie war kein Songwriter, niemand, der so singt, sollte was anderes zu tun haben als singen, aber das Lied hat sie geschrieben. Und bevor sie's geschrieben hat, hat sie was anderes gemacht.«

»Was?«

»Sie hat es gelebt. ›Gesegnet das Kind, das etwas Eigenes hat.‹ Man kann nicht drauf warten, daß andere Leute es einem schenken, man kann nicht von den Brotkrusten anderer Leute leben. ›Gesegnet das Kind, das etwas Eigenes hat.‹ Wenn man sich nicht um sich selber kümmert, bleibt man ewig das Kind vor dem Süßigkeitenladen, das sich die Nase am Schaufenster platt drückt und sich fragt, warum alle anderen Schokolade haben und es selber nur 'ne kalte Nase und 'n riesen Appetit.«

Später fragte sie Dell, wie ihr Freund darauf reagieren würde, wenn er wüßte, daß sie seine Geschenke verkaufte.

»Glaub mir«, sagte Dell, »er will es gar nicht wissen. Wenn er's wüßte, würde er nämlich glauben, er müßte sich darüber ärgern, aber warum sollte er? Er gibt mir Diamanten, weil er mir kein Geld geben kann, denn damit bekäme unsere Beziehung einen Namen, den wir beide dafür nicht wollen. Aber was ist schon ein Diamant, außer als Schönheit verkleidetes Geld? Er könnte mir falschen Schmuck geben, und der sähe genauso aus, wenn ich ihn trage. Diamanten sind für ihn eine akzeptable Möglichkeit, mir Geld zu geben, und wenn ich dieses Geld investiere, anstatt es zu tragen, dann ist das nur schlau von mir. Aber es würde ihm nicht gefallen, wenn er's wüßte, denn das hieße, einer Sache ins Auge zu sehen, die er nicht sehen will.«

»Und gesegnet das Kind«, sagte Madeline.

»Amen! Weißt du, wie man ein Lied schreibt? Geh von einem Gefühl aus – deinem eigenen Gefühl, nicht einem, das du aus zweiter Hand aus einem Lied hast. Etwas, was du so tief empfindest, wie Lady Day dieses Lied empfunden hat. Dann schreibst du einen Text, der so gut ist, daß die Melodie schon zusammengerollt drinsteckt.«

»Ich hätte bessere Möglichkeiten«, sagte Madeline, »wenn ich ein Klavier hätte. Deswegen sind meine Melodien so schlecht. Ich versuche, die Noten in meinem Kopf zu hören. Wenn ich ein Klavier hätte, könnte ich sie erklingen lassen, könnte die Melodien niederschreiben, die ich höre, statt sie mir nur vorzustellen.«

»Dann spar Geld und kauf dir ein Klavier.«

»Ich habe nicht genug Geld. Und selbst wenn ich's hätte, ich habe keinen Platz für ein Klavier. Ich habe mir überlegt –« »Ja?«

»Du bist sehr häufig nicht da«, sagte sie. »Wenn ich hierher kommen würde, wenn du weg bist, nicht jedesmal, sondern nur, wenn ich etwas habe, was ich ganz allein auf dem Klavier ausprobieren möchte. Ich glaube, wenn ich das täte, könnte ich ein paar Stücke zustande bringen, die sich nicht wie das Morsealphabet auf slowakisch anhören.«

»Hab' ich das von deinem Lied gesagt? Ja, das hab' ich wohl.«

»Und wenn ich etwas Anständiges zustande brächte, bekämst du das Erstrecht darauf. Da du mir dabei helfen würdest, könntest du sogar Mitverfasserin sein, falls das Lied ein großer Hit würde und andere Sänger es übernähmen.«

Dell schüttelte den Kopf. »Ich dachte, ich wäre gut im Luftschlösserbauen«, sagte sie. »Du baust nicht nur welche, sondern fängst auf der Stelle an, Zimmer zu vermieten. Da hast du das Lied noch nicht mal geschrieben, und schon steht's in den Top Forty und wir beide teilen uns die Tantiemen. Was genau willst du? Ich hoffe, du bist nicht drauf aus, hier einzuziehen, ich will nämlich keine Mitbewohner.«

»Bloß einen Schlüssel zur Wohnung«, sagte Madeline. »Ich würde vorher anrufen, um sicherzugehen, daß du nicht zu Hause bist.«

»Das will ich auch hoffen. Jemand, der im falschen Moment hereinplatzt, fehlt mir gerade noch.«

»Ich würde mich hüten«, sagte Madeline pflichtschuldig.

»Also gut, abgemacht«, sagte Dell. »Du kannst meinen Zweitschlüssel haben. Unter einer Bedingung. Wir sind uns einig, daß du für alles, was wegkommt, die Verantwortung übernimmst und es ersetzt.«

»Einverstanden«, sagte Madeline.

»Gut, hier ist der Schlüssel.« Dell ging zu ihrer Frisierkommode hinüber, zog eine Schublade auf, nahm den Schlüssel heraus und warf ihn Madeline in den Schoß.

»Ich bin nicht der Weihnachtsmann«, teilte sie ihr mit. »Vielleicht springt dabei ja doch ein ganz passables Lied für mich heraus. Für 'n Appel und 'n Ei.«

Nach einer ausgiebigen, gründlichen Erkundung von Wand zu Wand, die sie bei ihren ersten beiden Besuchen in Dells Abwesenheit vornahm und die wenig bis gar nichts ergab, was sie nicht bereits wußte, machte sie sich nicht mehr die Mühe, noch sehr regelmäßig hinzugehen. Paradoxerweise und wider alles Erwarten stellte sie fest, daß sie allemal erheblich mehr erfuhr, wenn Dell da war, sich betrank und drauflos plapperte, als aus der stummen — und sorgfältig sterilisierten — Umgebung, wenn Dell nicht da war. Die Umgebung hatte nichts zu sagen, keine Stimme, mit der sie es hätte sagen können. Was konnte sie ihr zeigen? Ein Doppelstreifen lila Briefmarken in einer Schreibtischschublade. Ein Flakon bernsteinfarbenen Chanels auf der Platte der Frisierkommode. Ein Röhrchen Aspirin auf dem Bord eines Arzneimittelschränkchens. Eine Literflasche des allgegenwärtigen Canadian Club im Kühlschrank, dazu ein Sechserpack Heineken für die, die es sich gerade abgewöhnten. Sogar ihr kleines, blaues Büchlein mit Telefonnummern, das an einer Schnur neben dem Apparat hing, war tugendhaft verschwiegen. Ein Spirituosenladen. Ein Musikverleger. Ein Feinkostgeschäft, das die ganze Nacht geöffnet hatte, für die Snacks um vier Uhr morgens — mit wem? Das Geschäft, in dem sie ihre Schuhe kaufte. Nicht ein persönlicher Name darin.

Schlau; sie mußte sie alle im Kopf haben.

Die Leute schienen Dell nicht sehr häufig zu schreiben. Wahrscheinlich nicht so sehr, weil sie sich davor scheuten, sondern weil die Welt, in der sie und diese Leute sich bewegten, zu schnellebig war, um darauf zu warten, daß Briefe mit dieser Schnellebigkeit Schritt hielten. Ein Telefonanruf sagte alles, was gesagt werden mußte. Der gestrige dringende Wunsch nach einem Treffen konnte schon am nächsten Tag zu Desinteresse abgekühlt sein, oder es war in der Zwischenzeit jemand anders aufgetaucht.

Es gab weder Fotos von ihren beiden derzeitigen Favoriten, noch solche ihres früheren Gatten, des Mannes, der später Starr geheiratet hatte, aber letzteres war nicht verwunderlich. Wahrscheinlich hatte sie zum Zeitpunkt der Katastrophe alle zerrissen.

Es gab eine ganze Reihe Arztrechnungen, alle vom selben Arzt. Die erste nannte bloß die Summe. Auf der zweiten war handschriftlich ›Bitte‹ hinzugefügt. Die dritte wies ein dringliches ›Zweite Mahnung‹ auf. Bei der letzten war die Summe durchgestrichen und durch die Notiz »Wie wär's mit heute nacht?« ersetzt.

»So hat sie die also beglichen«, begriff Madeline mit plötzlichem, zynischem Scharfblick.

Ein paarmal hinterließ sie auf dem Klavier kurze Mitteilungen, wenn sie dagewesen war. »War da. Habe gearbeitet. Mad.« Und einmal, nur damit es plausibel klang: »Ist ›The Blues I Get from You‹ ein guter Titel?«

Am nächsten Tag lag an derselben Stelle ein kurz angebundener Antwortbrief von Dell. »Wegschmeißen. Ich singe keinen Blues, wie du weißt. Wenn du schon an meinem Klavier arbeitest, dann gefälligst mit Material, das ich verwenden kann!«

Madeline zeigte dem Brief eine lange Nase.

Madeline wußte, daß der Zeitpunkt kommen würde, wo sie über ihren früheren Mann zu reden anfinge, und der Zeitpunkt kam. Wenn eine Frau einen Mann liebt, muß sie früher oder später mit ihrer Vertrauten über ihn reden. Wenn eine Frau einen Mann haßt, muß sie früher oder später ebenso über ihn reden. Sie wäre keine Frau, wenn sie es nicht täte. Sie hätte nicht geliebt, hätte nicht gehaßt, wenn sie es nicht täte.

Madeline wartete ab, warf keine Köder aus, ließ keine Andeutungen fallen, stellte keine sprachlichen Fallen. Es wäre freimütiger, umfassender, wenn es von allein käme. Es kam von allein.

Eines Tages durchstöberte Dell Notenblätter auf der Suche nach etwas Neuem, das sie in ihr Repertoire aufnehmen könnte. Sie stieß auf ein Blatt, das sie summend zu überfliegen begann. Dann brach sie ab und legte es so jäh auf den Klavierdeckel, daß es praktisch einem Hinklatschen gleichkam. Bei dem Geräusch blickte Madeline auf. Von ihrem Platz aus konnte sie den Titel auf dem Deckblatt verkehrt herum erkennen: ›That Old Feeling.‹

»Nicht gut?« fragte sie.

»Zu gut«, sagte Dell. »Das ist mehr als ein Lied, das ist eine tatsächliche Erfahrung. Ich weiß es, weil ich sie durchgemacht habe. Ich hab' dich gestern abend gesehen und dieses alte Gefühl bekommen.« Sie wandte sich Madeline zu. »Was soll's«, sagte sie. »Du willst das eh nicht hören.«

»Doch, das will ich.«

»Warum? Bloß weil ich ein Notenblatt in die Hand nehme und schlechte Laune kriege? Das heißt noch lange nicht, daß ich dir eine traurige Geschichte erzählen und uns beide runterziehen muß.«

»Manchmal hilft es einem, es jemand anders zu erzählen, ganz gleich, was es ist«, sagte Madeline. »Um es sich von der Seele zu reden.«

»Damit es dann auf deiner liegt? Was soll das?«

»Dazu sind Freunde da.«

»Komm mir bloß nicht damit«, fauchte Dell. »Ich weiß nicht, wozu Freunde da sind, aber bestimmt nicht, um sich den ganzen Dreck anzuhören, den die Leute in ihre Herzen eingesperrt haben. Vielleicht sind Psychiater dazu da, aber nicht Freunde. Warum solltest du also zuhören? Was hast du davon?«

Madeline zuckte die Achseln. »Vielleicht springt dabei ein Lied für mich heraus?«

»Ein Lied?«

»Oder die Idee zu einem Lied.«

»Ich hab's dir doch gesagt«, sagte Dell. »Gute Ideen kriegst du nicht, indem du in andere Leute hineinschaust. Die kriegst du, indem du in dich selber hineinschaust.«

»Vielleicht ist das Hineinschauen in andere Leute oder das Anhören dessen, was in ihnen ist, eine Möglichkeit, herauszufinden, was in mir selber ist.«

Dell dachte darüber nach. »Ja«, sagte sie nach einer Weile. »Das leuchtet mir ein. Tja, ich kann's aushalten, wenn du's auch kannst. Aber ich warne dich, vielleicht kriegst du Lust, mich auf der Geige zu begleiten. Die Geschichte ist danach.«

»Traurig, wie?«

»Es ist die Geschichte einer Ehe«, sagte Dell. »Es gibt zwei Arten von Ehen. Schlechte und utopische, denn die wirklichen sind nicht gut und die guten nicht wirklich.« Sie schüttelte den Kopf. »Ich weiß nicht, wo ich anfangen soll.«

»Wie habt ihr beide euch kennengelernt?«

»Kennengelernt haben wir uns an der Rezeption des Eastland Hotels in Portland, Maine. Wir haben dort beide Urlaub gemacht. Alles, was ich wollte, war mein Schlüssel. Statt dessen gab mir der Portier eine Nachricht. Schon ehe ich sie mir angesehen hatte, sagte ich: ›Das kann nicht für mich sein, ich kenne in dieser Stadt niemanden!‹ Ich hatte recht. Es war für eine Schwedin namens Miss Nilson, und sie hatten es ins falsche Fach gelegt. Das ›i‹ hatte einen Kringel, sah aus wie ein ›e‹.

Er hat mich angelächelt, und ich hab' ihn gelassen. Er hat zu reden angefangen, und ich hab' ihn gelassen. Ich mochte ihn praktisch von dem Moment an, wo er zu reden anfing. Bevor wir uns trennten, sagte er: ›Jetzt können Sie nicht mehr behaupten, daß Sie in dieser Stadt niemanden kennen.‹

Am nächsten Abend kam er in der Hotelhalle auf mich zu, ging mit mir in einen der Gesellschaftsräume und lud mich zu einem Drink ein. Am nächsten Abend lud er mich zum Essen ein. Als der Urlaub vorbei war, fuhren wir getrennt in die Stadt zurück, aber wir hatten vereinbart, uns nach unserer Rückkehr wiederzusehen. Damals war ich schon in ihn verliebt. Er war nicht in mich verliebt, das sehe ich jetzt. Ich war bei der ganzen Geschichte diejenige, die ständig weit vorn lag. Aber wir machten beide denselben Fehler: Wir verwechselten beide meine Liebe für ihn mit erwiderter Liebe von seiner Seite. Wenn er mich küßte, erwiderte er nur meine Küsse, ohne mir echte zu geben. Wenn er mich in den Armen hielt, vervollständigte er nur den Halbkreis meiner Umarmung. Aufgrund dieser Illusion haben wir geheiratet; er hat das Stichwort gegeben, ich hab's ihm in den Kopf gesetzt.

Es war von Anfang an ein schweres Risiko. Ich war nur so lange sicher, wie ihm seine Liebe noch nicht untergekommen war. Als das passierte und es ihn erwischte, war ich fix und fertig.

Es erwischte ihn ungefähr zweieinviertel Jahre nach unserer Heirat. Siebenundzwanzig Monate; das dürfte ungefähr hinkommen. Wir kamen in diesen ersten siebenundzwanzig Monaten sehr gut miteinander aus. Ihm war nicht einmal bewußt, daß er mich nicht liebte. Schließlich hatte ich es ja selbst vergessen, so sehr war ich damit beschäftigt, ihn zu lieben.

Ich kann nicht genau festmachen, wann sie auftauchte, so gut bin ich nicht. Es war nicht so, als hätte sie einen dieser elektronischen Strahlen unterbrochen, die eine Tür öffnen oder schließen, so genau machte sich ihr Auftauchen nicht bemerkbar. Aber irgendwann zwischen dem siebenundzwanzigsten und dem achtundzwanzigsten Monat tauchte sie auf.

Eins kann ich jetzt nicht mehr erklären, nämlich WOHER ich es wußte. Irgendwie ging eine unmerkliche Veränderung mit ihm vor. Ich wußte, was das damals war, und wenn ich heute zurückblicke, weiß ich, daß ich es damals wußte, aber woher ich es wußte, kann ich immer noch nicht sagen, genausowenig wie ich es damals konnte.

Sie war jung, auch das wußte ich von ihr. Ich habe ihn einmal ein Mädchen von achtzehn oder neunzehn begucken sehen, als ich eines Tages mit ihm draußen war. Er war nicht an ihr als Person interessiert, sondern es war ein abwägender Blick, daher wußte ich, daß er sie wohl mit der anderen verglichen hatte, und wußte somit, daß die andere wohl in etwa das gleiche Alter hatte, achtzehn oder neunzehn. Sogar bei einer Liebesaffäre kann man Detektivarbeit ins Spiel bringen.

Ziemlich bald wußte ich alles von ihr, alles, außer wie ihr Gesicht aussah und wie sie hieß. Daß sie angefangen hatten, es miteinander zu treiben, wußte ich praktisch gleich, als es passierte.

Ich saß stundenlang herum und dachte, vielleicht

gibt es doch eine Möglichkeit, ihn zurückzugewinnen. Vielleicht ist es selbst jetzt noch nicht zu spät. Das hat es schon gegeben. Bei anderen hat es das gegeben. Warum nicht bei mir?

Ja, aber wie? fragte ich mich jedesmal. Wie? Über dieses ›Wie‹ kam ich nie hinaus.

Dann passierte eines Abends etwas, was mich auf eine Idee brachte, und ich meinte, eine Möglichkeit zu sehen. Ich saß allein da und sah fern, ohne wirklich hinzusehen, als das Telephon klingelte. Es war ein Mann, und er hatte sich verwählt. Er fragte, ob Miss Soundso da sei. Ich sagte: ›Hier wohnt niemand, der so heißt.‹ Es stellte sich heraus, daß unsere beiden Nummern bis auf die letzten beiden Ziffern identisch waren, und auch die waren gleich, nur die Reihenfolge war umgekehrt. Er hatte sie vertauscht und versehentlich mich erreicht. Er entschuldigte sich und legte auf, und das war alles.

Aber ich fing an, darüber nachzudenken, und je mehr ich darüber nachdachte, desto mehr hatte ich das Gefühl, daß es vielleicht genau das war, wonach ich gesucht hatte. Eifersucht. Versuch's mit Eifersucht. Geduld hatte nicht funktioniert, Widerstandslosigkeit hatte nicht funktioniert. Aber mit Eifersucht würde es vielleicht klappen. Wenn er das Gefühl hatte, daß jemand anders mich wollte, auch wenn er das nicht mehr tat, wäre ich vielleicht wieder anziehend für ihn. Männer waren da komisch; was ein anderer nicht wollte, wollten sie auch nicht; daran mußte irgendwas faul sein. Was ein anderer wollte, wollten auch sie; daran mußte irgendwas gut sein. Sie waren wie Schafe. Oder ich sollte wohl besser sagen, Wölfe.

Es dauerte fast eine Woche, bis ich genug Mut aufbrachte, es zu probieren. Ich dachte unentwegt darüber nach, unternahm aber immer noch nichts. Ich versuchte, mir sein Gesicht vorzustellen, an dem Abend, an dem er nach Hause kommen würde und feststellen, daß ich hinter seinem Rücken ein Verhältnis hatte. Zuerst fassungslos. Dann wütend. Vielleicht würde er mich sogar ohrfeigen. Vielleicht würde er mich anbrüllen, mir sämtliche Schimpfwörter an den Kopf werfen, die Männer ihren Frauen an den Kopf werfen, wenn sie sie bei einem Seitensprung erwischen. Ich hoffte es, und wie ich es hoffte. Alles, alles wäre besser als diese Gleichgültigkeit.

An dem Tag vor dem Abend, an dem er sie das nächste Mal sehen würde (und ich hab' dir ja gesagt, das wußte ich so sicher, wie ich meinen Geburtstag weiß), ging ich los und kaufte ein paar notwendige Requisiten, so könnte man es wohl nennen. Sachen, die ich normalerweise nicht kaufe.

Ich ging in ein Zigarrengeschäft und fragte den Verkäufer nach einer guten, teuren Zigarrenmarke.

›Garcia y Vega‹, sagte er. ›Zwölf fünfzig die Kiste.‹

›Ich will keine ganze Kiste‹, sagte ich. ›Geben Sie mir zwei.‹

Er packte sie mir in eine kleine Tüte und meinte: ›Die werden Ihrem Mann schmecken.‹

Meinem Mann, sagte ich zu mir, werden die überhaupt nicht schmecken, das hoffe ich jedenfalls.

Dann ging ich in eine Getränkehandlung und kaufte eine Viertelliterflasche Bourbon, das war die kleinste Menge, die ich kriegen konnte. Da er nicht zum Trinken gedacht war, hatte es keinen Sinn, zuviel Geld dafür auszugeben.

Ich versuchte, mir zu überlegen, was sonst noch für die Anwesenheit eines Mannes spräche, aber so ohne weiteres fiel mir nichts mehr ein. Ich war entschlossen, die Sache so realistisch wie möglich zu gestalten, und zwar ohne Hemmungen.

Es gab da einen kleinen älteren Mann, na ja, so um die sechzig, würde ich sagen, der in unserem Gebäude von spätnachmittags bis spätabends den Fahrstuhl bediente. Alle anderen waren jung. Ich ging auf den Flur und läutete nach ihm, als er seinen Dienst angetreten hatte, gab ihm die beiden Zigarren und kam ihm dabei mit einer der sicherlich merkwürdigsten Bitten, die er je von einer Mieterin gehört hatte.

›Rauchen Sie die‹, sagte ich, ›aber bringen Sie mir auf jeden Fall die Stummel wieder. Ich will BEIDE Stummel zurückhaben. Und zwar nicht zu — zu — aufgeweicht, wenn's geht.‹

Er verstand es sehr gut, sich nichts anmerken zu lassen, so überrascht er auch gewesen sein muß. ›Reicht's bis morgen?‹ fragte er. ›Ich rauch' eine, wenn ich um sechs Kaffeepause hab', und die andere heb' ich mir für heut abend auf, wenn ich nach Hause komm' —‹

›Nein, nein, nein!‹ sagte ich rasch. ›Ich brauche BEIDE wieder, und zwar spätestens bis halb sechs. Sehen Sie zu, wie Sie das hinkriegen.‹

›Wird ja 'ne ganz schöne Qualmerei‹, sagte er unschlüssig.

Ich ging hinein und machte den Rest des Bühnenbildes fertig. Ich holte zwei Highball-Gläser heraus und goß in jedes ungefähr zwei Zentimeter Whisky. Dann stellte ich sie nebeneinander, sehr dicht nebeneinander, auf unseren kniehohen Beistelltisch im vorderen Zimmer. Dann füllte ich eine große Schale mit Eiswürfeln und ließ aus dem Hahn heißes Wasser drüber laufen, damit es so aussah, als würden sie schon seit Stunden schmelzen. Dann griff ich mir sämtliche Kissen im Zimmer und verteilte sie um die eine Stelle auf dem

Sofa, den Drinks gegenüber, und warf ein paar auf den Boden, damit es so aussah, als wäre es da ziemlich heiß hergegangen.

Ich ging ins Schlafzimmer und gab mir besondere Mühe mit dem Bett. Zuerst zerrte ich es völlig auseinander, damit es so aussah, als wäre es von einem Erdbeben getroffen worden. Dann stapelte ich die beiden Kissen aufeinander und klopfte so lange mit der Hand drauf, bis in der Mitte eine große Kuhle war. Dann holte ich eins meiner rosa Höschen und stopfte es unten zwischen die Laken, aber so, daß es ein kleines bißchen herausschaute. Ich meine, sogar Betten, in denen es passiert ist, sahen nicht so realistisch aus.

Ich zerwühlte mir ein wenig das Haar, aber nicht zu übertrieben, denn eine Frau kümmert sich als erstes um ihr Haar, ganz gleich wie beschäftigt sie ist oder war. Ich trug mehr Lippenstift auf, als ich normalerweise verwende, und dann schmierte ich ihn mit einem Kleenex absichtlich vom Mundwinkel nach außen, als wäre ich stürmisch geküßt worden. Dann nahm ich die Whiskyflasche und tupfte mir, wie man's mit Eau de Toilette macht, einen Tropfen hierhin und einen Tropfen dahin und einen Tropfen hinter jedes Ohr. Den Rest versprengte ich überall auf dem Teppich, so daß es im Zimmer roch wie in einer Destille.

Es läutete, und Dave brachte auf einem leeren Kuvert die beiden Zigarrenstummel zurück. ›Die eine hab' ich angezündet auf 'ne Ecke vom Briefkasten in der Eingangshalle gelegt‹, sagte er, ›und die andere auf 'nen Feuerlöscher im vierzehnten Stock, und jedesmal wenn der Fahrstuhl leer war, bin ich rausgegangen und hab' ein paar Züge genommen. Aber jetzt spür' ich's irgendwie an der Galle. Zwei auf einmal hab' ich noch nie geraucht.‹

Ich gab ihm für seine Mühe ein Trinkgeld und nahm die Zigarren. Eine legte ich auf den Rand eines Aschenbechers neben den beiden Whiskygläsern. Die andere nahm ich mit ins Schlafzimmer und legte sie in einen Aschenbecher direkt neben dem Bett. Noch näher, und sie hätte IM Bett gelegen.

Dann setzte ich mich hin und wartete. Wartete darauf, daß er nach Hause kam und eifersüchtig wurde. Und sich wieder für mich interessierte.

Bei dem Pech, das ich ständig habe, hätte es genausogut passieren können, daß er nach all der Mühe, die ich mir gemacht hatte, überhaupt nicht nach Hause kam. An Abenden, wo er sie traf, blieb er häufig weg; holte sie direkt von der Arbeit zum Essen ab, oder was sie sonst vorhatten, und speiste mich von unterwegs mit einem kurzen Telefonanruf ab: ›Bleibe heute abend in der Stadt. Komme später.‹ Diese Nachrichten hätten beim besten Willen nicht unpersönlicher sein können — sogar das ›ich‹ und das ›du‹ ließ er weg. Und gab nicht mal mehr einen Grund an. Nicht mal eine Lüge war ich noch wert!

Aber wenigstens in diesem einen Punkt hatte ich Dusel. Ein Taxi hielt vor der Tür, und ich sah ihn aussteigen und ins Gebäude kommen.

Ich stand auf und wartete auf das Stichwort für meinen Auftritt.

Er steckte seinen Schlüssel ins Schloß und machte die Tür auf, und ich fuhr leicht zusammen, als hätte man mich überrascht. ›Ach!‹ sagte ich. ›Ich habe dich nicht so früh erwartet.‹

›Wann hast du mich denn erwartet?‹ sagte er völlig unbeteiligt, völlig uninteressiert.

Ich sah, daß er für das Zimmer genausowenig Augen hatte wie für mich, und daß er die ganze Sache nicht mitkriegen würde, wenn ich ihn nicht mit der Nase drauf stieß.

Ich riß den Mund auf, hielt die Luft an, schlug die Hand vor den Mund, warf einen Blick auf den Zigarrenstummel und sah gleich wieder weg und versuchte, bestürzt zu wirken. Ich fand, daß ich das ganz gut hinkriegte. Es war nicht leicht, das alles mehr oder weniger gleichzeitig zu spielen.

Er hatte bemerkt, in welche Richtung mein Blick gegangen war, und er sah auch dahin und registrierte schließlich die Überreste vom Rendezvous.

Ich erzähle dir genau, was dann passiert ist, in allen Einzelheiten. Wenn ich noch Selbstachtung hätte, würde ich wohl ein bißchen schwindeln, versuchen, es zu beschönigen. Aber ich hatte keine, damals so wenig wie heute, jedenfalls nicht, was ihn anging.

Er grinste mich an. Nicht einmal sarkastisch. Nicht boshaft. Nichts in der Art. Er grinste gutmütig, freundlich, fast so, wie er einen anderen Mann angegrinst hätte, den er in einer peinlichen Situation ertappte.

›Wer ist denn dein neuer Freund?‹ sagte er. Und dann begann er, sich die Krawatte zu lösen, und ging dabei ins Schlafzimmer, ohne sich weiter damit aufzuhalten.

Ich hörte ihn da drin ›Jungejunge!‹ ausrufen. Und seine Stimme klang belustigt.

›Schön, daß du glücklich bist‹, rief er mir von drinnen zu. ›Ich bin's nämlich auch. So sind wir alle glücklich, alle vier.‹

Und damit drehte er die Dusche auf und rasierte sich rasch, damit er gleich wieder zu ihr gehen konnte.

Ich stand da wie angewurzelt; war völlig fertig und schämte mich. Und jetzt, wo ich sie nicht mehr brauchen konnte, stand mir die Röte im Gesicht, die mir bei meiner kleinen Schauspielerei eben noch zupaß gekommen wäre. Ich spürte förmlich, wie ich daran verbrannte.

Als er wieder ins Schlafzimmer kam und sich ein frisches Hemd und eine Krawatte anzog, fing er zu pfeifen an. Das war keine Provokation, das war keine Verhöhnung, war kein Spott. Es war vollkommen natürlich. Das erkannte ich, erkannte es daran, wie es klang. Wahrscheinlich war ihm nicht einmal bewußt, daß er pfiff. Er hatte schon vergessen, was er gesehen hatte, es bedeutete ihm nichts, existierte nicht für ihn.

Er pfiff einfach sein Glück hinaus.

Er schlüpfte in sein Jackett und ging schwungvoll federnd zur Tür hinüber, und zwischen uns wurde kein Wort gewechselt, kein Blick, rein gar nichts.

Mein Kopf sank wie in Zeitlupe vornüber, tiefer und tiefer, wie etwas, das an einer abschnurrenden Feder hängt.

Als treue Ehefrau taugte ich nichts. Und sogar als untreue Ehefrau taugte ich nichts.«

Sie warf die Arme weit auseinander, und in ihrer Stimme lag unbeschreibliches Pathos. »Wofür zum Teufel tauge ich eigentlich?

Er kam erst sehr spät wieder und legte sich neben mich ins Bett. Ich hielt das Gesicht aufs Kissen gedrückt. Er knipste ganz kurz die Nachttischlampe an, wahrscheinlich um festzustellen, wieviel Uhr es war. Und der kalte Zigarrenstummel lag noch immer dort im Aschenbecher, wo ich ihn hingelegt hatte.

Er machte das Licht gleich wieder aus, aber im Dunkeln hörte ich ihn stillvergnügt in sich hineinkichern.«

»Ich merkte, wenn er mit ihr zusammen gewesen war. Eine Ehefrau merkt das immer. Die kleinen Anzeichen, die unübersehbaren kleinen Anzeichen, die einen Mann verraten, wenn man weiß, worauf man achten muß. Müde, träge, erschöpft, aller Elan verbraucht; wie ein Klotz lag er da neben mir, war sich nicht einmal bewußt, daß es mich auch noch gab. Ein bißchen spitz im Gesicht, ein bißchen hohl in den Wangen und an den Schläfen, was sich binnen vierundzwanzig Stunden wieder gab. Und binnen achtundvierzig wieder da war. Ringe unter den Augen, die er ganz bestimmt nicht von mir hatte.«

Rückblickend mußte sie lächeln. Es war ein trauriges Lächeln, das einer traurigen Geschichte galt.

»Was hatte es für einen Sinn, etwas zu sagen? Hätte das die Sache beendet? Hat es das überhaupt je? Aber ich wußte Bescheid, ich wußte Bescheid. Und wie ich Bescheid wußte! Er hätte mir genausogut Fotos mitbringen können.

Zuerst lief es ganz impulsiv, aufs Geratewohl, wie am Anfang jeder Affäre. Dann ging es in einen regelmäßigen Rhythmus über, fast wie bei einem Ehepaar. Dreimal die Woche. Nie versäumt. DIE waren das Ehepaar, und ich war die Außenstehende, die unter seinem Namen lebte.

Warum macht es einem soviel aus«, fragte sie Madeline rhetorisch, »wenn der eigene Ehemann mit einer anderen Frau schläft? Das habe ich mich damals gefragt, und das frage ich mich noch heute. Er hat mit anderen Frauen geschlafen, ehe man ihn kennengelernt hat, und das weiß man auch, und es stört einen nicht. Es liegt wohl daran, daß sie einem etwas wegnimmt, was einem zusteht, was einem gehört. Vorher hat er niemandem gehört, niemandem weh getan. Und man wird um sehr viel mehr gebracht als bloß um das Körperliche. Die Intimitäten, die Vertraulichkeiten, die zu solchen Zeiten und zu keiner anderen Zeit gesagt werden. Sie ist jetzt die Empfängerin, nicht man selbst. Die Pläne, die zu solchen Zeiten gemacht werden, die innersten Gedanken, die offenbart werden, die Kosenamen und Liebesworte, die gesagt werden, die richten sich jetzt alle an sie, nicht an einen selbst.

Du stehst bloß da. Zwischen ihm und dir ist eine Tür zugegangen. Er steht dahinter, du davor. Du kommst nicht durch. Kein Schlüssel, kein Trommeln mit den Fäusten, kein Hammer, keine Axt schließt oder bricht sie auf. Was tust du also? Ich sag' dir, was du tust. Du lebst damit. Lebst damit, so gut es geht. Ein paar von uns bringen sich um. Allerdings die wenigsten. Das ist etwas für überspannte junge Mädchen, die noch neu in dem Spiel sind, keinen inneren Rückhalt haben, auf den sie zurückgreifen können.

Dann kommt er eines Tages damit an. ER kommt damit an, nicht du selbst.

Eines Tages kommt er zu dir. Oder vielmehr eines Nachts. Du liegst im Dunkeln wach. Du liegst immer im Dunkeln wach. Er liegt da und denkt nach. Du liegst da und denkst nach. Aber die beiden Gedankenketten verbinden sich nicht mehr miteinander, wie früher immer.

Er sagt ruhig: ›Dell, bist du wach?‹

Du sagst ebenso ruhig: ›Ja, ich bin wach, Vick.‹

›Ich will mit dir reden.‹

Dein Herz fängt an zu rasen wie der Sekundenzeiger einer Uhr. Jetzt kommt es. Endlich. Endgültig. Das ist es.

›Die Sache ist die‹, sagt er, ›ich weiß nicht, wo ich anfangen soll.‹

Was sagst du darauf? Du sagst gar nichts. Du liegst bloß da und läßt es ihn allein auseinanderklamüsern. Und hoffst dabei halb, daß er die ganze Sache vergißt.

Aber das tut er nicht.

Er sagt: ›Dell, wir haben doch eine schöne Zeit zusammen gehabt. Oder?‹

Du antwortest nicht. Eine solche Frage erfordert keine Antwort.

›Aber es hat sich was verändert‹, fährt er fort. ›Ich weiß nicht, wie ich es erklären soll. Ich sage nicht, daß du etwas dafür kannst. Du kannst nichts dafür. Wenn jemand was dafür kann, dann ich. Aber ich wüßte nicht, daß überhaupt jemand was dafür kann, wenn so was passiert. Ich glaube nicht, daß man groß eine Wahl hat. Ich glaube, so Sachen passieren einfach, und man kann sich nur damit abfinden.‹

Komm zur Sache, würdest du am liebsten brüllen. Verschon mich mit deiner billigen Philosophie und komm zur Sache. Aber statt dessen liegst du bloß da und wartest darauf, daß er weiterredet.

›Dell, ich kann hier nicht mehr wohnen.‹

›Warum nicht?‹

›Weil etwas zwischen uns war‹, sagt er, ›und das ist jetzt vorbei.‹

›Für mich nicht‹, sagst du und haßt dich gleichzeitig dafür, daß du es sagst, sagen mußt. ›Für mich ist es noch dasselbe.‹

›Dell, ich ziehe aus.‹

›Wann?‹

›Jetzt gleich, wenn du willst.‹

›So ein Quatsch‹, sagst du. ›Es ist mitten in der Nacht. Du wirst doch jetzt nicht gehen wollen.‹

›Na ja, wenn du auch ganz bestimmt nichts dagegen hast —‹

›Natürlich hab' ich nichts dagegen.‹

›Dann gleich morgen früh.‹

Also zieht er sich aus und kommt ins Bett. Und er liegt auf seiner Seite, und du liegst auf deiner Seite und wünschst dir, du könntest einfach einschlafen, aber das kannst du natürlich nicht. Und du wünschst dir, du könntest auf deiner Bettseite bleiben, aber das kannst du auch nicht.

Also schmiegst du dich an ihn. Er kann auch nicht schlafen, und du weißt, was du zu tun hast, wie du ihn berühren mußt, und du bekommst die Reaktion, die du möchtest. Zuerst will er nicht. Als würde er sie betrügen, wenn er mit dir zusammen ist. Aber du weißt, was du tust, und er kann nicht anders.

Und während es abläuft, kannst du bloß denken, es ist das letzte Mal, das letzte Mal.

Hinterher schläft er ein. Du versuchst zu schlafen und kannst nicht, und nach einer Weile gibst du es auf. Du stehst auf und gehst im Zimmer herum, und dann kommst du zurück und setzt dich auf die Bettkante, während dir der Kopf wie ein Kreisel schwirrt.«

»Er wachte auf. Ich saß immer noch im anderen Zimmer und sah aus dem Fenster. Er stand auf, ging ins Badezimmer und drehte das Wasser auf, um zu duschen. Ich dachte: Das ist wahrscheinlich das letzte Mal, daß ich ihn duschen höre. Und sich wie üblich auf die Brust trommeln. Und wie üblich schnauben, um sich das Wasser aus den Nasenlöchern zu blasen.

Ich dachte: Wie komisch, in einem solchen Moment an so etwas zu denken. Oder doch nicht? Vielleicht ist es in einem solchen Moment auch der passende Gedanke.

Er zog sich an, kam, ehe er ganz fertig war, einen Moment an die Schlafzimmertür und sah zu mir herein, während er die beiden Enden seiner Krawatte abmaß.

›Ich komme heute abend nicht zurück‹, sagte er. ›Ich komme überhaupt nicht mehr zurück. Ich lasse aber irgendwann im Laufe des Tages meine Sachen abholen.‹ Und dann fügte er hinzu, als bäte er mich um Erlaubnis: ›Okay?‹

›Okay‹, sagte ich. Ich saß immer noch da.

Er sagte: ›Du wirkst mehr tot als lebendig.‹

Ich sagte teilnahmslos: ›Das ginge dir genauso.‹

Schließlich war er fertig und kam heraus, bereit zu gehen.

Ich sagte: ›Bist du sicher, daß du die Sache durchziehen willst, Vick?‹

›Was soll das denn‹, sagte er vorwurfsvoll.

Es war die komischste Trennung, von der ich je gehört hatte.

Er sagte: ›Wie steht's mit Geld? Sag's mir lieber gleich.‹

›Das ist es nicht, was ich will‹, sagte ich. ›Das kann ich jederzeit kriegen. Das ist von allem am leichtesten zu kriegen.‹

Er ging hinaus und machte die Tür hinter sich zu.

Ich saß immer noch da.

Er kam unten aus dem Eingang des Gebäudes, trat auf die Straße und drehte sich um und schaute zum Fenster hinauf. Er sah, daß ich zu ihm hinunterschaute.

Er lüpfte seinen Hut, zog ihn zum Abschied tief vor mir. Dann stieg er in ein Taxi, das der Portier für ihn herangepfiffen hatte. Das Taxi fuhr weg, und meine Ehe war vorbei.

Ich hatte vorher nicht gewußt, wie beleidigend es

sein kann, wie weh es tun kann, wie es einen aufbringen kann, wenn der eigene Mann so übertrieben den Hut vor einem zieht.

Im Medizinschränkchen war ein Röhrchen Schlafpillen. Ich nahm sie heraus. Dann holte ich mir ein Glas Wasser. Ich setzte mich hin und nahm immer abwechselnd von beidem, bis beides alle war. Das Wasser schmeckte komisch, aber das lag daran, daß ich nicht daran gewöhnt war, Wasser pur zu trinken.

Kaum hatte ich das getan, da kam ich mit einem Schlag zur Besinnung. Ich schrie mich an: Wozu mache ich das? Warum soll ich es ihm noch leichter machen, als es schon ist? Ich werde leben! Ich werde leben, damit ich mit ihm abrechnen kann, mit ihm quitt werden kann, ihn fix und fertig machen kann, aber richtig! Und ich grabschte nach dem Telefonhörer und brüllte hinein: ›Jesus, Maria und Joseph! Schick mir um Himmels willen schnell jemand 'ne Magenpumpe rauf!‹«

»Eines Tages traf ich ihn auf der Straße. Es war nicht beabsichtigt, es geschah ganz zufällig. In einer Stadt von der Größe von New York passiert zwei Leuten so was vielleicht einmal in zehn Jahren.

Er sah mich an und erkannte mich. Natürlich erkannte er mich, wie sollte es auch anders sein? Ich sah, daß er nicht stehenbleiben würde, also tat ich es statt dessen, und das zwang ihn mehr oder weniger, gegen seinen Willen stehenzubleiben.

Er sah gut und glücklich aus, deshalb war mir alles andere als gut und glücklich zumute.

Er sagte: ›Na?‹

Ich sagte: ›Na?‹

Er sagte: ›Und?‹

Ich sagte: ›Und?‹

Nicht gerade ein berauschendes Gespräch bis dahin. Aber es lagen tausend unausgesprochene Worte darin. Hoffnung, Gleichgültigkeit, Spott und inständiges Flehen.

Schließlich sagte er: ›Es hat keinen Sinn, hier so rumzustehen. Wir haben einander nichts zu sagen.‹

Ich sagte: ›Wenn du glaubst, ich gebe dich kampflos auf, dann hast du dich gewaltig geschnitten.‹

›Das hast du doch schon getan‹, sagte er. ›Es ist aus und vorbei. Es gibt nichts, was du dagegen tun kannst.‹ Und er setzte sich in Bewegung.

›Ach ja?‹ rief ich ihm nach. ›Ach ja? Na, warte. Na, warte, du wirst schon sehen.‹ Aber er drehte sich noch nicht einmal um.

Das trieb die Sache auf die Spitze. Das brachte es ins Rollen, diese Abfuhr auf der Straße. Da hörte die Liebe auf. Von da an war keine Liebe mehr da, nur noch Haß. Haß und das Nachbrüten darüber, wie ich ihm weh tun konnte.

Ich beschäftigte mich ständig damit. Während ich mir mit Singen meine Brötchen verdiente, beschäftigte ich mich damit. Während andere Männer mit mir schliefen, beschäftigte ich mich weiter damit. Ich beschäftigte mich morgens damit, ich beschäftigte mich mittags damit, und ich beschäftigte mich abends damit.

Schließlich glaubte ich, eine Möglichkeit ausgetüftelt zu haben, wie ich ihn reinlegen konnte, wie ich ihm etwas anhängen konnte, was er nicht getan hatte. Die Einzelheiten spielen jetzt keine Rolle mehr. Aber ich brauchte Hilfe. Deshalb wandte ich mich an einen Freund von mir, der noch Verbindungen aus den alten

Zeiten hatte, obwohl er schon lang solide geworden war, wie die meisten mit Grips im Kopf.

Zu meiner Überraschung wollte er nichts damit zu schaffen haben, redete es mir aus und riet mir, den Plan fallenzulassen. Solche Sachen gehen immer nach hinten los, sagte er. Die sind nie narrensicher. Dabei kriegst nur du was ab, Dell, nicht er. Schieß den Kerl in den Wind. Versuch nicht ständig, ihn zurückzukriegen. Er hat sich glatt von dir getrennt. Laß es dabei. Laß ihn zufrieden.

Das war der Standpunkt des Mannes, nicht der Frau. Und daß er damit sein eigenes Süppchen kochte, hatte ich auch durchschaut; er war nämlich selber in mich verliebt und hatte Vick nicht ausstechen können. Die ganze Zeit, als ich mit Vick verheiratet war, hatte er zurückstecken müssen. Kein Wunder, daß es ihm so besser gefiel, da Vick ihm nicht mehr im Weg war.

Nun gut, ich ließ diesen Plan als undurchführbar fallen, aber ich gab keinen Moment lang auf. Wenn er glaubte, ich würde den Versuch aufgeben, kannte er mich schlecht.

Da ich an ihn selber nicht rankommen konnte, dachte ich mir, daß ich vielleicht über sie an ihn rankommen könnte. Und je mehr ich darüber nachdachte, desto mehr gefiel es mir. Ich kam zu dem Schluß, daß es die bessere von beiden Möglichkeiten war. Tu ihm etwas, und er hat immer noch sie, die ihn liebt. Tu ihr etwas, und er hat niemanden, der ihn liebt. Das war die schmerzhaftere von beiden Möglichkeiten.

Sie war irgendwie religiös, jedenfalls mehr oder weniger. Ich hatte so meine Methoden, Sachen rauszufinden. Ich fand heraus, daß sie sonntags immer zur Frühmesse ging. Zur Siebenuhrmesse. Er ging nie hin, und sie selbst ging an keinem anderen Wochentag. Sie ging immer zu derselben kleinen Stadtteilkirche, und um hinzukommen, mußte sie eine verlassene Nebenstraße nehmen. Sonntags morgens in der Frühe war die Straße praktisch ausgestorben, keine Menschenseele weit und breit. Dort wurde ein neuer Häuserblock hochgezogen, und die alten Gebäude, die noch standen, waren alle verlassen und mit Brettern vernagelt worden. Ich hab' mir das selbst angesehen. Du weißt ja, wie so was aussieht, die Fensterscheiben mit weißen Kreuzen markiert. Und wo der Neubau schon ziemlich weit vorangekommen war, gab es so einen langen Gang aus Brettern, um den Bürgersteig abzusichern. Wie sie ihn immer bauen, falls was von oben runterfällt. Wenn man da durchging, kam man sich fast wie in einem Tunnel vor, so düster und abgeschlossen war er. Und sonntags morgens würde kein Arbeiter da sein. Sie wäre dort eingeschlossen und käme weder vorwärts noch rückwärts, wenn sie jemand so etwa in der Mitte dieser engen Röhre abpassen würde.

Als nächstes besorgte ich mir die Adressen von ein paar miesen Spelunken und Kaschemmen, die angeblich Stammkneipen von ehemaligen Knastbrüdern, kleinen Ganoven und dergleichen waren. Fast eine geschlagene Woche lang zog ich mir, anstatt einen draufzumachen, jede Nacht nach der Show den Glitzerfummel aus, warf mich in ein schlichtes schwarzes Kleid, um keine Aufmerksamkeit zu erregen, und setzte mir eine Sonnenbrille auf.

Dann ging ich in eine dieser Kneipen und hing dort herum. Klar, es gab jede Menge Annäherungsversuche, aber als sie mitkriegten, daß da nichts lief, gaben sie's auf.

Schließlich knüpfte ich die Art von Kontakt, auf die ich aus war. Das dauerte ganz schön. Ich mußte vorsichtig sein. Er mußte vorsichtig sein. Ich mußte ihn beschnuppern. Er mußte mich beschnuppern. Aber nach drei Treffen waren wir schließlich so weit, daß wir zur Sache kommen konnten. In der Zwischenzeit hatte ich ihn gründlich überprüfen lassen, wußte, wo er wohnte, wußte, was für Vorstrafen er hatte, wußte tatsächlich viel mehr, als ihm bewußt war, so daß er nicht die leiseste Chance hatte, mich über den Tisch zu ziehen.

Sobald wir uns verstanden, ging alles ganz schnell. Es ging bloß darum, sich auf einen Preis zu einigen.

›Ich tue das für eine Freundin‹, sagte ich.

›Ja‹, sagte er, ›ich auch.‹

›Ich hab' eine Freundin, die gäbe alles dafür, wenn sie jemanden wüßte, der einem kleinen Flittchen, das jeden Sonntagmorgen um halb sieben an einer bestimmten Stelle vorbeikommt, ein Ding verpassen würde.‹

›Alles?‹ sagte er. ›Wieviel ist alles?‹

›Na ja, sagen wir fünfhundert.‹

›Das ist nicht alles‹, sagte er. ›Das ist ein Viertel von alles.‹

›Das müßte ich mit ihr besprechen‹, sagte ich.

›Ein Ding verpassen?‹ sagte er. ›Was für ein Ding?‹

›Tja, der ganze Ärger mit ihr ist, daß sie zu hübsch ist. Eine Faust oder ein Stein würde das allerdings nicht ändern. Sie wär's gleich wieder, wenn alles geheilt ist. Es muß was sein, was sich langsam REINFRISST. Dann bleibt sie endgültig so.‹

›Säure‹, las er mir wissend von den Lippen ab.

›Kann IHR Freund sie besorgen, oder soll MEINE Freundin sie besorgen?‹

›Mein Freund kann das richtige Zeug besorgen. Er weiß wo. Gar kein Problem.‹

›Ich ruf' mal an und klär' das mit dem Alles.‹

Ich ging in eine Telefonzelle, zählte, was ich bei mir hatte, und ging wieder zu ihm hinaus.

›Sie kriegen jetzt tausend, sagt sie‹, erklärte ich ihm. ›Die Feuertaufe findet am Sonntag statt. Am Montag kriegen Sie weitere fünfhundert hier, gleiche Kneipe, gleicher Tisch.‹

›Ich checke das mal ab‹, sagte er. Er machte sich nicht mal die Mühe, die Nummer mit dem Telefon zu spielen. Er ging einfach in die Männertoilette, blieb kurz dort, kam, einen Kamm in die Tasche steckend, wieder heraus und sagte: ›Weitere tausend am Montag, und die Sache ist geritzt.‹ Na ja, da drin gab es wohl auch ein Telefon (glaube ich jedenfalls), wenn man es ganz genau nehmen wollte.

›Die Sache ist geritzt‹, sagte ich. Ich schob ihm gleich an Ort und Stelle unter dem Tisch die ersten tausend zu.

›Was ist das?‹ fragte er und las den Zettel, den ich obendrauf gelegt hatte.

›Das ist der wirkliche Name und die derzeitige Adresse Ihres Freundes‹, sagte ich ihm. ›Ich weiß, er kann zwischen heute und Sonntag leicht die Adresse wechseln, aber die Informationen über ihn können ihm genauso leicht zur neuen Wohnung folgen. Er hat schon mal gesessen. Beim nächsten Mal fährt er für immer ein.‹

Er sah mich lange an. Nicht sauer oder erschrocken, bloß irgendwie bewundernd.

Dann bleckte er leicht die Zähne. ›Schlau‹, sagte er.

Ich stimmte ihm zu. ›Ja, das ist sie. Und wie.‹

Die Sache wäre reibungslos über die Bühne gegangen, nur fing ich ein bißchen zu früh und ein bißchen zu kräftig mit Feiern an. Ich ging gleich nach meiner

Samstagnacht-Show nach Hause und fing an zu trinken. Mein Freund, der, den ich schon erwähnt habe, war hier bei mir in der Wohnung. Ich hob jedesmal mein Glas und sagte so Sachen wie: ›Auf das Wohl einer Bekannten von mir, die morgen abend um diese Zeit für einen Bekannten von mir gar nicht mehr so toll aussehen wird.‹ Und ich fing an zu singen, ›Was macht schon ein Tag, bloß vierundzwanzig Stündchen‹, und besoff mich sinnlos.

Das letzte, woran ich mich erinnerte, war, daß er hinausging, um von meinem Apparat aus zu telefonieren, und die Tür hinter sich zumachte. Aber ich dachte mir nichts dabei. Er war der Typ, der um drei oder vier Uhr morgens genauso imstande ist zu telefonieren wie um zwölf Uhr mittags.

Als ich aufwachte, war es früh am Nachmittag. Er war immer noch da. Wir verbrachten ein langes Wochenende zusammen. Ich gähnte, streckte mich behaglich und sagte: ›Tja, jetzt ist alles vorbei. Wie ihr wohl das neue Gesicht gefällt, das sie heute spazierenführt? Und vor allem, wie es IHM wohl gefällt? Ich wette, er kann's nicht angucken, ohne selber grün um die Kiemen zu werden.‹

›Sie führt kein neues Gesicht spazieren‹, sagte er mir. ›Sie hat immer noch dasselbe, das sie gestern und vorgestern gehabt hat, und das wird sie auch behalten.‹

Ich fuhr hellwach hoch. ›Was weißt du davon?‹ fragte ich scharf. ›Was hast du mit der Sache zu tun?‹

Er schwenkte das Glas Tomatensaft, das er in der Hand hielt, um ihn umzurühren. ›Ich hab' heute morgen in aller Herrgottsfrühe, so um halb sechs, sechs, ein paar Jungs, die ich kenne, rübergeschickt, um nachzuschauen, wo er auf sie wartet. Sie haben getan, was ich ihnen gesagt hab'; sind mit ihm ein ziemliches Stück weit aus der Stadt gefahren, haben ihn gründlich aufgemischt und ihm gesagt, sie machen ihn endgültig fertig, wenn er sich in der Gegend noch mal blicken läßt.‹

›Meine schönen tausend Dollar!‹ kreischte ich und schlug mir die Hand vor die Augen.

›Da sind deine tausend Dollar‹, sagte er, zog sie aus der Tasche und gab sie mir; sie waren sogar noch in dem Umschlag, in dem ich sie dem Kerl gegeben hatte. Sie hatten sie bei ihm gefunden. Offenbar hatte er kein Vertrauen zu Banken oder Matratzen.

›Wenn du das nächste Mal bereit bist, so viel zu berappen‹, fügte er hinzu, ›warum steckst du's dann nicht in was Konstruktiveres?‹«

»Und da hast du es aufgegeben«, drängte Madeline.

»Da kennst du mich nicht«, sagte Dell bedeutungsvoll. »Du kennst mich überhaupt nicht.«

Gott, die wollte ich nicht im Nacken haben! dachte Madeline.

»Ich schaltete ein zweites Mal um. So wie ich zunächst von ihm auf sie umgeschaltet hatte, so gab ich jetzt den Versuch auf, ihr körperlich zu schaden. Ich sah ein, daß das nicht klappen würde. Statt dessen schaltete ich auf Rufschädigung um.

Ich besorgte mir einen Privatdetektiv. Den fand ich im Kleinanzeigenteil hinten in einer anrüchigen Zeitschrift. Du kennst doch die Dinger. ›Zweifeln Sie an der Treue Ihres Partners? Wenden Sie sich an uns. Streng vertraulich.‹

Das war vielleicht ein Schätzchen. Er kannte keinerlei Moral. Selbst das hätte mir nichts ausgemacht, wenn er wenigstens körperlich sauber gewesen wäre. Er hatte seit einer Woche nicht das Hemd, und seit einem Monat nicht die Socken gewechselt. Sogar im Dunkeln hätte man sagen können, an welcher Stelle des Zimmers er stand. Aber ich sage immer: für Drecksarbeit braucht man einen Dreckskerl. Ein anständiger Kerl hätte einen solchen Auftrag überhaupt nicht angenommen. Es ging ja nicht darum, eine Ehe zu retten, sie vor einem Eindringling, einem Dritten, zu schützen. Ich bezahlte ihn dafür, daß er absichtlich eine vollkommen glückliche Ehe ruinierte, und zwar nicht meine, sondern die von jemand anders. Genau dafür heuerte ich ihn an.

Ich setzte es ihm in aller Deutlichkeit auseinander. Meine Faust sah aus wie ein Moosklumpen, so wie überall zwischen den Fingern gebündelte grüne Lappen rausguckten. Kein Wunder, daß es dieses Wort dafür gibt, Moos.

Ich nannte ihm die schmuddelige Industriestadt, in der sie geboren war. Ich sagte, ich will, daß Sie da hinfahren, und ich will, daß Sie da bleiben, bis Sie was über sie ausgegraben haben. Wenn Sie ein Riesending ausgraben, um so besser. Wenn Sie nur was Kleines ausgraben, egal, dann bauschen wir's zu einem Riesending auf. Lassen Sie nichts unversucht —«

Genau wie ich, dachte Madeline nebenbei, nur umgekehrt. Meine Absichten waren gut, ihre schlecht.

»Das geht auf mich, sagte ich zu ihm. Die ganze Sache geht auf mich. Ich zahle die Rechnung. Es ist mir gleich, ob Sie sechs Monate dortbleiben. Es ist mir gleich, wie Sie Ihre Spesenabrechnung aufblähen. Ich zahle es. Es ist mir gleich, ob Sie jede Nacht ein Weib, jede Nacht eine Kiste Champagner auf dem Zimmer haben. Ich zahle es. Das ist es mir wert. Vorausgesetzt, Sie liefern mir was über sie. Mir hat es noch nie soviel Spaß gemacht, mein Geld auszugeben, wie jetzt. Fragen Sie herum. Machen Sie die Kinder ausfindig, mit denen sie zur Schule gegangen ist. Setzen Sie sich mit Ärzten in Verbindung. Vielleicht hat sie mal eine Abtreibung gehabt. Vielleicht hat's in ihrer Familie Syph gegeben. Früher mal, als es noch ein Problem war. Oder Geisteskrankheit oder irgendwelche Vorstrafen. Überprüfen Sie ihre Geburtsurkunde, die muß dort in den Akten sein, sehen Sie zu, was Sie daraus erfahren können.

Kriegen Sie was über sie raus. Es ist mir gleich, was, aber KRIEGEN SIE WAS ÜBER SIE RAUS.«

Und noch in der Wiederholung war ihre Stimme etwas Schreckliches, etwas, das Madeline noch nie gehört hatte. Es war keine Stimme, es war der Inbegriff des Hasses.

Sie sprach etwas ruhiger weiter. »Etwa drei Monate nachdem er hingefahren war, rief er mich eines Abends von dort an. Natürlich auf meine Kosten. Als ich hörte, was er mir zu sagen hatte, war ich völlig aus dem Häuschen. So etwas hätte ich nie erwartet. Ich hatte nur darauf gehofft, ein bißchen Schmutz zu finden, mit dem ich sie bewerfen könnte. Statt dessen hatte er eine ganze Jauchegrube aufgetan. Ich wälzte mich übers Bett, zog dabei den Hörer am Ohr mit mir. Als das Kabel nicht mehr weiter reichte, wälzte ich mich zurück, bis es wieder frei war.

Es war, als hätte man eine Art Bombe zwischen die beiden geworfen. Es riß sie so weit auseinander, daß sie nie wieder zusammenkommen konnten, in ihrem ganzen Leben nicht. Von da an, da wette ich, würden sie um ihr Leben rennen, könnten sie gar nicht schnell genug weglaufen, wenn einer den anderen je sähe.«

»Aber warum?« sagte Madeline. »Was war es denn?«

Dell senkte selbstzufrieden, aber auch verschlagen die Augen zu Boden. »Bis dahin, weiter geht's nicht«, sagte sie unnachgiebig. »Darüber hinaus reden wir in diesem Haus nicht davon.«

Eines Tages klingelte das Telefon, als Madeline gerade da war. Dell stand auf und ging hinaus. Das Telefon stand gleich hinter der Tür. Madeline schlug weiter einzelne Töne an und notierte sie auf dem Notenblatt.

Nach ein paar vertraulich undeutlichen Worten hörte sie Dell sagen: »Jemand Bekanntes.«

Dann fügte sie hinzu: »Natürlich ein Mädchen. Was glaubst du denn, was ich hier tue, hinter deinem Rücken Männer empfangen? Auf die Art würd' ich's nicht lange machen.«

Dann fuhr sie fort: »Was soll das heißen, wie du das wissen kannst?«

Dann schloß sie: »Weil ich es sage, reicht das nicht?«

Plötzlich rief sie: »Mad, komm mal einen Moment her.« Madeline stand auf und ging hinaus. Dell streckte ihr den Hörer entgegen, ohne ihn jedoch loszulassen. »Sag hallo da rein«, befahl sie.

»Hallo?« sagte Madeline unsicher.

Dell zog den Hörer sofort wieder weg, so daß Madeline keine Chance hatte zu hören, was darauf erwidert wurde. Madeline ging zum Klavier zurück. »Zufrieden?« sagte Dell. »Du bist wirklich schwer zu überzeugen.«

Als sie sich kurz darauf wieder zu Madeline gesellte, stieß sie aufgebracht den Daumen nach hinten. »Dieser Kerl!« schäumte sie. »Der fällt mir vielleicht auf den Wecker. Das geht schon so weit, daß ich Angst davor hab', mit ihm auf die Straße zu gehen, weil vielleicht mein Agent vorbeikommt und zum Gruß an den Hut tippt oder der Clubmanager vorbeigeht und hallo zu mir sagt oder mir jemand zunickt, mit dem ich mal vor zehn Jahren in demselben Schuppen aufgetreten bin. Mehr braucht's nicht, und schon bin ich den Rest des Abends mit Erklären und Rechtfertigen beschäftigt. Und wenn ich mir dann den Mund fusselig geredet hab', glaubt er mir trotzdem noch nicht.« Sie hielt sich die Hand an die Wange, als täte es ihr dort weh, und machte ein paar kurze Schritte hierhin und dahin. »Ich müßte 'n Vierling sein, und alle vier müßten wir Doppelschichten fahren, um sämtliche Seitensprünge unterzubringen, die er mir zutraut.«

Madeline sah sie nur ernst an, während sie sich die Tirade anhörte. Sie fragte nicht, wer er war, und Dell sagte es nicht. Sie hatte das ziemlich deutliche Gefühl, daß Dell es ihr auch nicht gesagt hätte, wenn sie gefragt hätte, und das war einer der Hauptgründe, warum sie es nicht tat.

Als sie ein paar Wochen später gerade den Schlüssel, den Dell ihr gegeben hatte, ins Schloß der Wohnungstür stecken wollte, hielt sie inne, weil sie meinte, irgendwo drinnen eine Stimme gehört zu haben. Sie neigte den Kopf zur Tür, aber der Laut wiederholte sich nicht. Dennoch steckte sie aus instinktiver Vorsicht den Schlüssel weg und läutete statt dessen. Sie wollte nicht, daß irgendein Dritter wußte, daß sie einen Schlüssel zu der Wohnung besaß, obwohl sie nicht hätte sagen können, warum. Letzten Endes ging das außer Dell und ihr selbst niemanden etwas an.

Von der anderen Seite der Tür fragte Dells Stimme,

wer da sei. Sie hörte sich argwöhnisch, vorsichtig an, als fürchtete sie sich vor der Antwort.

»Mad«, sagte Madeline.

Die Tür ging sofort auf. Ein angespannter Ausdruck löste sich soeben von Dells Gesicht, und an seine Stelle trat Erleichterung. Dennoch senkte sie verschwörerisch die Stimme. »Ich kann dich im Moment nicht reinbitten. Hab' gerade einen meiner Gönner hier. Das verstehst du doch, oder?«

»Na klar. Überhaupt kein Problem. Ich schau dann morgen vorbei.«

»Tu das.«

Plötzlich fuhr eine Männerstimme dazwischen: »Mit wem redest du denn da draußen?«

»Bloß ein Besuch«, antwortete Dell, ohne den Kopf zu wenden.

Über der Stelle, wo ihre Hand lag, packte eine größere Hand den Türrahmen und zog die Tür ein Stückchen weiter auf. Dann lugte seitlich von Dells Gesicht und etwa dreißig Zentimeter darüber ein Männergesicht zu Madeline heraus.

Manchmal sieht man ein Gesicht mehr als ein dutzendmal und vergißt es dann später. Manchmal sieht man ein Gesicht nur einmal und sieht es dann rückblikkend bis ans Ende seiner Tage vor sich. Dieses körperlose Gesicht, das sie da aus einer Tür heraus ansah, sollte von da an wie eine augenlose Maske — eine der Doppelmasken, die im Theater Komödie und Tragödie symbolisieren — an den Vorhang ihrer Erinnerung geheftet bleiben.

Es war ein Gesicht, das einmal schön gewesen war. Seine Schönheit hatte sich mittlerweile verschlissen, aber ihre Strukturen waren unter der Schicht der Jahre und der Erfahrungen noch auszumachen. Dunkles, glänzendes, südländisches Haar und dunkle, glänzende, südländische Augen. Ein Spalt im Kinn, der sich durch jahrelanges Rasieren zu einer bläulich marmorierten, ausgehöhlten Vertiefung abgeschliffen zu haben schien.

Aber die Augen nahmen Madeline als Person überhaupt nicht wahr. Bloß die Tatsache, daß sie eine Frau war und kein Rivale, kein Eindringling. Es war ihnen gleich, ob sie häßlich oder schön, groß oder klein, üppig oder schmal war. Es waren die Augen der Eifersucht, der bloßen, schieren Besitzgier.

Das Gesicht zog sich zurück, ohne ein Wort zu einer der beiden Frauen gesagt zu haben. Aber sein Schweigen war verdrießlich, nicht friedfertig.

Kurz darauf hob sich die Stimme aus der Wohnung zu einem geknurrten Befehl. »Nun komm endlich wieder rein hier, wenn ihr mit dem Austausch von Kuchenrezepten oder was ihr da draußen sonst macht, fertig seid.«

Dell sagte in gehetztem Flüsterton: »Er kommt eigentlich nie am Nachmittag vorbei. Wirklich nie. Heute ist das erste Mal.«

Dann fügte sie hastig hinzu: »Ich geh' mal lieber wieder rein, ehe er noch weiter mit der Peitsche knallt.«

Madeline ging fort. Irgendwo steckt da Dynamit drin, dachte sie.

Sie erfuhr immer nur Bruchstücke, aber sie erfuhr sie ständig.

»Was für ein schönes Armband.«

»Das hat mir Ange geschenkt.«

Dell war schon so aufgedreht, daß sie es nicht schließen konnte, ohne den Unterarm auf die Kommode zu legen und sich darauf abzustützen, um den Arm still zu halten.

»Ist das der Börsenmakler?«

»Nein, der Börsenmakler ist Walter. Hilf mir doch mal eben, das zuzumachen.«

Als sie ein anderes Mal ein Telefongespräch entgegennahm, sagte sie: »Hallo, Jack.«

Beim Zurückkommen warf sie Madeline ein wissendes Grinsen zu und deutete mit dem Daumen verächtlich über die Schulter. »Ange schnüffelt mir mal wieder nach. Er hatte gar nichts zu sagen, wollte bloß mal sehen, ob er mich bei irgendwas erwischen kann.«

»Aber ich meine, ich hätte dich Jack sagen hören.«

»Das ist sein Vorname.« Dell war zu sehr damit beschäftigt, Eis in ein Glas zu bugsieren, um allzu genau auf ihre Worte zu achten. »Damals, bei dem alten Verein, haben sie ihn ›Little Angie‹ genannt.«

»Ach so, deshalb nennst du ihn manchmal Ange. Mag er es, wenn du ihn so nennst?«

»Warum soll er's nicht mögen? Er heißt doch so.« Dell kostete von ihrem neuen Drink. Besser gesagt, sie ließ eine Kostprobe im Glas zurück und nahm den Drink zu sich. »Jack d'Angelo.«

Jetzt kannte sie einen von ihnen.

Bei einer anderen dieser morgendlichen Zusammenkünfte zog sie Dell ›ins Vertrauen‹. Das heißt, ins Vertrauen über ihre Finanzen. »Dell, was ich fragen wollte — ich hab' ein bißchen Geld auf die hohe Kante gelegt. Nicht so viel, wie du für manche von den Schmuckstücken bekommst, die du verkaufst. Aber ich lasse es nur ungern auf einem Sparkonto rumliegen. Da kriegt man nur magere dreidreiviertel Prozent. Würdest du mir raten, es in solchen Aktien anzulegen, von denen du mir erzählt hast?«

»Schätzchen.« Dell machte eine warnende Bewegung mit der flachen Hand. »Da muß man die Finger von lassen, wenn man nicht ein dickes Bündel Scheine in der Hinterhand hat. Die Kurse sind im Moment irrsinnig hoch.«

Madeline machte ein tief enttäuschtes Gesicht, als sähe sie alle Hoffnungen entschwinden, jemals finanziell unabhängig zu werden. »Stehen sie denn alle hoch? Gibt's nicht ein paar, die etwas niedriger stehen als andere?«

Dell war in der warmherzigen Stimmung, wie sie zwischen Freundinnen üblich ist. Es lag auch ein Anflug von Prahlerei darin. Außerdem ging es nicht um Liebesdinge, so daß keine Gefahr für sie bestand.

»Warte mal«, sagte sie großzügig. »Ich rufe Walter an und frage ihn. Ich tu so, als wollte ich's für mich wissen.«

Das Gebäude hatte eine eigene Vermittlung, so daß sie nicht selbst wählen konnte.

Madeline hörte genau zu.

»Cardinal sieben, vier zweihundert.«

Dann: »Mr. Shiller, bitte.«

Jetzt hatte sie auch den anderen.

Sie kehrte in ihre eigene Wohnung zurück und verlangte »Cardinal sieben, vier zweihundert.«

Eine Stimme meldete sich mit »Warren, Shiller, Davis und Norton, guten Tag.«

Sie legte auf. Sie schlug im Telefonbuch nach, und so erfuhr sie seine Büroadresse. Sie setzte sich, um den Brief zu schreiben. Den verräterischen Brief.

Warum an ihn, warum nicht an den anderen? Der andere wäre naheliegender erschienen, aber war er es auch tatsächlich? Vielleicht war ihre Psychologie verkehrt, aber sie sah das nicht so.

Er war krankhaft eifersüchtig. Gewiß. Er hatte einmal von Gewalt – oder zumindest von Verbrechen – gelebt. Gewiß. Er war aus dem Dschungel der Unterwelt, wo der Tod als Strafe an der Tagesordnung war, nach oben gekommen. Gewiß.

Aber gerade da, wo man all dies als gegeben ansah, setzte ihre umgekehrte Psychologie an. Aus eben diesen Gründen war er von beiden der weniger naheliegende Kandidat. Er besaß keinen Einfluß – zumindest nicht an angesehener Stelle –, der ihm hinterher helfen würde. Er hatte eine anrüchige Vergangenheit, war auf vielerlei Weise belastet. Er würde es nicht wagen, seine schwer erkämpfte Solidität dadurch aufs Spiel zu setzen, daß er aus der Reihe tanzte.

Der Börsenmakler dagegen war unangreifbar, geachtet, hatte ein untadeliges Vorleben, besaß wahrscheinlich an gehobener Stelle jede Art von mächtigem Einfluß, was ihn schützte, und aufgrund dieser Unantastbarkeit würde er von beiden sehr viel eher bereit sein, auszuführen, was immer ihm an Maßnahmen für diese Treulosigkeit gegen seine Person und sein Liebesleben erforderlich schien. Das jedenfalls glaubte Madeline, die theoriebewanderte, aber praxisferne.

Also schrieb sie an ihn.

Brief Nummer eins: »Lieber Mr. Shiller: Dies ist kein Verleumdungsbrief –« Aber es war einer. Was denn sonst?

Brief Nummer zwei: »Lieber Mr. Shiller: Als Ihr Freund finde ich, Sie sollten erfahren –« Aber sie waren nicht befreundet.

Brief Nummer drei: »Lieber Mr. Shiller: Ich hasse es, wenn jemand hinter seinem Rücken betrogen wird –« Bloßes Gewäsch. Was sie da tat, war hinterhältiger als das, was Dell tat.

Letzter Brief: »Lieber Mr. Shiller: Manche Mädchen haben nicht einmal einen Mann. Manche Mädchen, wie zum Beispiel Dell Nelson, haben gleichzeitig zwei. Irgendwie ist das nicht fair, oder?«

Sie ging hinunter zum Briefmarkenautomaten in der Eingangshalle, warf eine Münze ein und zog eine Briefmarke. Sie klebte sie auf den Brief, sie steckte den Brief in den Briefschlitz, und sie klopfte sogar mit den Handballen rund um den Schlitz, um sicher zu gehen, daß er auch richtig hineinrutschte.

Die Abrechnung war in Gang gesetzt.

Von diesem Augenblick an begann alles schnell zu gehen.

Dell rief sie an, und ihre Stimme klang vor Anspannung aufgelöst. Das geschah am nächsten Tag gegen fünf Uhr nachmittags.

»Ich sitze in der Patsche!« sagte sie so atemlos, als wäre sie ein halbes dutzendmal eine Treppe hinauf- und hinuntergerannt.

»Was ist denn los?« fragte Madeline verblüfft, aber nicht allzu verblüfft. Sie hatte nicht erwartet, daß die Sache so schnell ins Rollen kam, das war alles.

»Ich weiß nicht. Aber seine Stimme hat mir gar nicht gefallen. Ich hab' wohl zu lange herumlaviert. Und jetzt bist du dran. Du mußt mir helfen.«

»ICH? Was kann ICH denn machen?«

»Du mußt für mich den Prellbock spielen.«

»Was heißt das denn?«

»Du mußt hierherkommen und mir beistehen. Er ist zu allem fähig. Vielleicht verprügelt er mich nach Strich und Faden.«

»Moment mal«, unterbrach Madeline sie. »Das ist

dein Leben. Ich kann da nicht beim geringsten Anlaß reingeplatzt kommen. Außerdem hast du es die ganze Zeit hübsch für dich behalten. Und jetzt, wo du Hilfe brauchst, ist es mit einemmal ein offenes Buch mit einem Lesezeichen eigens für mich. Nein, danke.«

Sie konnte es sich nicht verkneifen, übergangslos zu fragen: »Wer von ihnen war es denn?«

»Walter. Walter hat mich angerufen. Er war wegen irgendwas sauer. Ich hab' ihn noch nie so sauer erlebt. Jedesmal, wenn ich versucht hab', ihn zu besänftigen und was Nettes zu ihm zu sagen, hat er mich angefahren, zu wie vielen anderen ich das noch sage.«

»Aber genau das war doch der Ausweg für dich. Warum hast du nicht einfach aufgelegt und bist ihn auf die Art losgeworden?«

»Ich hatte Angst davor. Ich wollte ihn nicht ganz verlieren. Manchmal kommen sie nicht wieder. Es gibt Zeiten, da muß man die Eingeschnappte und Unnahbare spielen, und es gibt Zeiten, da muß man festhalten, was man hat.«

»Wie wär's denn mit dem Club, könntest du dich dort nicht vor ihm verkriechen?«

»Heute ist Montag. Montags haben wir keine Show.«

»Ach so, das hab' ich vergessen.«

»Außerdem weiß er das.«

»Vielleicht wird's ja gar nicht so schlimm«, versuchte Madeline sie zu trösten. Dell gab ein ahnungsvoll klägliches Jammern von sich. »Das wird ganz schön schlimm. Der gehört zu den Stillen im Lande. Ich kenne ihn.«

»Das Überraschende für mich«, philosophierte Madeline, »ist nicht, daß es schließlich passiert ist, sondern daß es nicht schon viel früher passiert ist, bei dem hohen Einsatz, mit dem du gespielt hast.«

»Ich brauch' jetzt keine Moralpredigt«, sagte ihr Dell. »Ich brauch' jemand hier bei mir, ich brauch' jemand, der mir beisteht.«

»Warum rufst du nicht die Polizei, wenn du solche Angst vor ihm hast«, sagte Madeline mit verächtlichem Unterton.

»So was macht man nicht, wenn man so miteinander steht wie wir. Falls er je rauskriegt, daß ich eine Freundin gerufen hab', wird er mir das ohne weiteres verzeihen. Falls er aber rauskriegt, daß ich die Polizei gerufen hab', wird er mir das nie verzeihen. Du hast keine Ahnung, wie der Hase läuft, Herzchen.«

Nein, dachte Madeline griesgrämig. Ich bin allerdings auch noch nicht so oft zu Boden gegangen wie du.

Sie hatte die ganze Sache, die sich zu einem wunderschönen Schlamassel zu entwickeln versprach, ausgelöst, und nun wurde sie gebeten, sich ein zweites Mal einzuschalten und die Haut des potentiellen Opfers zu retten.

»Du mußt kommen! Du mußt einfach! Du bist die einzige Freundin, die ich auf der Welt habe. Wenn man bedenkt, was ich alles für dich getan hab'. Meine Tür hat dir immer offengestanden. Drinks auf Kosten des Hauses. Ich hab' dich mein Klavier benutzen lassen.«

Steck dir doch dein Klavier sonstwohin, dachte Madeline nebenbei. Ein Ausdruck, den sie von eben der Person übernommen hatte, der sie ihn jetzt zurückgab.

»Ich hab' sogar Börsentips von ihm für dich. Willst du mich jetzt, wo ich dich brauche, im Stich lassen?«

»Na gu-u-ut«, sagte Madeline mit zögernder Stimme. »Ich sage dir, was ich mache. Ich rufe dich in etwa einer Stunde an. Wenn er fies wird und du meinst, du wirst nicht mit ihm fertig, komme ich angesaust und gebe dir moralische Unterstützung. Wenn alles unter Kontrolle ist, brauchst du mich nicht. Wie wär's damit?«

Sie dachte: Wenn ich sie heute abend rauspauke, erwischt es sie halt ein anderes Mal, jetzt wo die Saat des Mißtrauens gesät ist, und beim zweiten Mal werde ich nicht zur Stelle sein, um ihr herauszuhelfen.

Dell kreischte fast vor Dankbarkeit. »Danke, Schätzchen! Tausend Dank! Ich hab' gewußt, ich kann auf dich zählen. Ich hab' gewußt, du läßt mich nicht hängen. Eines Tages tu ich das gleiche für dich.«

Wer braucht dich schon? dachte Madeline verächtlich. Ich vernasche die Männer nicht waggonweise.

»Ich tu sogar noch mehr. Du kennst doch die Steinmarderjacke, die du so bewundert hast, die, die Ange mir geschenkt hat? Sie gehört ab sofort dir, ich schenk' sie dir.«

Madeline brachte einen Kehllaut hervor, der als Dankbarkeit hätte aufgefaßt werden können, in Wirklichkeit aber Spott war. »Also gut, ich nehm' schnell ein Bad und zieh' mich an. Ruf mich in einer Stunde an. Oder besser um viertel nach, dann habe ich noch etwas Zeit, mich aufzumöbeln.«

»Besauf dich nicht«, warnte Madeline sie rundheraus. »Es ist wichtig, daß du einen klaren Kopf behältst und weißt, was du tust.«

»Klar«, sagte Dell gehorsam. In genau zwei Monaten hatte Madeline die Oberhand über sie gewonnen. Und das allein durch die Wirkung ihrer Persönlichkeit, denn sie hatte in keiner Weise, weder aktiv noch passiv, versucht, sie zu dominieren.

Es wurde sechs Uhr. Ich habe versprochen, sie um diese Zeit anzurufen, dachte Madeline, und ich tue es nicht.

Halb sieben, und sie hatte sie immer noch nicht angerufen. Warum laß ich die Karre nicht einfach laufen? Soll sie die bittere Pille ruhig schlucken.

Viertel vor sieben gab sie sich schließlich geschlagen und nahm den Hörer ab. »Emerson acht achtzehnhundert.« Dann, als die Hauszentrale sich meldete: »Achtzehn A, bitte.«

Kurz darauf wurde ihr gesagt: »Da meldet sich niemand.«

Um sieben die gleiche Prozedur. »Emerson acht achtzehnhundert... Achtzehn A, bitte.«

»Da meldet sich niemand.«

Um viertel nach sieben zum drittenmal: »Da meldet sich niemand.«

Nach einem Moment der Unentschlossenheit ging sie nach unten und auf die Straße, stieg in ein Taxi und fuhr hin, um selbst festzustellen, was für eine Wendung die Sache genommen hatte.

Der Portier von Dells Haus war gerade damit beschäftigt, zwei Fräcke, einen Persianer und einen Hermelin in ein Taxi zu bugsieren. Er wandte Madeline den Rücken zu, so daß sie unbemerkt hineinschlüpfen konnte. Im Fahrstuhl drückte sie den Knopf mit der Nummer achtzehn, die Tür glitt mit leisem Schnurren zu, und sie fuhr nach oben.

Sie stieg aus und läutete. Es kam niemand zur Tür.

Sie läutete noch einmal, mit einer zustoßenden Bewegung, die ihren Unwillen verriet. Es kam noch immer niemand. Zuerst macht sie mich mit ihrem Geflenne um Hilfe verrückt, dachte sie verärgert, und dann läßt sie die Klappe runter und ignoriert mich. Wahrscheinlich haben sie sich versöhnt, und er hat sie zum Essen ausgeführt.

Sie zog den Schlüssel hervor, den Dell ihr gegeben

hatte, und öffnete die Tür. Sie nahm an, daß Dell ihr zur Erklärung eine Nachricht auf dem Klavier hinterlassen hätte, wie sie es früher, als sie noch zusammen Lieder schrieben, so oft getan hatten.

»Dell?« rief sie.

Es kam keine Antwort. Es war niemand da. Es war auch keine Nachricht da, weder auf dem Klavier noch sonstwo.

Dell hatte zu irgendeinem unbestimmten Zeitpunkt zwischen dem Aufstehen und dem Weggehen einen Rye on the rocks, möglicherweise auch fünf oder zehn, getrunken. Nur ein Glas war benutzt. Sie wechselte nie das Glas, wenn sie allein trank, warum auch? Die Bakterien in ihrem Mund konnten ihr nicht schaden. Aber es schien zu beweisen, daß er gar nicht aufgetaucht war.

Auf dem Klavier lag ein Notenblatt mit einem Lied. Wahrscheinlich das letzte, worauf ihr Blick gefallen war, ehe sie ging. Aus irgendeinem unerforschlichen Grund schoß Madeline bis ans Ende ihrer Tage – solange sie sich daran erinnerte, Dell Nelson kennengelernt und gekannt zu haben – jedesmal, wenn sie an sie denken mußte, dieser Songtitel durch den Kopf. ›Heaven Drops Its Curtain Down upon My Heart – der Himmel läßt den Vorhang auf mein Herz fallen.‹

Vor dem Gehen warf Madeline einen flüchtigen Blick ins Schlafzimmer. Der BH, den Dell vor dem Baden ausgezogen haben mußte, hing in einer Schlaufe um einen der Bettpfosten am Fußende. Von dort, wo sie stand, konnte sie einen schmalen, keilförmigen Ausschnitt des Badezimmers sehen, aus dem sich unmittelbar über dem Wannenrand eine grünblaue Ecke abhob. Dell war in solcher Eile weggegangen, daß sie sogar vergessen hatte, ihr Badewasser abzulassen.

Madeline ging etwas näher heran und sah hinein. Es lag blaugrün, glatt und reglos da wie Eis, und die Wärme entwich nach und nach in die Luft ringsum.

Sie beugte sich vor und sah genauer hin.

Dell lag noch darin. Tot.

Eine Zigarette, die letzte Zigarette, die sie geraucht hatte, mit einem roten Tupfer am Filter, die Zigarette einer Frau, lag noch auf dem Rand des Waschbeckens, wo sie sie abgelegt hatte, als sie in die Wanne stieg. Ein Wassertropfen auf dem Beckenrand hatte verhindert, daß sie zu mehr als drei Vierteln heruntergebrannt war.

Ihr Kopf lag auf dem Grund der Wanne, mit dem Gesicht nach oben. Er konnte dorthin gefallen sein, er konnte aber auch dorthin gedrückt, dort unten festgehalten worden sein. Es konnte ein Herzanfall gewesen sein, ein Ausgleiten und Hinschlagen auf den Wannenboden, ein Schwindelanfall aufgrund der Kombination von Alkohol und heißem Wasser, wodurch sie ertrunken war, oder — ein Mord. Madeline konnte nicht feststellen, was es war.

Sie sah sich die Hände genau an. Sie hingen immer noch locker über den Wannenrand; sie waren nicht mit dem Körper untergegangen. Sie waren mit den Handgelenken an der Krümmung des Wannenrandes hängengeblieben. Neben ihnen waren auf dem Email zwei kleine rote Flecken, etwa so groß, wie sie entstehen, wenn man einen Moskito zerquetscht, und ein dünnes Rinnsal von viel blasserem Rot, das ins Wasser gesickert war. Das Wasser selbst wies keine Spuren auf. Es war nicht genug Blut geflossen, um es zu trüben.

Damit war die Sache klar. Es war Mord. Sie war unter Wasser gedrückt worden, bis sie ertrunken war.

Madeline ging in die Hocke und musterte aus nächster Nähe eingehend die Hände, ohne sie zu berühren. Es waren keinerlei Verletzungen daran zu sehen, keine Kratzer oder Striemen. Sie sah sich sogar die Unterseiten, die Handflächen, an, indem sie sich in voller Länge auf dem Boden ausstreckte und ihr Gesicht darunter schob.

Das Blut stammte nicht von Dell. Aber unter allen zehn Fingernägeln fand sich an der Stelle, wo der Nagellack endete und ein weißer Streifen zu sehen sein müßte, eine verkrustete, haarfeine Linie aus Rot. Sie hatte jemanden entweder im Gesicht oder an den Unterarmen gekratzt, während sie um ihr Leben kämpfte.

Madeline stand auf und blickte auf sie hinunter. Auf die verschreckten blauen Augen, die jetzt kälter denn je durch das blaugrüne Wasser zu ihr aufstarrten. Adelaide Nelson hatte das Spiel auf ihre Art gespielt und verloren. Aber wer von uns hat es eigentlich je gewonnen? philosophierte Madeline. Bei diesem Spiel gibt es keine Gewinner. Wenn nicht der Tod deine Chips einkassiert wie in diesem Fall, dann kommt das Alter und räumt deine Einsätze ebenso sicher ab. Vielleicht war sie dabei ja noch am besten weggekommen. Zumindest war sie gutaussehend abgetreten. Immer noch begehrenswert genug, um dafür getötet zu werden.

Ein Mann sollte tapfer sterben. Eine Frau in Schönheit.

Die Angstreaktion, die (vielleicht aufgrund der fieberhaften Aufregung über die Entdeckung) bis zu diesem Moment seltsamerweise ausgeblieben war, trat jetzt mit einem Schlag ein und machte sie frösteln. Ich muß hier raus, sagte sie sich mit aufgerissenen Augen. Was stehe ich hier so herum, was bleibe ich noch hier? Es könnte jemand hereinkommen.

Sie fürchtete nicht so sehr, des Verbrechens beschuldigt zu werden — das kam ihr eigentlich gar nicht in den Sinn —, sondern von nun an unentwirrbar darin verstrickt, bis zur Unerträglichkeit damit belastet zu sein. Endlos festgehalten, verhört und vor allem der Anonymität entrissen zu werden, wodurch die mögliche Erfüllung des Auftrages, der immer noch auf seine Ausführung wartete, vereitelt würde.

Sie wollte nicht das geringste damit zu tun haben.

Sie verließ eilends das Badezimmer, ließ es so zurück, wie sie es vorgefunden hatte: die Tür weit offen, das Licht an; huschte wie ein Blitz lautlos durch das Schlafzimmer. Durch das Wohnzimmer, wo ihr hin- und herschweifender Blick seltsam wehmütige Momentaufnahmen des Abschieds erfaßte. Kein mit Highballs gegossener Oleander mehr. Keine auf dem Klavier hinterlassenen Nachrichten. Statt dessen Noten, die darauf warteten, angeschlagen zu werden: HEAVEN DROPS ITS CURTAIN DOWN UPON MY HEART.

Sie lauschte einen Moment angespannt, öffnete dann die Tür einen Spalt breit und schlüpfte seitwärts hinaus. Der Flur war leer. Sie schloß die Tür hinter sich. Sie hielt sich nicht damit auf, den Knauf abzuwischen. Irgendwie schien das in Büchern eher am Platz zu sein als im wirklichen Leben, warum, wußte sie auch nicht. Ohnehin würden ihn nach ihr noch unzählige Menschen anfassen.

Die Anzeige über dem Fahrstuhl war in Ruhestellung. Er befand sich im Erdgeschoß. Sie drückte den Knopf und holte ihn zu sich herauf. Dann stieg sie ein und drückte die Zwei, nicht Erdgeschoß. Sie hatte Glück — während der ganzen Fahrt über sechzehn Stockwerke stieg niemand zu. Niemand sah sie Fahrstuhl fahren.

Sie stieg im ersten Stock aus und ging leise die Treppe hinunter, die neben dem Aufzug in die Eingangshalle mündete. Die Treppe war ihr beim Kommen und Gehen häufig aufgefallen. Sie blieb knapp außer Sicht stehen, knapp vor der letzten einsehbaren Biegung der Treppe, und wartete dort auf eine Chance, ungesehen verschwinden zu können. Sie beschloß, sich nicht vorher zu rühren, sich auf keinen Fall mit weniger zu begnügen, und wenn sie geschlagene zwei Stunden da stehen müßte. Nur ein einziger flüchtiger Blick von jemandem auf sie, und es konnte später, wenn man es am wenigsten erwartete, ins Auge gehen und sie ins Verderben stürzen.

Von ihrem Standpunkt aus war die Lage günstig. Der Empfang, von dem aus ankommende Besucher an die verschiedenen Wohnungen gemeldet wurden, befand sich am anderen Ende der Eingangshalle, weit weg vom Fuß der Treppe. Der Portier wandte ihr bei der Verrichtung seiner Aufgaben den Rücken zu. Dennoch würde sie den Zeitpunkt so wählen müssen, daß er sich nicht zu rasch wieder umdrehte und sie sah, wenn sie zur Tür hinausging (und sich folglich fragen mußte, woher sie gekommen war). Die Eingangshalle war lang, und die Entfernung, die sie zurückzulegen hatte, nicht unbeträchtlich.

Als sie herunterkam, war der Portier gerade draußen auf der Straße. Es war unmöglich, der Entdeckung zu entgehen, solange er diesen Standort beibehielt. Ein Besucher mußte ihn veranlassen, wieder hineinzugehen und ihr den Rücken zuzuwenden.

Als erstes erschien ein junger Mann. Der Portier kam mit ihm herein. »Zu Miss Fletcher«, sagte der junge Mann. »Mr. Larkin.« Miss Fletcher bat ihn umgehend herauf. Vermutlich eine Verabredung zum

Essen, und sie erwartete ihn. Er hatte deutlich sichtbar eine Orchidee in einer durchsichtigen Schachtel in der Hand.

Ein einzelner Besucher nützte ihr nichts. Es brauchte zu wenig Zeit, ihn zu melden, und machte den Portier zu schnell wieder unbeschäftigt.

Ein Trio, zwei Männer und ein Mädchen, tauchte auf, um das vierte Mitglied ihres Quartetts abzuholen. Madeline rührte sich vorschnell, dann verließ sie der Mut, und sie zog sich wieder zurück. Der Portier rasselte die drei Namen furchtbar schnell herunter. Sie wäre schon auf halbem Weg zu ihrem Ziel entdeckt worden, wenn sie den Versuch gewagt hätte.

Aber wenn man lange genug auf die richtige Kombination wartet, bekommt man sie schließlich. Wenn man auf das richtige Wetter wartet, kommt es schließlich. Wenn man sich lange genug mit einem Safe beschäftigt, geht er schließlich auf. Wenn man lange genug auf sein Pferd wettet, gewinnt es schließlich.

Leute kamen und gingen. Einmal wurde sogar eine ältere Dame im Rollstuhl von einem Pfleger hereingeschoben. Offensichtlich eine Mieterin, denn sie wurde nicht gemeldet.

Dann zahlte sich das Warten schließlich aus. Eine ganze Gruppe von Besuchern kam geschlossen herein. Eigentlich waren es nicht mehr als fünf oder sechs, aber sie schienen die Eingangshalle mit Stimmenlärm, ruheloser Bewegung und sorglosem Gelächter zu erfüllen. Sie waren alle jung, knapp unter oder über zwanzig, und sie waren offenbar alle zu einer Dinner-, Geburtstags- oder Verlobungsparty eingeladen, denn die meisten Jungen hatten eingewickelte Geschenke bei sich.

Der Portier wußte sich kaum zu retten. Er verschwand in ihrer Mitte, und Madeline stieg mit der gelassenen Selbstsicherheit völliger Anonymität die Treppe hinunter und schwebte ohne eine einzige hastige Bewegung durch die Eingangshalle.

Als sie gerade durch die Tür ging, hörte sie, wie er die jungen Leute anwies: »Alles nach siebzehn A.« Ein Schauder lief ihr über den Rücken. Die Party fand unter der Wohnung statt, in der die Leiche lag.

Sie war klug genug, sich nicht vor dem Gebäude herumzudrücken, um ein Taxi zu erwischen, und ging mit gesenktem Kopf, um das Risiko des Erkanntwerdens zu verringern, zügig bis zur nächsten Ecke, ergatterte dort ein Taxi und stieg ein.

Wenn ich nicht gerade vom Pech verfolgt werde, sagte sie sich, hat mich keine Menschenseele dieses Gebäude betreten oder verlassen sehen. Und sie kreuzte abergläubisch Mittel- und Zeigefinger und ließ sie in dieser Stellung.

Als sie nach Hause kam, nahm sie als erstes einen Drink, um sich wieder zu fangen. Sie, die Dells Trinkerei so verachtet hatte. Aber das hier war Medizin.

Nach dem, was sie gerade gesehen hatte, war es ihr unvorstellbar, sich an einen Tisch zu setzen und zu essen. Sie ging unablässig hin und her, ging endlos hin und her, kniff dabei manchmal die Augen zusammen, griff sich manchmal ans Kinn, als hätte sie Zahnschmerzen. Die hatte sie – ihr Gewissen machte ihr Zahnschmerzen.

Es war mehr als bloß der Anblick der Leiche – gar der Leiche einer Freundin –, und das wußte sie. Es setzte ganz langsam ein, aber als es erst einmal begonnen hatte, gab es kein Halten mehr.

Ich habe sie umgebracht. Ich habe sie ebenso gewiß umgebracht, als hätte ich ihren Kopf unter Wasser gedrückt und nicht dieser Mann. Er war nur das Werkzeug, die Anstifterin war ich. Mich trifft die Schuld an diesem Tod.

So also befreie ich mich von der Last von Starrs Tod. Indem ich eine andere Last, einen viel schlimmeren Mord auf mich lade. Einen, der wirklich ein Mord ist. Das habe ich nun erreicht. Das habe ich nun für mich getan.

Gegen zehn — sie achtete nicht auf die genaue Zeit, aber es war so gegen zehn — nahm sie noch einen Drink. Dann räumte sie entschlossen die Flasche weg und drehte das Glas um. Das Trinken bekam einem schlecht, wenn man eine derartige seelische Krise durchmachte. Es vergrößerte sie, vernebelte sie, hinderte einen am logischen Denken und stürzte einen in wirklichkeitsferne Melancholie. Es half nur bei einem körperlichen Schock, wie etwa nach dem Anblick von Dells Leiche, aber nicht bei seelischen und metaphysischen Nöten.

Der zweite Drink nützte nichts, aber zumindest hörte sie endlich auf herumzulaufen, und setzte sich hin. Sie erkannte, daß sie dabei war, sich in einen weiteren Schuldkomplex hineinzusteigern, wie sie ihn nach Starrs Tod erlebt hatte. Nur daß dieser weit schlimmer zu werden versprach.

Dell hat nichts getaugt. Die Welt wird sie nicht vermissen, redete sie sich ein. Aber ich hatte nicht das Recht, sie umzubringen. Es stand mir nicht zu, über sie zu richten, widersprach sie sich.

So wäre es wahrscheinlich mit zunehmender Hitzigkeit und zunehmendem Tempo die ganze Nacht weitergegangen, doch plötzlich ergab sich eine Ablenkung, die es jäh unterband. Und nicht nur unterband, sondern völlig aus ihrem Denken und Empfinden löschte.

Der Summer an der Tür ertönte, und als sie öffnen ging, standen zwei Männer davor.

»Miss Madeline Chalmers?« sagte der eine und tippte mit der Fingerspitze höflich an seine Hutkrempe.

Der eine war von durchschnittlicher Größe, der andere lag etwas über dem Durchschnitt und war außerdem sehr viel stämmiger gebaut. Beide waren sie die Sorte Menschen, deren Aussehen man gleich wieder vergißt, kaum daß man sie gesehen hat. Vielleicht eine Art berufsbedingte Unscheinbarkeit, so könnte man sagen.

»Ja, das bin ich«, sagte sie tonlos.

»Wir hätten Sie gern gesprochen. Dürfen wir hereinkommen?«

»Jetzt nicht«, sagte sie unwillig und drehte den Kopf zur Seite. »Ich bin sehr müde und kann jetzt niemanden empfangen.«

»Ich fürchte, Sie werden müssen, Miss Chalmers«, sagte er so höflich wie zuvor, aber mit einer gewissen Schärfe. »Es geht um eine polizeiliche Ermittlung.« Und er zeigte seinen Ausweis.

So schnell! schoß es ihr durch den Kopf. Es ist noch keine drei Stunden her – und schon sind sie da!

Am schlimmsten aber war, wie sie ihr Gesicht blaß werden spürte, als sie beiseite trat und sie vorbei ließ. Sie empfand das Erbleichen fast körperlich, wie ein Anspannen, ein Straffen der Haut.

Sie sahen es auch. Sie mußten es gesehen haben, und das war gar nicht gut.

Sie setzte sich auf den Mittelteil des Sofas. Der Größere setzte sich ans Ende und wandte sich ihr zu. Der andere holte sich einen Stuhl und setzte sich ihr schräg gegenüber. Sie bildeten annähernd ein kleines, vertrauliches Dreieck. Nur daß sie es nicht gemütlich fand.

Es begann ohne Umschweife. Ganz beiläufig, aber ohne Umschweife und ohne einmal nachzulassen. Jede Frage von untadeliger Höflichkeit. Höflicher als ein durchschnittliches Ballsaal- oder Tischgespräch.

»Kennen Sie eine Adelaide Nelson?«

»Ja.«

»Wie gut kennen Sie sie?«

Erst die zweite Frage, und schon der erste Haken.

»Es ist schwer, so etwas genau zu bestimmen«, wich sie aus.

»Eigentlich nicht. Kennen Sie sie gut, oder kennen Sie sie nicht gut?«

»Ich kenne sie einigermaßen gut.«

Vorsicht jetzt, warnte sie sich unablässig. Vorsicht. Ein falsches Wort, und du steckst bis zum Hals drin. Diese Burschen verstehen ihr Geschäft.

»Wie lange kennen Sie sie schon?«

»Ich habe sie im September kennengelernt.«

»Etwa zweieinhalb Monate, käme das ungefähr hin?«

»Etwa zweieinhalb Monate, das käme ungefähr hin.«

»Sind Sie je in ihrer Wohnung gewesen?«

»Ja, einige Male.«

»Häufig oder selten, was würden Sie sagen?«

Der Portier hat mich ständig kommen und gehen sehen. Ob sie ihn sich wohl schon vorgenommen haben? Wenn ich nun selten sage, und er behauptet das Gegenteil?

»Anfangs ziemlich oft. Später hat es nachgelassen.« Was tatsächlich stimmte.

»Irgendein besonderer Grund, warum es nachließ? Hat Ihr Verhältnis sich abgekühlt?«

»Nein«, sagte sie vorsichtig abwägend. »Das ergab sich so. So was passiert eben manchmal im Laufe menschlicher, menschlicher« — einen Moment lang kam sie nicht auf das Wort — »Beziehungen.«

»Wie haben Sie Miss Nelson eigentlich kennengelernt?«

»Ich habe mich mit ihr in Verbindung gesetzt.« Sie erzählte ihnen von ihren Ambitionen als Liedkomponistin. »Die Musikverlage halfen mir nicht weiter. Ich dachte, ich würde vielleicht etwas erreichen, wenn ich mich mit einer Sängerin zusammentue.«

»Hat sie Sie hingehalten? Mußten Sie deshalb wiederholt zu ihr gehen?«

Worauf wollten sie damit eigentlich hinaus, auf eine Unstimmigkeit zwischen ihr und Dell?

»Aber nicht doch. Sehen Sie, sie war so nett, mich ihr Klavier benutzen zu lassen. Ich habe selbst keins, an dem ich arbeiten kann.«

»War sie denn immer da, wenn Sie hingegangen sind?«

Der Schlüssel! dachte sie voller Panik. Jetzt kommt der Schlüssel dran! Mein Gott, ich habe mich selbst hineingeritten.

Wieder überzog verräterische Blässe ihr Gesicht. Einer von ihnen streckte die Hand aus und hielt sie einen Moment am Arm, um sie zu stützen. Dieses Festhalten hatte nichts Begütigendes und nichts Zuvorkommendes; es war nur ein Stützen, wie wenn man jemanden aufrecht halten will.

Eine glatte Lüge war am sichersten, so riskant sie auch war. Ihr Wort stand gegen das des Portiers. Sie konnte es sich nicht leisten, sich von ihnen allein in der

Wohnung ›unterbringen‹ zu lassen. Daraus konnten sich weiß Gott welche Gefahren ergeben.

»Immer. Ohne Ausnahme. Sehen Sie, ich habe immer darauf geachtet, vorher anzurufen, um mich zu vergewissern, daß sie da ist. Wenn sie nicht abnahm, bin ich nicht hingegangen.«

»Das wirft eine weitere Frage auf. Wann haben Sie sie das letzte Mal dort besucht?«

Jetzt kommen sie zur Sache, mahnte sie sich. Bleib bei der Stange.

»Mal sehen. Heute ist Montag. Das letzte Mal war ich am Freitag vor einer Woche drüben.«

»Heute waren Sie nicht dort?«

»Nein.«

»Sie sind heute zu keinem Zeitpunkt hingegangen?«

»Nein, das bin ich nicht.«

Merkst du, wie sie nachhaken? Du bewegst dich auf sehr dünnem Eis. Das ist das erste Mal, daß sie dich etwas zweimal haben bestreiten lassen.

»Haben Sie beide miteinander telefoniert?«

Das war brenzlig. Führte die Telefonzentrale im Haus Buch über die eingehenden Anrufe, falls sie entgegengenommen wurden? Wahrscheinlich nicht, aber eins von den Mädchen könnte sich daran erinnern, daß eine Frau sie angerufen hatte. Dells Stimme war aufgeregt genug gewesen, um Aufmerksamkeit zu erregen.

Sie wollte sich nicht in so engen zeitlichen Zusammenhang mit dem letzten Termin bringen. Das war zu gefährlich. Und letzter Termin war das richtige Wort. Sie ließ es statt dessen auf eine glatte Lüge ankommen. Sie konnten nicht beweisen, daß es Dell gewesen war. Sie hatten sie bestimmt nicht abgehört, denn Dell war noch am Leben gewesen, und ihre Telefongespräche waren noch nicht Angelegenheit der Polizei geworden.

»Nein.«

Wie ein großer, aber tödlich leiser Tiger, der mit allen vier Tatzen auf seiner Beute landet, sagte der Große: »Wer war die Frau, die Sie heute nachmittag etwa gegen fünf Uhr angerufen hat?«

Mit jedem Wort schlittere ich tiefer hinein, dachte sie entsetzt. Wie zum Teufel hatten sie das herausgekriegt? Oder wußten sie's gar nicht, und es war bloß ein Schuß ins Blaue? Wie auch immer, sie mußte bei ihrer Lüge bleiben, es blieb ihr jetzt nichts anderes übrig. Sie zermarterte sich verzweifelt den Kopf. Friseuse? Das würden sie nachprüfen. Verwandte? Das würden sie nachprüfen. Sprechstundenhilfe eines Arztes? Ich war bei keinem Arzt.

»Eine Frau, die vor ein paar Jahren immer in dieselbe Kirche ging wie ich. Sie hat ihre Tochter verloren, und ich war damals nett zu ihr, und das hat sie mir nie vergessen. Heute war der Todestag. Sie heißt Mrs. Bartlett.« (Viel glaubhafter geht es eigentlich nicht, oder?, dachte sie.)

Sie hakten in diesem Punkt nicht nach. Komisch, sagte sie sich. Manchmal, wenn gar nichts da ist, bohren und bohren und bohren sie. Und manchmal, wenn etwas da ist, das geradezu darauf wartet, ausgegraben zu werden, verpatzen sie's. Vielleicht sind sie ja auch nur Menschen, und es ist dumm, solche Angst zu haben.

»Haben Sie je einen von Miss Nelsons Bekannten kennengelernt?«

»Nein. Keinen einzigen.«

»Hat sie je mit Ihnen über sie gesprochen?«

»Nein. Sie war äußerst verschlossen.«

Worauf waren sie jetzt aus, fragte sie sich, auf ein Eifersuchtsmotiv ihrerseits, wegen einem der Männer?

»Sie haben Sie auch niemals mit einem von ihnen telefonieren hören?«

»Ein-, zweimal klingelte das Telefon, aber ich habe nicht darauf geachtet. Die Musik hat es übertönt.«

»Hat sie Ihnen je etwas von ihren Habseligkeiten gezeigt?«

»Einmal hat sie mir einen Pelz gezeigt. Und ein paar Schmuckstücke.«

»Haben Sie sich nicht gefragt, woher sie die hat?«

»Das ging mich nichts an«, sagte sie fromm.

»Haben Sie sich nie, und sei es nur für einen Moment, gewünscht, sie gehörten Ihnen, es wären Ihre?« fragte der Tigerhafte scheinheilig.

Sie sprang empört auf und setzte sich, ebenso empört, abrupt wieder hin. »Was wollen Sie damit andeuten?« sagte sie mit vor Wut überkippender Stimme. »Daß ich ein Auge darauf geworfen habe? Daß ich ohne Erlaubnis etwas genommen habe? Da ist mein Kleiderschrank. Gehen Sie nachsehen. Überzeugen Sie sich selbst.«

Zu ihrer äußersten Verblüffung und dann äußersten Empörung nahm er sie beim Wort, stand auf und tat es.

Als er zurückkam, sagte er, ohne den funkelnden Blick zu beachten, den sie ihm zuwarf, ungerührt zu seinem Partner: »Kein Pelz drin.«

Doch sobald sie sich einigermaßen abgeregt hatte, begriff sie, warum er es getan hatte. Er hatte nicht ernsthaft erwartet, da drin etwas zu finden. Es war bloß ein psychologischer Trick, um sie nach Möglichkeit zu verunsichern, ihr Selbstvertrauen zu untergraben. Sie in die Defensive zu drängen.

Mittlerweile war ihr zumute, als dauerte die Befragung schon ewig. Die Anspannung machte sich allmählich bemerkbar, zumal so kurz nach dem noch nicht überwundenen Schock der Auffindung der Leiche. Und sie hatte das unbehagliche Gefühl, sich nicht so gut aus der Affäre gezogen zu haben, wie es möglich gewesen wäre. Einmal deshalb, weil sie sich nicht sofort erkundigt hatte, was mit Dell passiert war — das wäre für jemanden in ihrer Lage die normale Reaktion gewesen. Was sie davon abgehalten hatte, war vermutlich das Schuldbewußtsein darüber, daß sie es bereits wußte, und die Angst, sich irgendwie zu verplappern, wenn sie überhaupt fragte. Jetzt war es zu spät, um das einigermaßen glaubhaft oder überzeugend nachzuholen.

Sie ließen nicht locker. Die Technik bestand darin, den Betreffenden in Bewegung zu halten, ihn nach Möglichkeit auf dem falschen Fuß zu erwischen. Etwa so, wie man beim Basketball dribbelt oder einen Punchingball hierhin und dahin schlägt.

»Haben Sie heute abend zu irgendeinem Zeitpunkt das Hotel verlassen?«

Wie konnte sie nein sagen? Der Fahrstuhlführer, der Mann am Empfang, der Mann an der Tür, alle hatten sie gesehen.

»Ich bin ungefähr um sieben weggegangen.«

»Und wo sind Sie hingegangen?«

Sie hatte ein paar Meter vom Eingang entfernt ein Taxi genommen. Sie ließ es darauf ankommen, daß diese paar Meter ihre Rettung waren. Denn ein Taxi bedeutete ein Ziel; man nahm keins, wenn man keins hatte.

»Nirgendwohin. Ich bin bloß spazierengegangen. Ich brauchte etwas Bewegung und frische Luft.«

»Gehen Sie jeden Abend um diese Zeit spazieren? Ist das eine Gewohnheit von Ihnen?«

»Nein. Heute abend war es das erste Mal.«

»Und wo sind Sie spazierengegangen?« kam von dem Tigerhaften, der mittlerweile ihr Intimfeind geworden war.

»Auf der Straße«, fauchte sie.

Der andere gab einen erstickten Kehllaut von sich und murmelte kaum hörbar: »Eins zu null gegen dich, Smitts.«

»Und welche Straße war das?« fragte dieser zuckersüß.

Sie zählte nacheinander sechs auf. »Reicht das?« fragte sie sarkastisch.

»Für einen Spaziergang ja«, sagte er ungerührt. Was im Grunde soviel hieß wie: »Wenn du einen gemacht hättest, aber das hast du nicht.«

»Und zurück waren Sie –«

»So gegen acht.«

Sie wußte, was das Ganze sollte. Es war der Zeitraum, in den Dells Tod fiel.

»Haben Sie davor oder danach zu Abend gegessen?«

»Weder noch. Ich bin heute abend ohne ausgekommen.«

Der Tigerhafte schnurrte: »Ist etwas passiert, was Ihnen den Appetit verdorben hat?«

Diesmal konnte sie sich nicht beherrschen. »Vorhin nicht. Aber jetzt schon.« Und sie nahm seinen Partner von dem mörderischen Blick aus, den sie auf ihn abschoß. Er machte sie sehr wütend, und das ist ein ungünstiger Zustand für jemanden, der unter Verhör steht.

Plötzlich stand er auf, und sein Partner tat es wie auf ein Zeichen hin ebenfalls.

Sie stieß einen langen, unverhohlenen Seufzer der Erleichterung aus und ließ den Kopf schlaff gegen die Sofalehne sinken. Ehe sie sich's versah, sagte er: »Es tut mir leid, aber wir werden Sie bitten müssen, uns zu begleiten.«

Ihr Kopf fuhr hoch. »Wieso denn?« jammerte sie fast unter Tränen. »Hab' ich nicht alle Ihre Fragen beantwortet?«

»Doch«, sagte er kurz angebunden.

»Hab' ich sie nicht zufriedenstellend beantwortet?«

»Das wissen Sie bestimmt besser als ich.« Das sollte heißen: ob die Antworten stimmten oder nicht.

Der andere, der bei der Tür stand, sagte: »Kommst du, Smitts?« Aber sie wußte, daß er damit sie, und nicht seinen Partner meinte.

»Nach Miss Chalmers«, sagte Smitts angelegentlich und ließ ihr den Vortritt.

Sie zitterte am ganzen Leib, während sie zwischen ihnen den langen, mit Teppichboden ausgelegten Hotelkorridor entlangging, der sich meilenweit hinzuziehen schien. »Mir ist das schrecklich unangenehm«, flüsterte sie bang. »Ich bin noch nie von der Polizei irgendwohin gebracht worden.«

»Ach nein?« sagte Smitts lakonisch.

Die Leuchter mit ihren Glasprismen, die Wandspiegel, die spitzenbezogenen Wandstühle. Der Wandschreibtisch, für nichts Ernsthafteres als Einladungen und Dankesbriefchen gedacht. Von Rechts wegen ging man hier nicht in Begleitung zweier Kriminalbeamter entlang und war in ein Gewaltverbrechen verwickelt. Unterwegs zu ihrem Revier, auf ihre Anordnung hin. Von Rechts wegen ging man ihn in Pelzen entlang, Diamanten an den Fingern und um den Hals, und war ganz obenauf. Das einzige, was einem allenfalls weh tat, war ein kleines Hühnerauge, weil die italienischen Schuhe zu eng waren.

Und dann fragte sie schließlich viel zu spät: »Worum geht es eigentlich? Was ist mit ihr los?«

»Hätten Sie das nicht eher fragen sollen?«

»Es hätte alles Mögliche sein können, was weiß denn ich?« sagte sie abwehrend. »Sie trinkt viel. Wenn Leute betrunken sind, erheben sie manchmal alle möglichen schlimmen Beschuldigungen gegen andere.«

»Aber wenn sie tot sind«, sagte er, »erheben sie die allerschlimmste Beschuldigung.«

»Tot?« hauchte sie entsetzt und hoffte nur, daß sie es richtig gemacht hatte.

»Einen Oscar werden Sie nie gewinnen.« Er warf ihr den Blick zu, den man einer Katze zuwirft, die aus dem Regen hereinkommt. Sie ist völlig verdreckt, aber sie tut einem leid, man hat schließlich ein Herz. Man möchte ihr sogar warme Milch geben.

Der Marsch vom Hotel auf die Straße und zum Auto ging ziemlich problemlos vonstatten. Niemand blickte sich nach ihr um, und wenn es jemand tat, so schien er nur ein hübsches Mädchen zu sehen, das von zwei Männern in Straßenanzügen begleitet wurde. An Festnahme hätte man bei ihren anmutig freischwingenden Armen zuletzt gedacht.

Das Auto war nicht gekennzeichnet. Zumindest war es eindeutig kein buntscheckiger ›Micky Maus‹-Streifenwagen. Während der Fahrt mit ihnen versuchte sie, ihre Gefühle zu analysieren. Die eigentliche Angst war minimal. Aber sie empfand ein Unbehagen anderer Art. Zum erstenmal in ihrem Leben kam sie sich linkisch vor, unbeholfen, unsicher. Das lag wahrscheinlich daran, daß die Initiative auf die beiden übergegangen war; sie hatte ihre Handlungsfreiheit verloren.

Auf dem Revier wurde sie in einen nicht besetzten Raum geführt und so höflich, als wäre sie eine Besucherin oder ein Gast, gebeten, sich einen Augenblick zu gedulden. »Wir sind gleich wieder da«, versprach einer von ihnen, und sie gingen beide durch eine Tür hinaus, die neben der lag, durch die sie hereingekommen waren.

Der Raum war deprimierend, aber nicht sonderlich unheilverkündend oder bedrohlich. Er war bis auf halbe Wandhöhe in einem häßlichen, nachgedunkelten Grün gestrichen, und der Rest war einfach weißer Verputz. Warum das Grün mittendrin endete, war schwer zu erraten. Entweder war ihnen die Farbe oder das Geld ausgegangen. Oder es hatte sich jemand mit der Malerleiter davongemacht. Das Fenster hatte die altmodischen Maße der Fenster von vor sechzig Jahren: hoch und schmal. Die Scheibe war durch ein darin eingelassenes Maschendrahtgeflecht geschützt. Sein Sinn blieb ihr verborgen; es war doch bestimmt niemand so tollkühn, Steine auf das Fenster eines Polizeireviers zu werfen? Es, das Fenster, ging auf einen Hinterhof hinaus, den es mit einem rußgeschwärzten, von der anderen Seite eindringenden Mietshaus teilte. In manchen seiner Fenster konnte man Menschen ihren Alltagsbeschäftigungen nachgehen sehen, ohne daß sie auch nur einen Blick nach gegenüber, auf den Ort der Strafe richteten — so sehr waren sie aufgrund lebenslanger Nachbarschaft daran gewöhnt. Das sprach immerhin dafür, daß Verdächtige in diesen einsehbaren Hinterzimmern nicht verprügelt oder sonstwie mißhandelt wurden. Andererseits, tat es das wirklich? Die Mieter könnten sogar dagegen unempfindlich sein.

Schließlich waren in dem Raum noch mehrere zernarbte und zerkerbte Holzstühle, die in einer Reihe an der Wand aufgestellt waren, und ein ebenfalls zernarbter und zerkerbter Holztisch, dessen Kanten von zahllosen Brandflecken geriffelt waren, und der ebenfalls an der Wand stand.

Sie wandte den Kopf, und eine Frau in Uniform, eine Aufseherin, war ins Zimmer gekommen. Sie nickte Madeline freundlich, aber unpersönlich zu, setzte sich auf einen der Stühle, schlug ein schmales Heftchen auf und vertiefte sich darin.

Madeline spürte, wie sie durch deren Anwesenheit im Zimmer äußerst nervös wurde. Sie schien auszudrücken, daß ein scharfes Verhör, vielleicht sogar eine Verhaftung, bevorstand, wobei die Anwesenheit der Frau den Vorschriften entsprach, da die Festgenommene selbst eine Frau war.

Als könnte sie Madelines Gedanken lesen, nuschelte die Aufseherin, ohne auch nur von ihrer Zeitung aufzublicken, mit rauher, aber freundlicher Stimme: »Immer mit der Ruhe, Kindchen. Wahrscheinlich bloß Routine. Wird im Handumdrehen überstanden sein.«

Plötzlich, als wäre sie auf etwas gestoßen, was sie gesucht hatte, rief sie aus: »Waage. Das bin ich! Mal sehen, was mich erwartet.«

Doch was das war, wurde nicht bekannt, denn in diesem Moment ging erneut die Tür auf und Smitts und Gefolge kamen wieder herein, zusammen mit zwei anderen, von denen einer, ein Mann mit buschigem Silberhaar, offenbar den höchsten Rang von allen hatte. Man würde sie in voller Besetzung verhören. Einer von ihnen war allerdings nur ein Stenograph; sie bemerkte, daß er einen Block mit eingelegtem Kohlepapier mitgebracht hatte.

Unerwarteterweise wurde sie dem Captain vorgestellt, was dem bevorstehenden Verhör einiges von seiner Bedrohlichkeit nahm und ihr zusätzliches Selbstvertrauen verlieh. Normalerweise wird jemand, dem die Verhaftung bevorsteht, vorher nicht offiziell dem verhaftenden Beamten – oder dessen Vorgesetzten – vorgestellt.

»Das ist Miss Chalmers, Captain. Captain Barry.«

Er reichte ihr sogar die Hand, und als sie ihm die ihre gegeben hatte, drehte er sie hin und her, als könne er sich nur schweren Herzens davon trennen.

Der Tisch wurde gerade so weit von der Wand weggerückt, daß er auf allen Seiten Platz bot, Stühle wurden zurechtgestellt, und alle setzten sich, auch Madeline, die sich auf ein wortloses Nicken des Kleineren von den beiden, die zu ihr ins Haus gekommen waren – des Nichttigerhaften –, einen Stuhl nahm. Die obersten Blätter des Stenographenblocks gaben ein einleitendes Rascheln von sich, während er sie nach hinten umschlug, bis er zu einer leeren Seite kam.

Die Aufseherin blieb, in ihre Zeitung vertieft, selbstvergessen an der Wand sitzen, ohne wahrzunehmen, was um sie herum vorging.

Der ganze Mist ging wieder von vorn los, nur diesmal mit dreien, anstatt mit zweien. (Und die Entfernung zu einer Arrestzelle war sehr viel kürzer als vorhin, wie sie sich wehmütig eingestehen mußte.) Unvermeidlich war vieles von dem, was zur Sprache kam, bereits im Hotel durchgesprochen worden. Darin lag an sich keine Gefahr. Sie hatte ein genaues Gedächtnis. Und die drei Punkte, die sie unter allen Umständen umgehen mußte, blieben dieselben wie vorhin: Besitz eines Schlüssels zu Dells Wohnung, das Wissen, wer die beiden Männer in ihrem Leben waren, und der letzte hilfesuchende Anruf eine Stunde vor ihrem Tod.

Das Verhör schien kein Ende zu nehmen. Es gab

Momente, wo es wie ein Fechtkampf ablief, bei dem sie ihre Stöße parierte und alles abwehrte, womit sie sie attackierten. Es gab auch Momente, wo die drei so taten, als suchten sie gemeinsam nach der Wahrheit.

Wenn der Captain ihren Blick auffing, schien ein väterlicher Schimmer in seinen Augen zu liegen. Ich habe zu Hause eine Tochter in Ihrem Alter, schienen sie zu sagen. Und sie wußte, daß es leicht wäre, in die Umarmung dieser Augen zu sinken, sich völlig von ihnen beruhigen zu lassen, doch irgendwie spürte sie, daß er genau diese Reaktion erzielen wollte. Sie konnte es sich nicht leisten, in ihrer Wachsamkeit nachzulassen, ganz gleich wie wohlwollend irgendein Mann sie ansah.

Sie wappnete sich und spielte weiter ihre Rolle.

Ein uniformierter Polizist steckte den Kopf zur Tür herein und sagte: »Captain Barry sagt, Miss Chalmers kann nach Hause gehen, wann immer sie wünscht.«

Sie stand sofort auf, denn das ›Wann immer‹ ihrer Wünsche war der gegenwärtige Augenblick.

Einer der Männer sagte: »Gute Nacht. Ich hoffe, wir sind nicht zu hart mit Ihnen umgesprungen.«

Sie wußte, daß sie antworten sollte. Sie hatte keine große Lust dazu, aber gegenseitige Höflichkeit ist eine Gewohnheit, die schwer abzulegen ist. »Auch Ihnen gute Nacht«, sagte sie ohne jede Herzlichkeit.

Sie schloß die Tür hinter sich. Gleich darauf machte sie sie wieder auf und steckte den Kopf ins Zimmer. »Hab' ich meine Handtasche da drüben am Tisch liegenlassen?« fragte sie sie.

Smitts warf einen Blick neben den Stuhl, auf dem sie gerade gesessen hatte, und schüttelte den Kopf. »Ich hab' keine bei Ihnen bemerkt, als wir das Hotel verlassen haben. Mir ist, als hätten sie keine dabeigehabt.«

Sie fuhr sich mit dem Handrücken an die Stirn. »Woher nehme ich jetzt das Taxigeld?« stieß sie ohne zu überlegen hervor. Gleich darauf wurde ihr klar, daß der Hotelempfang es ohne weiteres für sie bezahlen konnte.

Aber Smitts' Partner, der ein anständiger Mensch zu sein schien, hatte bereits in seine Tasche gegriffen. »Ich leg's Ihnen aus«, bot er an.

Zu ihrer Überraschung sah sie, daß Smitts eine scharf abwinkende Handbewegung zu ihm hin machte. Sie fragte sich, warum.

Er drehte sich zu ihr um und sagte: »Ich setze Sie unterwegs ab, wenn es Ihnen nichts ausmacht, draußen beim diensthabenden Sergeanten ein paar Minuten auf mich zu warten. Ich fahre um zwölf.«

Es wäre ihr lieber gewesen, wenn das Angebot von jemand anders gekommen wäre, aber die Hitze der Schlacht hatte sich mittlerweile gelegt, und mit ihr auch ihr Groll. Sie war so müde, daß es ihr nicht einmal mehr von Herzen zuwider war.

Sie setzte sich draußen auf eine Bank. Der diensthabende Sergeant musterte sie neugierig und wandte sich dann wieder seiner Beschäftigung zu.

Aus den ›paar Minuten‹ wurden zehn, aus den zehn fünfzehn, aus den fünfzehn zwanzig. Sie kam allmählich wieder in Rage. Sie wurde zappelig, blieb aber stur auf der Bank sitzen. Sie hoffte weiter, ihm einen Hinweis darauf entlocken zu können, woran sie in dem Fall eigentlich war. »Miss Chalmers kann nach Hause gehen, wann immer sie wünscht«, war zu unbestimmt. Sie mußte wissen: war sie dran oder war sie raus?

Als er schließlich um zwanzig nach zwölf zu ihr herauskam, setzte er einer bereits ärgerlichen Situation die Krone auf, indem er sich mit der Hand an die Stirn schlug und entsetzt ausrief: »Ich hab' Sie glatt vergessen.«

»Offensichtlich«, sagte sie kalt und stand auf. Wenn er mit dem Finger vor ihren Augen entlanggefahren wäre, hätte er sich an dem scharfen Blick, den sie ihm zuwarf, übel zerschnitten.

Sie stiegen in dasselbe Auto, das sie hergebracht hatte, und diesmal konnte sie eindeutig ausmachen, daß es nicht gekennzeichnet war.

»Der Captain hat uns alle in letzter Minute zu einer Besprechung holen lassen«, meinte er, als er losfuhr. »Das hat mich aufgehalten.«

Sie fragte sich, ob die Besprechung mit ihr zu tun gehabt hatte und ob er es ihr sagen würde, wenn sie ihn fragte. Ehe sie den Mut dazu aufbringen konnte, fuhr in der Nebenspur ein Mann mit nervösem Fuß auf dem Gaspedal über die Haltelinie, ehe die Ampel umsprang.

»Warte gefälligst Grün ab, Freundchen. Dafür ist es nämlich da«, sagte Smitts mit tiefem Knurren.

Der Mann drehte sich zur Seite und sah ihn an. Sie hielt einen Moment den Atem an, als ihr einfiel, daß das Auto keine Kennzeichnung hatte. Dann blickte der Mann wieder geradeaus und glitt davon, diesmal erlaubtermaßen. Er wußte gar nicht, wie knapp das ins Auge hätte gehen können. Ein falsches Wort, und ..

Als sie vor ihrem Wohnhaus ankamen, stieg er auf seiner Seite aus, schloß die Tür, ging um das Auto herum und machte die Tür auf ihrer Seite auf. Ehe sie das Manöver begriffen hatte, hatte er die Tür hinter ihr zugemacht, und sie standen beide auf dem Bürgersteig.

»Was dagegen, wenn ich einen Moment mit hochkomme?« fragte er zögernd.

Sie fuhr herum und sah ihm ins Gesicht. »Meinen Sie nicht, daß es mir für heute reicht? Meinen Sie nicht, daß ich müde bin? Hat der Captain nicht Bescheid gegeben, daß ich nach Hause gehen kann?«

»Sie sind doch zu Hause«, sagte er.

»Ja, aber da will ich allein sein, ohne irgendwelche« – sie musterte ihn feindselig von oben bis unten – »Aufsicht.«

»Ich bin außer Dienst.«

»Sie sind NIE außer Dienst. Sie versuchen sogar noch im Schlaf, einem ein Bein zu stellen, da wette ich.«

»Ich bleibe nur ganz kurz. Kann ich nicht eine Tasse Kaffee kriegen?« Dann erinnerte er sie: »Ich hab' Ihnen eine Tasse Kaffee spendiert.«

»Und jetzt wollen Sie wahrscheinlich Ihre zehn Cent zurück, stimmt's? Na gut, kommen Sie mit hoch.« Und im Flüsterton murmelte sie: »Ich hoffe, Sie erstikken dran.«

»Ich werd's versuchen«, sagte er entgegenkommend und folgte ihr ins Hotel.

Oben drehte sie die Platte in der Kochnische an, füllte den Kessel, setzte ihn auf und kam dann wieder heraus. Sie ließ sich mit einem Ächzen ungekünstelter Erschöpfung auf das Sofa plumpsen, ohne auch nur den Mantel auszuziehen.

»Kein Wunder, daß Leute bei so was zusammenklappen. Ich meine Schuldige.«

Er trat vom Fenster weg und setzte sich aufgeräumt hin, ohne dazu aufgefordert zu werden. »Wissen Sie was? Die Unschuldigen klappen schneller zusammen als die Schuldigen. Sie stehen nicht unter dem schrecklichen Zwang, sich an ihre Lügen klammern zu müssen.«

»Warum hat er mir die Hand gegeben? Der Captain, meine ich. Normalerweise macht man das doch nicht bei Leuten, die zum Verhör vorgeführt werden, oder?«

»Er hat eben erkannt, daß Sie was Besseres sind«, sagte er schlagfertig.

»Nein, er wollte einen Blick auf meine Hände werfen.«

»Sie sind auf Draht«, sagte er mit verschmitzt bestätigendem Lächeln.

Sie griff nach einer ihrer Zigaretten im Gästeetui und unterließ es absichtlich, ihm eine anzubieten. Als er ihr mit einem Streichholz Feuer geben wollte, übersah sie auch das geflissentlich.

»Sie können mich nicht ausstehen, stimmt's?« sagte er ruhig. »Aber wenn die Frau, die umgekommen ist, Ihre Schwester gewesen wäre, dann wär's was anderes gewesen. Dann wär's mein Job, meine Pflicht gewesen. Dann wär' ich zu sanft vorgegangen, wenn ich nicht jedem an mindestens drei Stellen den Arm gebrochen hätte.«

»Sie war aber nicht meine Schwester. Gott sei Dank.« Sie stand auf und ging hinaus, um den Kaffee aufzugießen. »Wie nehmen Sie Ihren?« fragte sie gereizt.

»So wie er kommt.«

Am liebsten würde ich Feuerzeugbenzin reintun, dachte sie boshaft.

Er kicherte, als sie mit den beiden Tassen zu ihm zurückkam. »Ich wette, ich weiß, was Sie gerade gedacht haben.«

»Jetzt werden sogar schon meine Gedanken ins Kreuzverhör genommen.«

»Nun machen Sie mal halblang«, sagte er angeödet. »Ein Mädchen ohne Humor ist langweilig.« Er trank seine Tasse mit einem Schluck halb leer. Er konnte das, weil er einen sehr großen Mund hatte (und zwar in jedem Sinne des Wortes, wie sie sich selbst gegenüber eilends betonte).

»Wie kommt es eigentlich, daß Sie sich mit so einer Type eingelassen haben?« fragte er und schaute dabei in seinen Kaffee, als versuchte er, sich darüber klarzuwerden, ob noch genügend für einen anständigen Schluck da war. »Das hab' ich doch alles schon zweimal durchgekaut. Ich dachte, ich könnte in meinen Ambitionen als Liedkompo –«

»Nun hören Sie schon auf«, unterbrach er sie wegwerfend. »Sie interessieren sich genausowenig fürs Liederschreiben wie mein« – er korrigierte das Wort, das ihm auf der Zunge gelegen hatte, und brachte den Satz zum Abschluß – »mein Armloch. Ich wette, Sie kriegen nicht mal zwei aufeinanderfolgende Noten zusammen. Das Zeug, das Sie ihr gezeigt haben, haben Sie wahrscheinlich aus irgendwas abgepinnt, was jemand anders komponiert und veröffentlicht hat. Ich hab' dort eins von diesen Meisterstücken mitgekriegt. Zufällig konnte einer der Cops, der zum Bereitschaftsdienst eingeteilt war, Klavier spielen. Ehrlich gesagt haben die Ringe, die die Whiskygläser auf den Notenblättern hinterlassen haben, viel besser geklungen als Ihre Noten. Ich weiß, so was tut man eigentlich nicht, Klavier spielen, während noch eine Leiche in der Wohnung liegt, aber da es sie nicht aufgeweckt hat, konnten wir sicher sein, daß sie wirklich tot war. Die Hälfte von den Jungs hat sich die Ohren zugehalten und ihn angefleht, er soll aufhören, noch bevor er es zu Ende gespielt hatte.«

»Nur weiter«, sagte sie mit tödlicher Sanftheit. »Noch etwas?«

Er sah, wie sie kurz auf den Gegenstand hinunterblickte, den sie in den Händen hielt. »Werfen Sie nicht damit. Das kann eine üble Verbrennung geben.«

Sie stellte die dampfende Tasse ab, wie um sicherzustellen, daß sie nicht doch die Beherrschung verlieren und sie auf ihn schleudern würde.

»Nein, so wie ich Sie einschätze«, fuhr er, sachlicher werdend, fort, »sind Sie eine von diesen Wohltäterinnen. Sie fühlen sich wegen eines wirklichen oder eingebildeten Unrechts schuldig, das Sie glauben begangen zu haben, und versuchen auf diese Weise damit fertig zu werden, indem Sie sich mit Herzchen wie dieser Nelson abgeben.«

Obwohl sie sich so gut wie gar nicht rührte, hatte sie ein Gefühl, als würde sie von einem betäubenden Schlag getroffen, der sie nach hinten bis an die Wand schleuderte.

Er hatte sie erst vor etwa vier Stunden zum erstenmal zu Gesicht bekommen und kannte sie schon so gut! Entgeistert schüttelte sie immer wieder leicht den Kopf. In ihren Augen bildete sich sogar ein Tränenschleier, ohne daß die Tränen herabtropften. Tränen der Fassungslosigkeit, der Demütigung. Sich vorzustellen, daß jemand sie so durchschaut hatte.

Sie fragte sich, ob ihnen — seinen Kollegen im Dezernat — klar war, was sie in puncto Instinkt, Intuition und der Fähigkeit, die menschliche Natur zu deuten, an diesem Mann hatten. Alles für einen Kriminalbeamten ebenso wichtig, vielleicht sogar wichtiger, als technisches Know-how und die Lust am Katz-und-Maus-Spiel. Er war in seinem Metier eine Naturbegabung.

Und doch konnte eben dieser Mann, wie sie bereits bis zu einem gewissen Grade wußte, außer Dienst plump, oberflächlich, zu seichten Scherzen aufgelegt und bis zur Albernheit oder Geistlosigkeit kindisch sein.

Aber es braucht eben viele Bestandteile, machte sie sich klar, um einen kompletten Mann abzugeben.

Er war wieder auf den Fall zu sprechen gekommen. »Die Masche, den Duschvorhang zuzuziehen, um die Tatsache zu verbergen, daß sie in der Wanne lag, war sehr dumm. Als ich das sah, hab' ich gleich gewußt, daß eine Gewalttat vorliegt. Jemand, der eine Dusche nimmt, zieht den Vorhang zu, damit kein Wasser auf den Boden spritzt, aber wer ein Bad nimmt, tut das nicht.«

»Der Duschvorhang —« war nicht zugezogen. Sie fing sich gerade noch. In der Atempause zwischen zwei Wörtern. Der Duschvorhang »— könnte von ihr zugezogen worden sein, zum Beispiel falls es ihr zog.« Bloß eine doppelte Pause zwischen zwei Wörtern, statt einer einfachen.

Aber er war Kriminalbeamter. Und was für einer. »Ich hab' gewußt, daß Sie dort waren«, sagte er munter. »Jedenfalls hatte ich die ganze Zeit den ziemlich starken Verdacht. Aber jetzt weiß ich's genau. Ich hab' nämlich gehört, was Sie gerade NICHT gesagt haben.«

»Es ist also immer noch nicht vorbei!« brauste sie auf. »Sind Sie deshalb mit heraufgekommen?«

Er stand auf. »Warum nicht? Nur um mich zu vergewissern. Ich konnte es nicht aus Ihnen rauskriegen, solange Sie auf der Hut waren. Ich hab' mir gedacht, es klappt vielleicht, wenn Sie entspannt sind und sich nicht mehr in acht nehmen.«

Sie sah ihm nach, und er hatte die Tür aufgemacht und wollte gehen — ohne sie.

»Gerate ich dadurch, daß Sie glauben, ich wäre

heute abend dort gewesen, wieder in den Fall hinein?« fragte sie ihn.

»Es gibt keinen Fall mehr«, antwortete er, »in den Sie wieder hineingeraten könnten. Der Fall ist abgeschlossen. Er wurde abgeschlossen, kurz bevor ich das Revier verlassen habe. Das war es, was mich aufgehalten hat.«

»Aber wer ist es — wer war es?« versuchte sie ihm nachzurufen.

Aber er schloß die Tür hinter sich und ging.

Das Radio brachte es erst etwa zwanzig Stunden später. Zuerst kam es in den 20-Uhr-Kurznachrichten, und von da an wurde es alle halbe Stunde wiederholt, bis die Nacht vorbei war. Mit anderen Worten, sie — die Mordkommission — mußte die Nachricht absichtlich zurückgehalten haben, bis sie über jeden Zweifel und jede Möglichkeit eines Fehlers hinaus sicher war. Daß der Fall abgeschlossen war, hatte Smitts ihr schon gesagt, als er in der vorigen Nacht um 0 Uhr 30 von ihr weggegangen war. Aber das war sozusagen inoffiziell gewesen.

Eben dieser Aspekt machte sie viel mehr als die eigentliche Nachricht schaudern, jagte ihr eine Heidenangst ein. Die Meldung von dem Mord war den ganzen Tag in den Nachrichten gekommen, aber ohne die abschließende Verhaftung. Sie hörte sie immer wieder, schaltete von Sender zu Sender, und es war bis auf den Wechsel verbrauchter, abgedroschener Adjektive immer das gleiche. ›Die attraktive Nachtclubsängerin‹ wurde tot in ihrer Badewanne gefunden. ›Der schöne Nachtclubstar‹ wurde tot in seinem Bad gefunden. ›Die exotische Nachtclubkünstlerin‹ wurde ermordet aufgefunden. ›Prominente Gestalt des Nachtlebens‹ tot im Bad entdeckt.

»Ein Flittchen wurde abgemurkst«, faßte Madeline in einem Anflug der Derbheit, die sie von Dell gelernt hatte, für sie zusammen.

Sie aß den ganzen Tag nichts. Verließ den ganzen Tag nicht das Zimmer, denn da war das Radio. Warum hatte er ihr das erzählt? Hatte er sie veralbert? Aber warum sollte er sie veralbern wollen? Sie hatte nicht den Eindruck, daß er über Kriminalfälle alberte, besonders nicht mit Außenstehenden. Aber worauf warteten sie dann, was hielt sie auf?

Zwölfmal hatte sie gehört, daß ein Hund in einer Raumkapsel die Erde umkreist hatte, und es war ihr völlig gleichgültig. Zwölfmal wurde wörtlich wiederholt, was Senator Sowieso gesagt hatte, und es war schon beim ersten Mal nicht gut gewesen. Zwölfmal wurde die genaue Lage des Hurricanes Hilda festgestellt. Zwölfmal wurden Kuba, der Kongo, Algerien, Vietnam und sämtliche Arzneien der kranken und leidenden sechziger Jahre vorgeführt und wieder weggeräumt. Und zwölfmal wurde die arme Adelaide Nelson in ihrer Badewanne ertränkt, bis die alte Redensart vom Prügeln eines toten Pferdes schon fast buchstäblich zutraf.

Die Nachrichtensendungen waren wie fliegende Untertassen, die sie umkreisten, verschwanden und dann wiederkamen.

Dann plötzlich kam es. Kam, ging und war vorbei.

»Im Mordfall Adelaide Nelson ist es zu einer Verhaftung gekommen. Ein Mann namens Jack d'Angelo wurde festgenommen und wird gegenwärtig verhört.«

Es entrang sich ihr mit so enormer Gewalt, daß sie es laut herausschrie: »Mein Gott! Sie haben den falschen Mann! Shiller war der, dem ich den Brief geschickt habe!«

Dreißig Minuten vergingen. Sie rührte sich nicht vom Radio weg. Packte und schüttelte es beinahe wie einen stehengebliebenen Wecker, um ihm die Worte schneller zu entlocken. Diesmal hatten sie ein paar Worte daran geändert. »...und wird schon fast den ganzen Tag verhört.«

Und dann, beim folgenden Mal: »Die Polizei ist zuversichtlich, den richtigen Mann gefaßt zu haben.«

Und beim nächsten Mal: »Er wurde unter Anklage gestellt und in Untersuchungshaft genommen.«

Und danach: »...eine der schnellsten in den Annalen der Polizei. Weniger als vierundzwanzig Stunden nach Auffindung der Leiche.«

»Zu schnell«, dachte sie schaudernd. »Zu schnell.«

Sie hatte den Hörer in der Hand.

»Fünfundvierzigstes Revier«, sagte eine Männerstimme.

»Gibt es bei Ihnen jemanden namens — äh — tja, er wird wohl Smith heißen.«

Die Stimme gluckste, wahrscheinlich aus Zuneigung, oder weil sie es satt hatte, den ganzen Tag nichts als trockene Dienstgespräche entgegenzunehmen. »Ach der. Der Stille. Die graue Maus. John Francis Xavier Smith. Ja, der ist hier bekannt.«

Sie fand diese Kumpelhaftigkeit keineswegs sympathisch. Kriminalbeamter zu sein, Menschen Fallen zu stellen, sie zu überlisten, ihnen ein Bein zu stellen, sie der öffentlichen (statt der heimlichen) Ermordung zu überantworten, war in ihren Augen im Grunde schlicht eine Hypertrophierung des Zuges von Grausamkeit und des Hangs zum Schikanieren, die latent in fast jedem erwachsenen Mann vorhanden sind. Nur, ein Kriminalbeamter bekam ein Gehalt dafür. Und sogar eine Pension, wenn er älter wurde.

Während sie da am Telefon stand und darauf wartete, ihnen sagen zu können, daß sie den falschen Mann hatten, stand sie völlig auf der Seite des Mannes am anderen Ende, am anderen Ende des Rechts — des einen gegen die Millionen. Nur drei Verbrechen waren schlimmer als die Strafe, die dafür verhängt wurde; nur drei Verbrechen verdienten sie. Ein Verbrechen an einem Kind, die Vergewaltigung einer unschuldigen Frau und ein Verbrechen an der Allgemeinheit, das diese mit dem Untergang bedrohte (Spionage in Kriegszeiten). Alle anderen waren ein Abklatsch der schrecklichen Majestät des Rechts, wenn es den Tag und die Stunde bestimmt und sagt: »Du sollst sterben.«

Smitts' Haus lag in einer Vorstadtsiedlung für Leute mit niedrigem Einkommen und hatte nichts Ausgefallenes, war aber ordentlich und blitzsauber. Wie sich herausstellte, gehörte es eigentlich nicht ihm, aber das hatte man ihr nicht gesagt.

Er kam zur Tür und ließ sie ein.

»Wie ich sehe, haben Sie's ja gut gefunden.«

Sein Partner saß im Wohnzimmer, als sie dort eintrat. Sie hatten es sich mit zwei säuberlich angestochenen Bierdosen, zwei ungeöffneten und zwei Gläsern gemütlich gemacht. Aber sie waren nicht betrunken, und es war keine Party; sie entspannten sich bloß. Auf einem großen, dicken, blaugemusterten Teller waren mit mysteriös weiblicher Note briefmarkengroße Salzkräcker und winzige, orangefarbene Käseecken angerichtet. Kein Mann hätte die Häppchen so klein geschnitten. Beide waren in Hemdsärmeln und ohne Krawatte. »So trifft man sich wieder, Miss Chalmers«, sagte der Partner, allerdings recht halbherzig, als zöge er es vor, seine Freizeit mit Menschen seiner Wahl zu verbringen.

Sie kam ohne Umschweife damit heraus. »Der Grund, warum ich Sie so dringend sehen mußte, der Grund, warum ich darauf bestanden habe, hierherzukommen, ist – Sie müssen mir zuhören, Sie müssen mir glauben –, Sie halten im Fall Nelson den falschen Mann fest.«

Es dauerte einen Moment, bis er es erfaßte.

»Ach«, sagte er dann.

Er sah seinen Partner an.

Dann sah er wieder sie an.

»Ach ja?« sagte er diesmal. Er hievte seine kompakte Hüfte auf die Kante des großen, runden Tischs. Er verschränkte abschätzend die Arme. »Wie kommen Sie darauf?« fragte er sie.

Plötzlich unterbrach die Stimme einer Frau das Gespräch und ersparte ihr so die Frage, die, wollte man nicht wieder in den gehässigen Ton verfallen, schwierig zu beantworten gewesen wäre.

»Smitts«, rief sie vom oberen Treppenabsatz. »Evie ist jetzt soweit für ihren Gutenachtkuß.«

Er stand auf, ging hinaus und trabte die Treppe hinauf, wodurch er das Haus bis in seine Grundfesten erschütterte. Die Kettenzüge der Lampen zitterten. Noch die Fußbodendielen, auf denen sie stand, schienen leicht zu vibrieren. Sogar der Wasserspiegel in dem kleinen, grünen Aquarium kam ins Schwanken und schwappte leicht hin und her.

»Ich wußte nicht, daß er verheiratet ist«, sagte sie ungezwungen. Oder besser gesagt, mit erzwungener Ungezwungenheit.

»Ist er auch nicht«, sagte sein Partner. »Er wohnt

mit seiner Schwester und seinem Schwager zusammen. Das ist ihr Haus. Sie halten so viel von ihm, daß sie ihn gern auch umsonst hier wohnen ließen, aber er besteht darauf, für seine Unterkunft zu bezahlen. So ein Kerl ist Smitts. Die Kleine ist noch vernarrter in ihn als ihre Eltern.«

Sie kicherte leicht. »Dieser Spitzname. Für so einen Schrank.«

»Den hat er gleich am ersten Tag im Kindergarten gekriegt, und seither ist er an ihm hängengeblieben. Er konnte seinen Namen nicht richtig aussprechen, als sie ihn danach gefragt haben.«

Der Abstieg die Treppe hinunter stand dem Aufstieg in nichts nach, war vielleicht noch dynamischer. Von einer Ecke der Decke rieselte wie Talkumpuder ein dünnes Gipsrinnsal herunter. Die Fische im Aquarium blickten verschreckt und änderten abrupt die Richtung.

»Macht er immer solchen Lärm?« fragte sie zusammenzuckend.

Sein Partner warf ihr einen gekränkten Blick zu. »Sie können nicht erwarten, daß er in Ballettschuhen herumtrippelt.«

»Nein, aber ein bißchen dämpfen könnte er's schon«, meinte sie.

Die Loyalität seines Partners trübte sich um kein Kilowatt. »Jedenfalls weiß man immer, wo er ist«, hielt er standhaft dagegen. »Der ist nicht so ein Leisetreter.«

Der Genannte machte beim Hereinkommen zunächst eine abschweifende Bemerkung, die nur seinem Partner galt. »Die Kleine wird jeden Tag niedlicher.« Dann, an sie gewandt: »Wo waren wir stehengeblieben? Ach ja, dabei, daß der Mann der falsche Mann ist.«

»Sie halten doch d'Angelo fest, oder?«

»Wir haben d'Angelo kassiert, stimmt.«

»Aber es gab noch einen anderen Mann in ihrem Leben.« (Und wenn er mich fragt, woher ich das weiß, muß ich eben zugeben, daß ich Informationen zurückgehalten habe, und einstecken, was sie mir dafür verpassen.)

Aber er fragte nicht. »Shiller, der Anlageberater? Über den wissen wir Bescheid. Wir haben ihn gleich zu Beginn verhört und wieder auf freien Fuß gesetzt. Er hatte ein vollkommenes, ein perfektes Alibi. Er war auf einer vierzigköpfigen Abendgesellschaft zur Feier des Geburtstages seiner Frau in einem der schicksten Restaurants der Stadt. Jeder Gesellschaftsfotograf, der dort Dienst geschoben hat, hat ihn geknipst.«

»Aber — aber —« stammelte sie.

»D'Angelo ist also der falsche Mann?« fragte er launig.

»Ja. Ganz bestimmt«, rief sie ungestüm.

Er kam ihr nicht nur mit der bewährten Linksrechts-Kombination, sondern mit einer ganzen Viererserie. Links, rechts, rechts, links, bis sie groggy war und am Boden lag. »Wie kommen dann die Kratzer von ihren Nägeln auf seine Handrücken und seine Unterarme?

Warum stimmen die Hautteilchen unter ihren Fingernägeln nach der Laboranalyse mit Hautproben von ihm überein?

Warum hat er uns freiwillig angerufen, an einem bestimmten Ort, nämlich bei sich zu Hause, freiwillig auf uns gewartet, sich uns freiwillig gestellt, als wir hinkamen, und uns freiwillig aufs Revier begleitet?

Und schließlich und in erster Linie und vor allen Dingen, warum hat er ohne Zwang und aus freien Stücken ein Geständnis diktiert und unterschrieben?

Ein Geständnis, daß er sie umgebracht hat, nicht weil er sie haßte, sondern weil er sie liebte. Sie zu sehr liebte, um mit seiner eigenen Eifersucht weiterleben zu können. Und vor allem, weil er sie zu sehr liebte, um ohne sie weiterleben zu können, nachdem er sie umgebracht hatte.

Haben Sie mal OTHELLO gelesen? Das ist es, in die Gegenwart übertragen.

Er mag zu seiner Zeit als Gangster hundert billige kleine Affären gehabt haben, aber so richtig schwer erwischt hat's ihn erst spät im Leben, jedenfalls schwer genug, um dafür zu leben, und schwer genug, um dafür zu sterben.«

Er seufzte, fast als könnte er so etwas verstehen, aber wie konnte er das, wie konnte das überhaupt jemand außer dem, der die Liebe empfunden, die Liebe gelebt hatte? Geliebt hatte, was für andere Tand war, es geliebt hatte wie kostbares, unvergängliches Gold.

Das Rätsel des menschlichen Herzens, das kein Detektiv je lösen kann.

Sie sank benommen in den nächststehenden Sessel, das alles nur halb begreifend, und wie ein fernes Echo ging ihr der Titel eines Liedes durch den Kopf, das sie auf Dells Klavier gesehen hatte. ›Heaven Drops Its Curtain Down upon My Heart.‹

Als sie wieder ihr Hotel betrat und am Empfang vorbeiging, grüßte sie der Empfangschef und streckte ihr einen Brief entgegen. Sie nahm ihn und starrte ihn mit dem flüchtigen Gefühl des Unwirklichen an, das einen leicht überkommt, wenn man mit seiner eigenen Handschrift konfrontiert wird. Er war adressiert an ›Walter Shiller, Esq., Warren, Shiller, Davis & Norton‹. In der oberen linken Ecke befand sich ein kleiner, glänzender

Fleck, wo die Marke — die möglicherweise aufgrund zu langen Eingeschlossenseins im Automaten ausgetrocknet war — sich gelöst hatte und abgefallen war. Oben rechts rügte ein magentaroter Gummistempel der Post grämlich: »Nicht zugestellt wegen fehlenden Portos.«

»Er ist vor ein paar Tagen zurückgekommen«, sagte der Empfangschef entschuldigend. »Ich habe zu Ihnen durchgerufen, um Sie zu fragen, ob wir ihn frankieren und wieder wegschicken sollen, aber Sie waren nicht da. Ich habe ihn wohl in Ihr Fach gelegt und vergessen. Wir waren die letzten Tage sehr beschäftigt —«

Er hielt jäh inne und sah verblüfft zu, wie sie den Umschlag wie einen Liebesbrief, wie eine Rückzahlung des Finanzamts, wieder und wieder leidenschaftlich und unersättlich an ihre Lippen preßte.

»Ich dachte, Sie wollten ihn abschicken«, bemerkte er unsicher.

»Das wollte ich auch«, sagte sie. »Das wollte ich auch. Mein Gott, wie man sich irren kann.«

»Miss Chalmers, bitte«, protestierte er bekümmert, als sie den Brief in hundert kleine Fetzen zerriß, die sie um sich herum verstreute, »denken Sie an den armen Hausdiener, der später hier saubermachen muß.«

Später, als sie oben an ihrem Schreibtisch saß, holte sie das kleine Notizbuch mit den linierten Seiten hervor und zog dort, wo es hieß,

1. Mit einer Frau quitt werden,

einen Strich durch.

Das hat allerdings jemand anders erledigt, nicht ich, war ihr unvermeidlicher Gedanke.

»Und jetzt einen Mann umbringen.«

Wie einfach die Worte waren. Wie leicht sie sich sagten oder dachten. Und doch wie entsetzlich, wie schrecklich, sie zu verwirklichen, sie auszuführen. Und, einmal ausgeführt, keinesfalls wieder ungeschehen, wieder rückgängig zu machen.

So jemanden — sie ließ den Blick langsam durch den Hotelspeisesaal schweifen, nahm ihn in sich auf und betrachtete jedermann der Reihe nach, aber nur jeden Mann (denn es war ein Mann, der sterben mußte, keine Frau. Obwohl auch Frauen starben, sie waren nicht anders):

Einer lächelte das Mädchen ihm gegenüber an, saugte interessiert den raschen Fluß ihrer Worte auf, nickte beifällig, bewundernd, die Augen unter der unmittelbaren Macht der jugendlichen Liebe unverwandt auf sie geheftet.

Einer sah auf seine Uhr, als ihr Blick über ihn hinwegglitt, und er sagte (wahrscheinlich) zu den anderen drei Leuten an seinem Tisch, daß es Zeit sei, zum Theater aufzubrechen.

Einer saß allein, aber durchaus zufrieden da, vor sich ein leeres Stielglas mit einer winzigen weißen Zwiebel darin, und dachte, nach seinem beinahe törichten Gesichtsausdruck zu urteilen, an etwas, das ihn sehr freute.

Einer, der gerade zurückkam, nachdem man ihn nach draußen ans Telefon gerufen hatte, war alles andere als zufrieden. Sein Gesicht war rot vor Ärger und verletzter Eitelkeit, und nachdem er sich wieder gesetzt hatte, um weiter zu warten, trommelte er mit den Fingern unmutig auf den Tisch.

Einer brach ein Brötchen auseinander und schickte sich an, es mit Butter zu bestreichen.

Einer hatte die Hand in der Tasche, um Geld herauszuholen, und wehrte mit der anderen gutmütig den Versuch seines Freundes ab, zu bezahlen.

Einer hielt über den Tisch hinweg ein lebhaft blinkendes Feuerzeug an die Zigarette seiner Begleiterin.

— so jemanden, oder so jemanden, oder so jemanden in etwas zu verwandeln, das sich nicht mehr rührte. Und schnell verweste. Das kein Mädchen mehr anlächelte und auf keine Uhr mehr blickte. Und kein Feuerzeug mehr klicken ließ. Oder Geld aus seiner Tasche nahm.

Was war eigentlich so schrecklich daran? Gott in Seiner unendlichen Weisheit — oder unendlichen Gleichgültigkeit — tat das jeden Tag, beendete Leben zu Dutzenden und Hunderten. Auch die blinde Natur tat es, auf vielerlei Weise, wenn man zwischen den beiden überhaupt einen Unterschied machen konnte.

Ja, aber sie war nicht Gott, und sie war nicht die Natur. Das war das Schreckliche daran.

Der Tod dauerte nur einen Augenblick, eine Sekunde. Er konnte seinem Wesen nach nicht länger dauern. Auch ein langes Sterben war bis zu jener letzten Sekunde noch Leben. Also in weniger als einer Sekunde vernichten, was fünfundzwanzig, dreißig, vierzig Jahre gebraucht hatte, um sich zu entwickeln und herauszubilden. Auslöschen, wegwischen, was eine Mutter genährt und umhegt hatte. Was eine jüngere Frau geliebt hatte und dem sie ihr Leben verbunden hatte. Das in diesem Verstand gesammelte Wissen auslöschen, die Begabungen, die Talente, die Stärken, die Mängel; die in genau derselben Gesamtheit, demselben Verhältnis, Ausmaß und Grad nie wieder zusammentreffen würden. Einzigartig jeder einzelne Verstand unter all den Millionen von anderen. Unersetzlich. Die Erinnerungen, die Erfahrungen, die Enttäuschungen, die Abneigungen, die Zuneigungen, die Pläne, die Hoffnungen.

All das – in einem kurzen Augenblick ausradiert, erstickt, zunichte gemacht.

Und doch mußte es sein. Es sollte sein. Es würde sein.

Sie wollte ihren Seelenfrieden wiederhaben. Sie hatte ein Recht darauf. Ohne ihn konnte sie nicht leben, wäre das Leben unerträglich.

Sie nahm ein unbenutztes Messer in die Hand und zog langsam eine unsichtbare Linie über das Tischtuch.

Das ist sein Weg, der langsam auf meinen zuführt. Immer näher, während die Tage vergehen, stündlich und täglich näher.

Sie zog eine zweite Linie, die auf die erste zuführte, hielt aber jäh inne, ehe sie aufeinandertrafen.

Das ist mein Weg, der langsam auf seinen zuführt. Sie werden unvermeidlich zusammenkommen. Nachdem sie sich getroffen haben, wird meiner weitergehen. Seiner nicht. Seiner wird aufgehört haben.

Der Schatten von Kopf und Schultern eines Mannes verdunkelte leicht das Weiß des Tisches, und der Kellner fragte sie, ob sie noch etwas wünschte.

Sie schüttelte geistesabwesend den Kopf, ohne zu ihm aufzublicken, und bemerkte, wie die schwachen Konturen sich wieder vom Tischtuch verflüchtigten.

Genauso verließ einen das Leben, entwich aus einem. Wie ein leises, unmerkliches Sich-Fortstehlen von der Glätte eines leeren Tischtuchs. Einfach so.

Für ein Mädchen ist es gleichzeitig das Allereinfachste und das Allerschwierigste, einen ganz bestimmten Mann kennenzulernen, der ihr unbekannt ist und in dessen Umfeld sie nicht auf natürlichem Wege gerät: das heißt, wenn sie weder gemeinsame Freunde mit ihm hat noch sich im gleichen geschäftlichen oder beruflichen Milieu wie er bewegt. Es ist einfach, wenn ihr langfristiges Motiv eine Heirat, oder ihr kurzfristiges schlicht eine Liebesaffäre ist. Oder, was das betrifft, auch nur eine flüchtige Bettgeschichte. Denn dann arrangiert sie einfach eine Begegnung, geht irgendwohin, wo er ihres Wissens sein wird und wo er sie nicht übersehen kann, und läßt von da an den Rest sich von selbst ergeben. Läßt sich von ihm aufgabeln oder gabelt ihn auf und läßt ihn glauben, daß er es war.

Aber wenn ihr Motiv ein ganz anderes ist, wenn von ihrer Seite — und von seiner schon gar — nicht die geringste Möglichkeit von Liebe besteht, so daß selbst das verlogene Versprechen künftiger Liebe nicht als Anreiz oder Köder verwendet werden kann, der das Eis brechen hilft, und wenn sie keine gemeinsamen Freunde und kein gemeinsames Milieu haben, dann wird die Schwierigkeit fast unüberwindlich.

Madelines Motiv war Mord, nicht mehr und nicht weniger. Sie war ehrlich genug, sich einzugestehen, daß man es letztlich nicht anders nennen konnte, ganz gleich, wie sehr sie es durch Bezeichnungen wie Vergeltung, Sühne, Racheakt oder was auch immer zu beschönigen versuchte. Es war ein gewaltsamer Tod, von ihrer Hand, und das war Mord.

Der Tat mußte eine Beziehung vorausgehen. Sie konnte ihn nicht einfach beim ersten Anblick niederschießen. Und zwar schon deshalb nicht, weil sie gar nicht wußte, wie er aussah. Sie mußte Gewißheit haben, daß er der richtige war, sie mußte sichergehen. Da Liebe nicht in Betracht kam und es keine geschäftlichen oder beruflichen Gemeinsamkeiten gab, blieb als einzig mögliche Beziehung Freundschaft. Eine falsche zwar, aber dennoch eine Freundschaft.

Und genau da begann das Problem. Eine Frau kann nicht plötzlich, einfach so, einen fremden Mann kennenlernen und eine Freundschaft mit ihm eingehen.

Ganz abgesehen davon, daß sie sich noch nicht über die Methode klar war, mit der sie an ihn herankommen sollte, hatte sie auch noch ein kleines Identifikationsproblem zu lösen. Sie hatte sehr wenig, wovon sie ausgehen konnte. Charlotte hatte ihn nie selbst zu Gesicht bekommen. Sie, Madeline, besaß keinerlei äußerliche Beschreibung. Starrs Briefe an ihre Mutter waren voll von inneren Beschreibungen, doch ohne jede äußerlichen. Er konnte dick sein oder dünn, er konnte klein sein oder groß. Er konnte blond sein oder dunkelhaarig. Sie mußte ihn aus einer ganzen Welt von Männern herausfiltern.

Nur zwei Tatsachen über ihn waren über Charlotte zu ihr durchgesickert, und beide kamen aus zweiter Hand, von Starr. Und diese beiden Tatsachen waren das Minimum, das man von jemandem wissen kann: Es waren seine beiden Namen, Vor- und Nachname. ›Vick‹ und ›Herrick‹. Weiter nichts. Und nicht einmal das vollständig, denn der eine war vermutlich ein Spitzname. Es bestand durchaus die Möglichkeit, daß ›Vick‹ für ›Victor‹ stand, aber absolut sicher war das nicht.

Sie wußte nicht einmal, was er von Beruf war, wie er seinen Lebensunterhalt verdiente. Starr hatte es Charlotte merkwürdigerweise nie gesagt, und deshalb hatte Charlotte es Madeline auch nicht sagen können.

Dell hatte nur das Wort ›Arbeit‹ verwendet, das alles mögliche bedeuten konnte. »Manchmal holte er sie direkt von der Arbeit ab.«

Madeline machte eine Bestandsaufnahme. Sie hatte immerhin folgendes: ›Vick Herrick‹. Und dazu noch etwas, das sie indirekt gefolgert hatte. Dell hatte einmal gesagt, daß er bei ihrer Heirat jünger gewesen sei als sie. Da Dell höchstens Anfang dreißig war, mußte er heute Ende zwanzig sein.

Nicht viel, woran man sich halten konnte. Sehr wenig. Vick Herrick, Alter achtundzwanzig, neunundzwanzig oder dreißig. Kein Gesicht, keine Größe, keine Haarfarbe. Herauszuangeln, auszusieben aus einem riesigen Bevölkerungskomplex.

Tagelang lähmte sie die schiere Hoffnungslosigkeit der Aufgabe, hielt sie davon ab, überhaupt etwas zu unternehmen. Aus lauter Angst vor einem Mißerfolg hatte sie Angst davor, sich überhaupt daranzumachen. Schließlich mußte sie sich sagen: »Reiß dich zusammen. Laß dich nicht davon umwerfen. Selbst wenn du scheiterst, ist das immer noch besser, als bloß untätig herumzusitzen. Es ist zu spät, jetzt noch kehrtzumachen, du kannst also nur vorwärtsgehen.«

Sie holte tief Atem, und ohne recht zu wissen, wo sie anfangen sollte, fing sie irgendwie an.

Das Nächstliegende war natürlich, im Telefonbuch nachzuschlagen. Das würde es ihr zwar nicht erleichtern, eine Freundschaft mit ihm anzuknüpfen, aber es könnte zumindest darauf hindeuten, mit WEM sie sie anknüpfen sollte. Sobald sie auf eine Möglichkeit gekommen war, wie sich das einfädeln ließ.

Sie war überrascht von der Menge der Herricks, die sie fand. Sie hatte es für einen ziemlich unüblichen Namen gehalten. Aber sie zählte achtzehn. Davon waren allerdings nur drei aufgeführt, deren Vornamen mit einem V begannen, somit war das Problem nicht so verzwickt, wie es den Anschein gehabt hatte. Ein Name war weiblich, Vivian; bei den anderen beiden stand jeweils nur der Anfangsbuchstabe. Sie schied Vivian sofort aus, und damit blieben ihr nur zwei, auf die sie sich konzentrieren mußte. Zumindest im innerstädtischen Bereich. Es war natürlich keineswegs ausgeschlossen, daß er in einem Vorort wohnte, zu der wimmelnden Masse gehörte, die jeden Morgen herein- und jeden Abend hinausströmte. In diesem Fall wäre die Aufgabe dermaßen erweitert, daß sie den größten Teil eines Jahres in Anspruch nehmen würde. Sie schloß schaudernd die Augen, um diese trübe Aussicht von sich fernzuhalten.

Sie hatte also ihre beiden V. Herricks; einen in der Lane Street, den anderen in der St. Joseph. Nun ging es darum, Verbindung herzustellen.

Sie kam zu dem Schluß, daß ein zum Schein geführtes Telefongespräch in der Absicht, Informationen herauszulocken, nicht nur ungeeignet war, sondern sogar riskant, und dem eigentlichen Zweck zuwiderlaufen könnte. Vor der Stimme einer Fremden am Telefon geben sich die Leute nicht so ohne weiteres eine Blöße und breiten ihr Leben aus. Und wie konnte sie behaupten, etwas anderes zu sein? Sich als Schwindlerin zu versuchen, sich für jemanden auszugeben, den er schon kannte oder der ihn schon kannte, kam nicht in Frage. Sie wußte überhaupt nicht, für wen sie sich ausgeben sollte, und der Schwindel flöge wahrscheinlich schon nach dem zweiten Satz auf.

Ein persönlicher Besuch, eine direkte Konfrontation oder Einschätzung, war die einzig mögliche Vorgehensweise.

Dies war ihr Ausgangspunkt, doch nun war sie dadurch gehemmt, daß sie erst einen plausiblen Vorwand finden mußte. Für einen persönlichen Besuch brauchte man einen. Sie konnte sich nicht einfach vor seiner Tür aufbauen und läuten.

Weitere Tage vergingen, während sie darüber nachgrübelte. Jede neue Idee, die ihr kam, erschien ihr auf den ersten Blick ausgezeichnet, genau richtig. Doch wenn sie sie überprüfte, kamen Schwächen zum Vorschein, und zwar immer mehr. Bis sie so viele Löcher hatte wie ein Fischernetz.

Während sie das Zimmer durchmaß und Fragezeichen aus Zigarettenrauch hinter sich herzog, sagte sie sich mehr als einmal: »Wenn ich bloß ein Mann wäre. Wieviel einfacher würde es das machen.« Sie hätte sich als Gasableser, als Installateur, als Elektriker, als Telefontechniker, als Bauaufsichtsbeamter ausgeben können. Sie hätte ein Fahrrad mieten können, einen Karton besorgen und so tun, als wäre sie der Auslieferungsfahrer eines Lebensmittelgeschäfts, der versehentlich an der falschen Tür geläutet hat. Alles mögliche in dieser Richtung, nur um Zugang zu ihm zu bekommen und ihn abzuschätzen, wenigstens das. Aber wer hatte je davon gehört, daß ein Mädchen solche Tätigkeiten ausübte?

Und dann – wie es in dieser unberechenbaren Welt so häufig geschieht –, als sie am wenigsten damit rechnete, und aus einer Ecke, aus der man es am wenigsten erwartet hätte, fiel ihr der Einfall in den Schoß. Oder vielmehr in die Hand. Gebrauchsfertig, perfekt und praktisch narrensicher.

Eines Abends ging sie, wie an den meisten Abenden, zum Essen in den Hotelspeisesaal. Doch an diesem Abend stellte sie fest, daß sie ihre Handtasche oben im

Apartment hatte liegen lassen, was sie sonst nicht tat. Da die Mahlzeiten ihr stets auf die Rechnung gesetzt wurden und dies, falls nötig, auch mit den Trinkgeldern geschehen konnte, brachte ihr das keine großen Unannehmlichkeiten — mit einer Ausnahme. Ihr Zimmerschlüssel war in der Handtasche, und sie mußte feststellen, daß sie sich ausgesperrt hatte. Auch das war nicht weiter problematisch, denn das Hotel hielt für eben diesen Fall am Empfang Zweitschlüssel bereit.

Sie begab sich daher zum Empfang, wozu sie selten Anlaß hatte, da sie nie Post oder Nachrichten bekam, und zu ihrer Überraschung reichte ihr der Empfangschef einen unverschlossenen Umschlag, auf dem ihr Name und ihre Zimmernummer standen.

Es war ein Spendenaufruf für einen Multiple-Sklerose-Fonds, und als sie auf die Postfächer schaute, sah sie, daß in jedem einzelnen Fach ein ebensolcher Umschlag steckte. Sie sahen alle gleichmäßig weiß aus, als wäre ein schräg einfallender Schneeschauer niedergegangen.

Auf der Verschlußklappe stand teils vorgedruckt, teils handschriftlich ergänzt, der Satz: »Mit der freundlichen Bitte um Rückgabe mit Ihrer Spende an die für Sie zuständige Mrs. Richard Fairchild, App. 710.«

Madeline hatte, wonach sie gesucht hatte, und sie erkannte es auf Anhieb. Sie nahm es mit nach oben, ließ sich mit dem Zweitschlüssel ein, nahm fünfundzwanzig Dollar aus der wiedergewonnenen Handtasche und legte sie in den Spendenaufruf ein. Und da sie sich klarmachte, daß es für ihre Zwecke äußerst wichtig war, Mrs. Fairchilds Gunst zu erlangen und so weit wie möglich ihr Vertrauen zu gewinnen, fügte sie den ersten fünfundzwanzig weitere fünfundzwanzig hinzu, wodurch ihre Spende sich insgesamt auf großzügige und eindrucksvolle fünfzig Dollar belief.

Sie klebte den Umschlag nicht zu, damit Mrs. Fairchild möglichst wenig daran gehindert würde, ihre Freigebigkeit umgehend, am besten noch in ihrer Anwesenheit, festzustellen. Dann ordnete sie ein wenig ihr Haar und ging den Flur hinunter zur Nr. 710. Sie betätigte den Klopfer, und gleich darauf stand eine sonderbare Mischung von Mensch vor ihr. Sie war sowohl auf jugendliche Weise alt als auch auf ältliche Weise jugendlich, eine eigenartige Mixtur aus betagtem Backfisch und lebhafter Matrone. Die Zutaten hatten sich nicht recht verbunden; das eine hatte im anderen nicht aufgehen können. Kunstvoll gelocktes, silbrig-blaues Haar. Eine Dreifachkette aus Perlen, so dick wie Kaugummikugeln, die schon wegen ihrer Größe alles andere als echt sein mußten. Eine Art nachschleppendes Gewand mit viel Satin und viel Spitze. Sie hatte sogar eine Zigarette in einer kurzen Jadespitze in der Hand, was Madeline seit ihrer Kindheit, zur Zeit der vierten Roosevelt-Administration, bei niemandem mehr gesehen hatte. Sie war vollkommen künstlich, schien geradewegs aus einem Cartoon des NEW YORKER herausgetreten zu sein. Madeline wollte fast schon den Boden zu ihren Füßen nach der Signatur absuchen.

»Mrs. Fairchild?« sagte Madeline lächelnd. »Ich habe mir erlaubt, das selbst vorbeizubringen, weil ich –«

»Miss Chalmers«, sagte Mrs. Fairchild, die den Namen vom Umschlag ablas. »Guten Tag. Sehr nett von Ihnen.«

Madelines Strategie hatte sich als wohlüberlegt erwiesen. Jetzt zahlte sie sich reichlich aus. Miss Fairchild hatte es verstanden, die Geldscheine in dem Faltblatt geschickt hervorschauen zu lassen und zu zählen, ohne im geringsten diesen Anschein zu erwecken, nur durch ein Zupfen mit den Fingernägeln, ganz ähnlich wie ein geübter Kartenspieler durch bloßes Antippen der Kartenecken sein Blatt prüft, während er es dicht vor sich hält.

Madeline sah sich mit einemmal in besonderer Gunst, einer Gunst, die weit über bloße Herzlichkeit hinaus fast bis zu ungezügelter Begeisterung ging. Mrs. Fairchild schenkte ihr ein strahlendes, elektrisierendes Lächeln mit Zähnen, die ein Vermögen gekostet haben mußten. »Möchten Sie nicht einen Moment hereinkommen und mit mir plaudern?« bat sie.

»Wenn ich Ihre Zeit nicht zu sehr in Anspruch nehme«, sagte Madeline schüchtern, trat aber schon vor, noch während sie es sagte.

»Mein Mann wollte mich zu einem Violinkonzert abholen«, teilte Mrs. Fairchild ihr mit, als sie sich setzten, »aber er hat sich verspätet. Bei solchen Gelegenheiten scheint er sich immer zu verspäten.« Dann fügte sie schalkhaft hinzu: »Manchmal mache ich mir darüber so meine Gedanken.«

Madeline interessierte sich nicht für die Umgebung und nahm deshalb keine Notiz davon. Aber sie bekam zwangsläufig einen verschwommenen, oberflächlichen Eindruck von Überladenheit um sie herum, und zumindest ein Detail drang klar durch: ein großes Ölgemälde an der Wand von Mrs. Fairchild selbst vor fünfundzwanzig Jahren. Untadelig schön, doch unwiederbringlich veraltet aufgrund der eigenartig flachen Frisur der frühen dreißiger Jahre, die wie bei den Männern stets mit einer über die Schläfe fallenden Tolle getragen wurde. Madeline kannte sie aus Filmen, die sie gesehen hatte.

Mrs. Fairchild hatte ihren Blick zur Wand bemerkt. »Mein Mann hat darauf bestanden, daß ich dafür sitze«, bemerkte sie selbstgefällig. Dann erklärte sie ziemlich neckisch: »Nicht der jetzige. Einer von den früheren. Ich habe vergessen, welcher.«

Sie will mich wissen lassen, daß sie mehr als einmal verheiratet war, erkannte Madeline. Damit auch ja deutlich wird, wie attraktiv sie einmal für Männer war. Jeder kann mehr als einmal verheiratet sein, überlegte sie. Dazu braucht es nur ein unangenehmes Wesen.

»Ich habe Sie ein-, zweimal von weitem kommen und gehen sehen«, vertraute Mrs. Fairchild ihr an. »Ich habe jeden gefragt: ›Wer ist dieses schöne junge Mädchen?‹ Niemand konnte mir etwas über Sie erzählen —«

»Es gibt nichts zu erzählen«, murmelte Madeline.

»— Immer allein. Nie ein junger Mann bei Ihnen. Also, als ich in Ihrem Alter war, konnte ich kaum den Fuß aufsetzen, ohne fürchten zu müssen, daß ich auf einen trete.«

Sie will mir die Vorstellung vermitteln, daß sie ständig in Scharen vor ihr auf den Knien gelegen haben.

»Sie interessieren mich nicht so sehr«, sagte Madeline trocken. »Sie scheinen immer da zu sein, zum Hintergrund zu gehören. Ich nehme sie als gegeben hin.«

Ein Ausdruck echten Entsetzens huschte flüchtig über Mrs. Fairchilds marshmallow-weißes Gesicht. Sie ließ das Thema prompt fallen, was Madeline von vornherein beabsichtigt hatte.

»Wahrscheinlich geben nicht viele Leute ihre Spende persönlich ab«, sagte sie.

»Ich nehme an, Sie wollten ganz sicher sein, daß ich sie auch bekomme.«

»Das ist es nur zum Teil«, sagte Madeline. »Mir fiel ein, daß ich neben dem Geld, das ich mir als Spende leisten kann, noch etwas für die Sache tun könnte.«

»Wie meinen Sie das?«

»Ich dachte, ich könnte Spenden sammeln. Bestimmt hat nicht jedes Gebäude in der Stadt das Glück, einen Freiwilligen zu haben, der Umschläge verteilt und Spenden einsammelt. Ich könnte in andere Gebäude gehen, den Leuten etwas über Multiple Sklerose erzählen und zusehen, daß sie etwas spenden.«

»Das ist mörderisch«, sagte die Frau. »Wenn man bloß Umschläge hinterläßt, hört man nie wieder von den Leuten. Und wenn man an Ort und Stelle auf eine Spende drängt, bekommt man eine Abfuhr nach der anderen. Alles in allem kann es eine schreckliche Zeitvergeudung sein.«

»Es ist meine Zeit«, sagte Madeline gelassen. »Ich habe nichts dagegen, sie zu vergeuden, jedenfalls nicht, wenn es für eine gute Sache geschieht.«

»Ich weiß nicht. Ich bin nicht berechtigt, Sie zur ehrenamtlichen Spendensammlerin oder dergleichen zu ernennen –«

»Geben Sie mir einfach ein paar Broschüren und Spendenaufrufe«, schlug sie vor. »Ich brauche kein offizielles Amt. Was ich an Spenden bekomme, übergebe ich direkt Ihnen, und Sie liefern es zusammen mit dem ab, was Sie sammeln.«

Die Frau dachte einen Moment nach. Dann schüttelte sie abrupt den Kopf. »Ich führe Sie als ehrenamtliche Mitarbeiterin«, sagte sie. »Das ist vielleicht nicht ganz vorschriftsmäßig, aber das geht schon in Ordnung.«

Eine Stunde später stand sie mit einem Stapel Spendenaufrufen in der Handtasche auf dem Bürgersteig in der Lane Street, vor der für V. Herrick angegebenen Adresse.

Es war ein bescheidenes kleines Wohnhaus ohne besondere Ausstattung oder Pracht, das äußerlich etwas heruntergekommen war, aber immer noch als respektable Gesamterscheinung gelten konnte. Es war neueren Datums als die alten, fahrstuhllosen Mietshäuser der Jahrhundertwende – am Ende des Flurs konnte sie einen Selbstbedienungslift offenstehen sehen, der nicht breiter als ein Aktenschrank war –, aber es war alles andere als modern. Wahrscheinlich, so vermutete sie, stammte es aus der Zeit unmittelbar vor Pearl Harbor, als alle derartigen Häuser wegen des Geldmangels und der niedrigen Mieten schlampig gebaut wurden. Es war wohl gerade noch so durchgerutscht, ehe Kontrollen einsetzten, die private Bautätigkeit eingefroren wurde und aus dem ganzen Land die Scharen von Rüstungsarbeitern herbeiströmten und um jeden verfügbaren Quadratzentimeter Wohnraum bettelten, schmierten und sich schlugen. Und heute – wer wollte es noch haben?

Die Tür von Herrick war laut Schild die erste links, als sie den Flur im Erdgeschoß betrat. Von irgendwoher kam ein merkwürdiges Vibrieren wie von einer Nietmaschine, aber sie konnte seinen Ursprung nicht ausmachen.

Sie nahm die Spendenformulare heraus, holte tief, aber nicht sehr heroisch Atem und klopfte. Nichts tat sich. Sie klopfte erneut. Wieder tat sich nichts. Ein Dröhnen ertönte und verklang wieder.

Sie bemerkte einen kleinen Klingelknopf neben der Tür. Er war ihr bis jetzt entgangen, weil irgendein unbekannter, aber bemerkenswert gewissenhafter (oder bemerkenswert schlampiger) Maler ihn mit der gleichen salbeigrünen Farbe übermalt hatte, die er auch für die Vertäfelung drumherum verwendet hatte.

Sie hörte kein Geräusch, als sie ihn drückte, aber er funktionierte offensichtlich noch, denn kaum eine Minute später ging die Tür auf, und an Madelines Ohr schlug ein wildes Getöse brüllender Stimmen, das sie allein durch seine schiere Wucht und Plötzlichkeit beinahe umwarf. Irgendwo mittendrin schrie gellend ein Mann, als würde er von wilden Pferden in Stücke gerissen: »— auf die Tribüne hinter der linken Spielhälfte! Bob Allen, dreiundzwanzig! Ein Linkshänder aus Texas!«

Und mehr in der Nähe kreischte ein Mann schrill: »Mein lieber Mann, erzähl mir bloß nicht, daß die nicht gut sind!«

Die Frau, die zu Madeline herausblickte, war etwas schlampig, aber die Liebenswürdigkeit stand ihr in das breite, gutmütige Gesicht geschrieben. Sie hatte sich offenbar an die ungeheuren Dezibelwerte gewöhnt, und sie taten ihrer Seelenruhe keinen Abbruch mehr. In der einen Hand hatte sie eine Limonadenflasche, die andere hielt einen Flaschenöffner. Von ihren freundlich verzogenen Lippen las Madeline das Wort »Ja?« ab.

»Möchten Sie etwas für den Fonds zur Bekämpfung der Multiplen Sklerose spenden?« rasselte Madeline herunter. »Wir sind für jeden Betrag dankbar, den Sie geben möchten.«

»Ich kann Sie nicht verstehen«, brüllte die Frau.

»Den Fonds zur Bekämpfung der Multiplen Sklerose!« schrie Madeline zurück.

»Ich kann Sie noch immer nicht verstehen!« kreischte die Frau.

Madeline ließ schlaff die Arme sinken. »Ich kann

nicht lauter schreien. Ich hab' meine ganze Stimme verbraucht.«

»Einen Moment«, sagte die Frau. Beziehungsweise formte es mit den Lippen. Sie wandte den Kopf. »Vince!«

»Erster Ball«, schallte es zur Antwort dröhnend zurück.

»Vince, ich rede mit dir! Da ist jemand an der Tür. Dreh das Ding mal einen Moment leiser, damit ich rauskriegen kann, was sie will.«

Diesmal schaffte es ein beleidigter, aber überlauter Bariton, die Lärmwand zu durchdringen. »Mitten im neunten, fünf beide, zwei Mann auf der Base, und die will, daß ich leiser drehe!«

Aber Madeline wartete nicht länger. Sie machte die Tür ruhig, aber fest von außen zu und ging weg.

Es war ein möbliertes Zimmer im Untergeschoß, und schon während sie vom Bürgersteig in den abgeschlossenen Kellervorhof hinabstieg, auf den es hinausging, überkam sie eine böse Vorahnung. Sie blieb sogar einen Moment stehen und machte halb kehrt, um wieder auf den Bürgersteig zurückzukehren. Dann überwand sie ihre Unschlüssigkeit, ging hinüber zu dem unter der hohen Veranda eingesetzten Torbogen und läutete. Sie konnte irgendwo tief im Inneren des Hauses das schwache Klingeln hören. Wenn ein persönliches Risiko sie abschreckte, sagte sie sich, dann hätte sie sich von vornherein nicht auf diese Odyssee einlassen dürfen. Dabei ergaben sich zwangsläufig dann und wann Risiken. Risiken waren zu erwarten. Die Geschichte mit Dell Nelson war mit Risiken verbunden gewesen, und die hatte sie auch überstanden.

Hinter der vergitterten Kellertür leuchtete eine trübe Glühbirne auf, und ein Mann kam heraus.

Der Effekt des Eingesperrtseins, den die Tür zwischen ihnen hervorrief, gefiel ihr nicht. Es ließ an Gefängnis, an Haft, an Zwang denken, an etwas, das sie nicht genau benennen konnte. Gefahr, das war es. Es ließ an irgendeine latente Gefahr denken, als stünde man jemandem gegenüber, der zu seinem eigenen Besten von einem getrennt gehalten wird.

Es war nicht sein Gesicht, das sie beunruhigte. Es war nichts darin, was an Böswilligkeit denken ließ. Es hatte tiefe Furchen, nicht die Furchen des Alters, sondern die von schlimmen Erfahrungen. Aber insgesamt machte es den Eindruck eines grimmigen Stoizismus, es nahm hin, was es bekam, bat nicht um Pardon und war nicht auf Vergeltung aus.

Sein Äußeres war alles andere als gepflegt. Er trug ein zerknittertes, am Kragen offenes Hemd, einen Pullover, der dringend in die Reinigung gemußt hätte, und schmuddelige Hosen, die gebügelt werden mußten. Er hatte sich heute noch nicht rasiert, auch wenn er es gestern getan haben mochte. Sein Haar war hellbraun und zerzaust. Seine Augen waren von dunklerem Braun und wirkten, als hätten sie eine Menge Dinge gesehen, die sie lieber nicht hätten sehen wollen.

Irgend etwas in ihr sagte ihr, daß er, auch wenn er nicht der war, den sie suchte, demjenigen näherkam als jeder, auf den sie bisher gestoßen war.

»Ja?« fragte er abgehackt.

»Möchten Sie für den Fonds zur Bekämpfung der Multiplen Sklerose spenden?«

»Warum gründen die nicht mal einen Fonds für mich?« sagte er mürrisch. »Ich könnte auch einen brauchen.«

»Nun ja —« sagte sie stockend. »Darum geht es nicht. Es geht darum —«

Er streckte die Hand aus und öffnete die Gittertür. »Möchten Sie hereinkommen und mir davon erzählen?«

Es war eine Einladung, vor der selbst eine siebzehnjährige Novizin voller Mißtrauen zurückgeschreckt wäre. Sie wurde nicht einmal sonderlich raffiniert oder geschickt vorgebracht. Sie enthielt keine Sicherheitsversprechen, nicht einmal falsche, die dazu bestimmt waren, gebrochen zu werden. Madeline sah ihn sogar an ihrer Schulter vorbeischauen, als wollte er feststellen, ob noch jemand in der Nähe war.

Und doch hatte gerade die Unverblümtheit seiner Technik irgendwie den umgekehrten Effekt, sie nicht zu vertreiben, ihr Interesse zu wecken. Das war genau die Sorte Mann, die eine Ehefrau dazu veranlaßt haben könnte, seinen Tod zu wünschen. Vielleicht war Starr etwas in dieser Art passiert. Oder vielmehr anderen Frauen, während er mit Starr verheiratet war und sie es mitansehen mußte. Er hatte jedes Merkmal des gewohnheitsmäßigen Vergewaltigers.

»Sie sind Mr. Herrick?«

»Mr. Herrick, richtig.«

»Wir führen in unserer Zentrale Listen von den Leuten, die wir aufsuchen, Mr. Herrick. Ich habe Sie als letzten Besuch für heute vermerkt«, sagte sie gewichtig. »Wenn ich mich also nachher nicht wieder dort melde —«

»Was bringt Sie auf den Gedanken, daß Sie sich nachher nicht dort melden?«

»Nichts — bis jetzt.«

Sie beäugten sich einen Moment lang unverwandt, wobei jeder die Oberhand zu gewinnen suchte. Dann gaben seine Augen nach und glitten zur Seite. Sie kamen gleich wieder zurück, aber ihre hatten sich durchgesetzt. Damit trat sie an ihm vorbei und bog in den Kellerflur ein. Ohne sich umzusehen, wußte sie, daß er die Hand ausstreckte, um die Gittertür wieder zu schließen. »Würden Sie die bitte offenlassen«, sagte sie, »solange ich hier drin bin?«

Er gab ein schnaubendes Lachen von sich. »So schnell werden Sie ja wohl nicht wieder gehen müssen.«

Das Zimmer war in etwa so, wie sie es erwartet hatte. An der Wand eine durchgelegene Pritsche, auf der er schlief. Ein paar wacklige Stühle mit Holzlehne. Ein Tisch, in dessen Kante sich eine qualmende Zigarette hineinfraß, um den Dutzenden von eingekerbten Brandstellen, die sie säumten, eine weitere hinzuzufügen. Ein auf eine Gaspatrone gesetzter Gasring, der auf einem Regal abgestellt war. Eine Reihe Bierdosen in zwei Stellungen, aufrecht und liegend. Was soviel hieß wie leer und voll. Ein Kalender an der Wand, aber er war vom falschen Jahr, und das letzte Blatt war nicht abgerissen: Dezember 1960. Die Zeitung von gestern und die Zeitung von vorgestern, beide noch nicht weggeworfen. Ebenso die Zeitschrift vom letzten Monat (FOR MEN ONLY). An der Wand, dem Kalender gegenüber, das Foto eines Soldaten mit Stahlhelm, ein Mädchen lehnte den Kopf an seine Schulter.

Nicht viel mehr.

In solchen Zimmern, ging ihr auf, werden Leben geführt. Manche Leben.

Es gab allerdings doch noch etwas von unklarer Bedeutung, was ihr ins Auge fiel. In der Ecke befand sich ein Standrohr, das vom Boden bis zur Decke durchlief. Daneben war ein kleiner Dampfheizkörper, auf den ein Stück Blech aufgenagelt war. Auf diesem lag eine Rohrzange. Sie bemerkte etwas Seltsames an dem Standrohr, woraus sie zunächst nicht schlau wurde. An einer Stelle schien es von einem Metallring oder einer ›Manschette‹ umschlossen, und daran hing eine kurze Kette, an deren Ende sich ein weiterer Ring oder Reifen befand. Doch dieser war an einer Stelle offen und umschloß das Standrohr nicht, sondern hing lose daran herunter. Plötzlich ging ihr auf, worum es sich bei der Konstruktion handelte. Es war ein Paar Handschellen, das mit der einen Schelle an dem Rohr befestigt war. Und die andere, die offene, wozu diente die? Irgend etwas machte sie innerlich leicht frösteln.

»Wieviel soll ich Ihnen geben?« sagte er und steckte die Hand in die ausgebeulte Tasche einer fadenscheinigen Jacke, die an einem Nagel hing. Es war eine Strickjacke mit Ärmeln, doch die hatten an den Ellbogen große Löcher, die sich aufzupellen schienen.

»Geben Sie mir, was Sie meinen, sich leisten zu können«, sagte sie. Dann schob sie, weil die Gelegenheit günstig war, die Frage ein. »Sind Sie verheiratet?«

»Im Augenblick nicht.«

Es nimmt allmählich immer deutlicher Gestalt an, sagte sie sich.

Er gab ihr einen Fünfdollarschein. »Hier«, sagte er mürrisch und gab den uralten Spruch von sich: »Sagen Sie nicht, Sie hätten nie was von mir bekommen.«

»Können Sie das auch ganz bestimmt erübrigen?« Sie konnte es sich nicht verkneifen, sich ein zweites Mal flüchtig im Zimmer umzusehen.

Er bekam es mit. »Da machen Sie sich mal keine Gedanken«, sagte er. »Geld habe ich jede Menge. Jedenfalls genug, um zurechtzukommen. Ich bekomme eine Kriegsinvalidenrente.«

»Ach so«, sagte sie und sah ihn an. Er wirkte unversehrt.

»Ich bin im Krieg verwundet worden. Kara-Dingsbums hieß das, glaub' ich. Es war eine Insel.«

»Tarawa«, sagte sie ungehalten. »Sie waren dort, dabei kennen Sie nicht mal den Namen. Uns hat man das in der High School beigebracht.«

»Wir waren zum Sterben dort, nicht um Geographie zu lernen«, wies er sie sanft zurecht. »Ich seh's allerdings immer noch vor mir«, fuhr er wehmütig fort. »Bloß ein kleines Fleckchen Hölle, das da draußen aus dem Ozean ragt. Hab' nie erfahren, warum die Japse es wollten oder warum wir es ihnen wegnehmen wollten. Es macht mich krank, wenn ich an all die Jungs denke, die für Inseln gestorben sind, für die keiner irgendeine Verwendung hatte und nie haben wird.« Er warf ihr einen herausfordernden Blick zu. »Eine Menge Jungs sind gestorben«, sagte er.

»Ich weiß.«

»Und die hatten Glück«, sagte er. »Wissen Sie das auch?«

»Was meinen Sie damit?«

»Damit meine ich, daß es Schlimmeres gibt als zu sterben, aber das werden Sie mir wohl nicht glauben.«

Sie dachte daran, wie Starr gestorben war, und an sich selbst mit ihrem übriggebliebenen Leben, das sie zu leben hatte. »Ich glaube es«, sagte sie sanft.

Er schien sie nicht gehört zu haben. »Tarawa«, sagte er. »Die Jungs haben ihre Arme dort gelassen. Oder ihre Beine. Oder sind blind oder taub oder durchgedreht zurückgekommen. Die hatten auch Glück. Nicht soviel wie die Toten, aber immer noch mehr als ein paar andere.«

»Wie können Sie das sagen?«

»Weil ich nicht soviel Glück hatte.«

Sie starrte ihn an. »Sie haben Ihre Arme und Ihre Beine«, sagte sie. »Und Sie können hören und sehen. Wieso sind Sie der unglücklichste Mann von Tarawa?«

»Kennen Sie den Unterschied zwischen einem Stier und einem Ochsen?«

»Nicht genau. Ein Ochse ist größer, oder? Und vermutlich kräftiger.«

Er lachte säuerlich. »Sie müssen eine Großstadtpflanze sein«, sagte er. »Ein Mädchen vom Lande wüßte jetzt Bescheid. Wie steht's mit einem Widder und einem Hammel? Oder einem Hahn und einem Kapaun?«

»Ich –«

»Oder einem Hengst und einem Wallach. Wie steht's damit?«

»Sie meinen doch nicht –«

»Ach nein? Wir waren auf Patrouille. Aus heiterem Himmel hat ein Japs eine Granate auf uns geworfen. Mein Kumpel ist danach gehechtet, um sie zurückzuwerfen. Sie ist in seiner Hand explodiert und hat ihn getötet. Der Glückspilz.«

»Und –«

»Und ich durfte meine Arme und meine Beine und mein Augenlicht und mein Gehör behalten. Ich hab' nur das verloren, was einen Mann zum Mann macht.«

»Mein Gott«, hauchte sie.

»Als ich zurückkam, hat meine Frau mich verlassen. Ich hab' ihr keinen Vorwurf gemacht. Sie hätte bei allem zu mir gehalten, wenn ich auf Krücken gegangen wäre, wenn ich blind gewesen wäre. Sie war eine gute Frau. Aber sie hatte ein Recht auf einen Ehemann.«

Sie sah hinüber zu dem Bild an der Wand. Der Soldat mit Stahlhelm, das Mädchen, das anbetend von seiner Schulter aufblickte. Dann konnte es nicht Starr gewesen sein. Tarawa war 1944 gewesen. Aber vielleicht war Starr danach gekommen, ohne etwas zu ahnen. Wer weiß, wozu sich diese schreckliche Verstümmelung später ausgewachsen hatte?

»Zuerst war es ein Weilchen gar nicht so schlimm. Ich hatte Verabredungen wie vor meiner Ehe. Jede Menge Verabredungen. Jede Menge Mädchen. Manche wollten heiraten. Manche gaben sich mit weniger zufrieden. Aber es kommt immer eine Zeit, wo man abends zusammen allein ist. Ich hab' jedesmal alle möglichen Lügen erzählt, um es zu vertuschen.« Er lachte freudlos. »Einer hab' ich sogar mal erzählt, ich hätte was Ansteckendes.«

»Und was hat sie gesagt?«

»Sie hat mir gesagt, das wäre ihr egal, ich sollte mich dadurch nicht abhalten lassen, sie hätte nämlich selber was Ansteckendes.«

Er ging hinüber in Richtung Waschbecken und holte irgendwo in der Nähe — sie konnte nicht genau sehen, woher —, eine flache, braune Flasche heraus. »Ich kann Ihnen wohl nichts zu trinken anbieten?« sagte er unsicher.

»Das gäbe nur Probleme.«

»Probleme?«

»Probleme für mich. Und Probleme für mich bedeuten auch Probleme für Sie«, sagte sie ihm kalt. »Das wissen Sie doch, oder?«

Selbst seine Antwort war die perfekte Antwort — bei ihrer Art zu fragen. »Müßte ich mittlerweile eigentlich«, sagte er mit einem tiefen Seufzer.

Er kippte die Flasche hoch, zog mit den Zähnen den Korken, hielt ihn damit fest, ließ nebendran etwas Alkohol in seinen Mund laufen und steckte dann, nach wie vor nur mit den Zähnen, den Korken wieder hinein. Sie hatte das noch nie bei jemandem gesehen.

»Es ging ganz allmählich los, das, was daran schlimm war. Ich habe mich dabei ertappt, daß ich anfing, sie zu schlagen, ein bißchen grob zu werden, sie rumzuschubsen und handgreiflich zu werden. Ein oder zwei haben es sogar mitgemacht, aber nicht sehr lange. Dann wurden die vereinzelten Ohrfeigen und Schläge zu regelrechten Prügeln. Eines Nachts hab' ich ein Mädchen sehr schlimm verprügelt. Ich mußte kaltes Wasser auf sie schütten, damit sie wieder zu sich kam. Ich hab' ihr etwas Geld zugesteckt, alles, was ich hatte, hab' sie geküßt und bin verduftet. Sie hat mich nicht verklagt, aber sie hat sich jedesmal verdrückt, wenn sie mich auf der Straße sah.«

Sie warf ihm einen angewiderten Blick zu. »Sie haßten die Mädchen wegen dem, was Ihnen passiert war. Haben Sie sie deshalb mißhandelt?«

»Nein, nein. Das sehen Sie ganz falsch. Ich habe es nur getan, weil ich sie liebte. Ich konnte ihnen nicht zeigen, daß ich sie liebte, wie es andere Männer können. Und man muß es zeigen, man muß es ausdrükken, es muß heraus, es läßt sich nicht zurückhalten. Ich konnte es nur durch Handgreiflichkeiten zeigen. Das waren meine Zärtlichkeiten. Es war die einzige Art, wie ich Ruhe und Befriedigung finden konnte. Ich hatte keine andere Möglichkeit, es zu Ende zu bringen.«

Das ist er, sagte sie sich unerbittlich. Das ist er — er hat Starr gekannt.

»Aber ich wußte, daß es dabei nicht bleiben würde. Ich wußte, daß ich früher oder später eine von ihnen umbringen würde.«

»Und haben Sie das?«

Seine Antwort war in ihrer Schlichtheit grausig. »Noch nicht.«

»Warum lassen Sie sich vorher nicht zur Behandlung einweisen? Bevor das passiert?«

»Dafür gibt es keine Behandlung. Vielleicht haben Sie mich nicht richtig verstanden. Das ist nichts Psychisches, was ein Gehirnschlosser beheben kann. Ich hab' am Anfang sämtliche Tests gemacht, und sie haben mich für normal befunden. Das ist eine körperliche Verstümmelung. So körperlich, wie es ein kaputter Arm wäre. Nur, ein kaputter Arm kann wieder in Ordnung gebracht werden. Das da nicht.

Welches Jahr haben wir?« fragte er zusammenhanglos.

»Einundsechzig.«

»Das heißt nicht, daß mein Gedächtnis nachläßt«, verteidigte er sich. »Ich komme nur von Zeit zu Zeit durcheinander. Ich war neunzehn, als ich auf Tarawa war. Das heißt, ich bin jetzt erst sechsunddreißig. Mit sechsunddreißig wird man immer noch ungefähr einmal die Woche unruhig. Sie wissen das wahrscheinlich nicht, aber es stimmt.«

Sie senkte den Kopf, für einen Moment seltsam berührt.

»Man will einen Bummel machen, will wieder zur Welt gehören, zu der Welt, die man einmal gekannt hat. Man sieht andere Burschen mit ihren Mädchen. Man will auch ein Mädchen. Das hat nichts Schmutziges, nichts Ungesundes. Es ist ganz normal, ganz natürlich. Aber genau da fängt das Problem an.«

Er deutete mit dem Daumen über die Schulter. »Sehen Sie das Rohr da hinten?«

»Ich habe es beim Hereinkommen bemerkt.«

»Ich habe mir ein System ausgedacht. So etwas wie

ein Brandschutzsystem, wissen Sie. Der Hausmeister hier ist Norweger, er heißt Jansen, kräftig wie ein Ochse. Er hat die Wohnung direkt obendrüber. Früher hat er hier im Untergeschoß gewohnt, aber als ich kam, hat er mir die Wohnung gegeben und ist nach oben gezogen. Sehen Sie, er mag mich. Sein Sohn und ich waren im Krieg Kumpel. Na ja, eines Abends haben wir um die Ecke ein paar Bier getrunken, und ich hab's ihm erzählt: daß ich Angst habe, in ernsthafte Schwierigkeiten zu kommen, wenn das alles so weiterläuft; daß ich vielleicht sogar jemanden um die Ecke bringe.

Da haben wir dieses Signal zwischen uns eingerichtet. Wenn ich anfange, unruhig zu werden, und merke, daß ich kurz davor bin loszuziehen, verpasse ich dem Rohr einen Schlag mit der Rohrzange da drüben, und er kommt runter und hält mich vom Gehen ab. Setzt sich zu mir und spielt mit mir Karten, und wir zischen ein paar Drinks, und wenn ich anfange, müde zu werden, schließt er von außen die Tür ab und geht wieder hoch. Am nächsten Tag hab' ich's dann ausgestanden.«

»Und wofür sind die Handschellen?« fragte sie mit angehaltenem Atem.

»Manchmal will ich keine Vernunft annehmen.«

Er begann sich eine Zigarette anzuzünden, dann unterbrach er den Vorgang und sagte mit der Flamme vor den Lippen: »Wenn ich Ihnen also zu sehr auf den Leib rücke, brauchen Sie bloß die Rohrzange da in die Hand zu nehmen und mit aller Kraft gegen das Heizungsrohr zu schlagen.«

»Das wird nicht nötig sein«, sagte sie leicht angespannt, »weil ich jetzt gehe.«

Sie stand von dem wackligen Stuhl auf, auf den sie sich (ohne darauf zu achten) vor einer ganzen Weile gesetzt hatte, wandte ihm den Rücken zu, ging zur Tür hinüber und drehte den Knauf.

Der Knauf ließ sich zwar drehen, aber die Tür ging nicht auf.

»Was soll das, haben Sie hier abgeschlossen?« sagte sie scharf. »Lassen Sie das ja bleiben! Machen Sie lieber auf, das rate ich Ihnen im —«

Bei ihrem letzten Blick auf ihn hatte er ein ganzes Stück von ihr entfernt an der gegenüberliegenden Seite des Tisches gestanden, die Hände zum Kinn hin gerundet, das Gesicht von der Streichholzflamme wie mit gelber Kreide gestreift. Plötzlich, ehe sie noch den Kopf drehen und die Drohung in sein Gesicht hinein beenden konnte, spürte sie, wie sich sein Arm um ihre Taille legte. Dann fuhr ihr der andere quer über die Schulter und verschränkte sich mit dem ersten. Über die andere Schulter hinweg preßte sich sein Gesicht hart gegen das ihre. Sie spürte die zähe, oft rasierte Haut, steif wie Pappe, und er küßte sich ihre Wange hinunter, bis er ihren Mund fand.

Die Angst kam nicht gleich, nur Wut und Empörung. Aber als sie merkte, daß sie sich nicht rühren, sich nicht einmal winden oder zappeln konnte, daß die Umarmung wie Eisen war, wie Stahl, daß sie in ihrer Heftigkeit fast traumatisch war, da kam die Angst, in einem kalten Schwall von Übelkeit, wie geistiger Brechreiz. Sie mahnte sich unaufhörlich: Keine Panik, verlier nicht den Kopf, das ist das Schlimmste, was du tun kannst. Und dann: Werd schlaff, laß dich schlaff werden, vielleicht lockert er dann instinktiv seine Umklammerung.

Sie ließ ihre Knie einknicken, und obwohl der Rest ihres Körpers zu sehr eingequetscht war, um ihnen nachzusinken, ließ sie ihn ihr ganzes Gewicht tragen, und es funktionierte. Instinktiv entspannten sich seine Arme, und sie konnte darunter durchschlüpfen.

Er stand zu dicht bei der Tür, deckte sie ab, deshalb flüchtete sie wieder in die andere Richtung, hinter den großen, runden Tisch in der Mitte, wo er ursprünglich gestanden hatte.

Sie sprach mit atemloser Stimme, als flüsterte sie ihm Vertrauliches zu. »Nicht! Hören Sie auf!«

»Sie haben Ihren Sicherheitsbereich überschritten.«

»Dafür werde ich Sie verhaften lassen.«

Wieder setzte er ihr nach. Sie versuchte, den Tisch auf ihn zu kippen, aber sein Sockel war zu breit, als daß er sich ohne weiteres umstürzen ließ. Da fiel ihr ein, was er über die Rohrzange gesagt hatte, und sie flüchtete in die Ecke, packte sie und schmetterte sie mit weitausholender Bewegung gegen das Standrohr. Es gab ein durchdringendes, metallisches Dröhnen, das in das Haus hoch über ihnen hinaufzuhallen schien und Stockwerk für Stockwerk auf sich selbst zurückgeworfen wurde.

Sie hatte nur Zeit für den einen Schlag, so schnell kam er auf sie zu. Sie warf die Zange nach ihm, und sie traf ihn, aber nur am Arm, den er schützend vors Gesicht gerissen hatte. Wieder klemmte er sie mit den Armen ein, doch diesmal von vorn, nicht von hinten, und sie spürte, wie die Hitze seines Atems wie ein widriger Wind ihre Haare bewegte. Sie versuchte, ihm mit der scharfen Spitze eines ihrer Schuhe gegen den Knöchel zu treten, und es gelang ihr, aber der Tritt war zu kurz gewesen und konnte nicht sehr weh getan haben, denn er zuckte kaum.

Er hat gelogen, dachte sie verzweifelt. Er hat gesagt, der Mann würde kommen.

Sie sah, daß die Zigarette, die er sich angezündet

hatte, kurz bevor es losgegangen war, noch immer auf dem Tischrand lag. Sie reckte hinter seinem Rücken einen Arm danach, verfehlte sie aber um eine Fingerlänge, denn sie konnte nur den Unterarm benutzen, da ihr Oberarm unter seinem festgenagelt war. Sie schob sich unerwartet gegen ihn, anstatt sich, wie eben noch, von ihm loszureißen. Er rechnete nicht mit diesem plötzlichen Einfall und mußte ein paar Schritte rückwärts machen, um das Gleichgewicht zu halten. Ihre gekrümmten Finger packten die Zigarette, und sie stieß sie ihm, das brennende Ende voran, ins Ohr.

Er schrie nicht auf, aber er prallte zurück wie ein aufgesprungener Ball. Er knickte den Kopf zur Seite ab, als hätte er sich das Genick gebrochen, schlug mit einer Hand auf sein Ohr ein und stampfte zweimal mit dem Absatz auf.

Dann, noch ehe sie wußte, wie ihr geschah, holte er mit der flachen Hand aus und versetzte ihr eine fürchterliche Ohrfeige, die von der Augenbraue bis zum Kiefer ihre ganze Gesichtshälfte zeichnete. Der Schmerz war nicht so schlimm wie die Wucht des Schlages, zumindest blieb ihr keine Zeit, ihn zu empfinden; sie fiel mit gekrümmten Schultern nach hinten auf die Pritsche, überschlug sich einmal und landete am Fußende auf dem Boden, doch mit ausgestrecktem Arm, um den Sturz abzufangen. Sie sah, wie er die Rohrzange vom Boden aufhob, wo sie sie vorhin hingeworfen hatte, und dachte einen Moment, er würde sie damit angreifen, aber ehe sie sich rühren oder etwas zu ihrer Verteidigung unternehmen konnte, außer abwehrend die Beine anzuziehen, drehte er sich um, ging damit in die entgegengesetzte Richtung und hämmerte nicht nur einmal, sondern drei- oder viermal in drängender Folge gegen das Standrohr.

Dann schleuderte er die Zange von sich und plumpste auf einen Stuhl, den gebeugten Kopf mit beiden Händen festhaltend. Nicht vor Schmerzen, sondern vor Reue.

Im Zimmer war es ruhig, als die halb rennenden Schritte den Flur draußen entlang kamen und ein Schlüssel im Schloß zu arbeiten begann. Keiner von ihnen hatte sich gerührt. Sie waren beide emotional ausgepumpt. Sie sahen sich nicht einmal mehr an.

Ein wuchtig gebauter Mann mit blond-weißem Haarschopf kam herein. Hals, Arme und Schultern waren mächtig, und sein Arbeitshemd aus blauem Drillich bedeckte einen ansehnlichen Bauch. Er hatte eine eigenartig geformte Brille auf — die Gläser waren entweder vier- oder achteckig —, die ihm ein seltsam gütiges, biederes Aussehen verlieh.

»Was war hier unten los?« fragte er. »Vern, was hast du hier unten gemacht?«

»Es ist vorbei«, sagte der Mann auf dem Stuhl apathisch.

Der Ältere kam zu Madeline herüber und blickte auf sie herab. »Was hat er Ihnen getan?« sagte er. »Ihre ganze Gesichtshälfte ist rot.«

»Er hat mich geschlagen«, sagte sie und begann aufgrund der angestauten Spannung zu weinen. »Mich hat noch nie im Leben ein Mann geschlagen. Nicht mal mein Vater hat mich je geschlagen.«

»Warum hast du so lang gebraucht?« fragte der Mann auf dem Stuhl vorwurfsvoll.

»Ich war oben auf dem Dach, hatte da was zu tun«, sagte der Hausmeister.

Er half Madeline auf und klopfte mit schwerer, aber wohlmeinender Hand die Rückseite ihres Kleides ab. »Na, na«, sagte er tröstend, als spräche er mit einem

Kind. »Jetzt ist ja alles gut. Wollen Sie ein Glas Wasser? Ich hole Ihnen ein Glas Wasser.«

Sie hörte abrupt zu weinen auf. »Ich will kein Glas Wasser!« sagte sie wütend. »Ich will hier raus.«

»Na, dann gehen Sie«, sagte er ihr in sachlichem Ton. »Die Tür ist offen. Niemand hält Sie auf.«

Sie ging zur Tür und blieb davor stehen, ging aber nicht hinaus.

Jansen hatte seine Aufmerksamkeit Herrick zugewandt, nahm keine Notiz mehr von ihr.

»Steh auf«, sagte er barsch. »Steh auf und komm hierher.« Aber sie nahm bei aller Barschheit einen väterlichen Unterton wahr.

»Ich bin wieder in Ordnung«, sagte Herrick unterwürfig und sah zu ihm auf.

»Trotzdem, du machst, was ich sage«, beharrte Jansen. »Du kommst hierher und setzt dich hin.« Er nahm den Stuhl, auf dem Herrick eben gesessen hatte, und stellte ihn neben das Standrohr. Dann rückte er einen Tisch davor, nicht den großen runden in der Mitte des Zimmers, sondern einen kleinen ungestrichenen, der an der Wand gestanden hatte. Er zog eine flache Schublade auf und nahm einen schmierigen Pack Spielkarten heraus. »Wir spielen ein paar Partien«, sagte er, holte einen weiteren Stuhl für sich und setzte sich Herrick am Tisch gegenüber. Dann zog er einen kleinen Tabaksbeutel aus seiner Brusttasche und legte ihn ebenfalls auf den Tisch.

»Wir legen die mal lieber ein paar Minuten an«, sagte er. »Nur um ganz sicher zu gehen.«

Herrick hielt ihm fügsam das Handgelenk hin, und Jansen ließ die Handschelle darum zuschnappen. Dann begann er, die Karten auszuteilen.

Madeline hatte die Vorgänge mit ungläubigem Blick

verfolgt. »Er ist bösartig!« brach es aus ihr heraus. »So einer dürfte nicht frei herumlaufen. Er ist gemeingefährlich. Ein Wahnsinniger.«

Jansen fuhr so wild zu ihr herum, als wäre sie die Täterin, und nicht der Mann.

»Er ist kein Wahnsinniger«, sagte er streng.

»Nein? Wie nennen Sie das denn, wenn er Frauen verprügelt —«

»Er ist bloß unglücklich, das ist alles. Gehen Sie doch zur Polizei, wenn Sie unbedingt wollen. Gehen Sie und lassen Sie ihn festnehmen, wenn Ihnen dann wohler ist.«

Sie biß sich auf die Lippen. »Aus persönlichen Gründen, die zufällig nicht das geringste mit dieser Sache hier zu tun haben, möchte ich das lieber nicht. Aber er wird nicht so leicht davonkommen, wenn er das nochmal mit jemand anders probiert, das kann ich Ihnen sagen.«

»Sie haben genausoviel Schuld wie er«, sagte er zu ihr. »Sie mußten ja nicht in sein Zimmer kommen. So schlau sollten Sie eigentlich sein. Sie sind kein Kind mehr.«

»Warum nehmen Sie ihn eigentlich so in Schutz?«

Diesmal klatschte er heftig seine Karten auf den Tisch. »Er hat meinem Sohn das Leben gerettet. Er hat ihn mit seinem eigenen Körper gedeckt, als mein Sohn hilflos dalag, sich nicht rühren konnte, den Fuß in einer Falle gefangen. Damals hat er sich nicht damit aufgehalten, Fragen zu stellen, oder? Er hat sich nicht damit aufgehalten, zu entscheiden, ob das richtig oder falsch ist, oder? Warum sollte ich das jetzt tun? Dank ihm ist Harald heute ein erfolgreicher Geschäftsmann in San Francisco. Er hat eine reizende Frau, drei hübsche Kinder, ein schönes Haus, ein Auto. Alles wegen dieses ›Wahnsinnigen‹, wie Sie ihn nennen. Ich bin ein armer Mann, ich arbeite schwer, aber ich habe Skrupel – «

Er meinte wahrscheinlich moralische Grundsätze, vermutete sie.

»Ich weiß nur eins. Was man schuldet, zahlt man zurück. Wenn einem Gutes getan wird, gibt man Gutes zurück.«

Herrick hatte während der ganzen Diskussion den Blick gesenkt gehalten.

»Das rechtfertigt es noch lange nicht«, protestierte sie, wenn auch gedämpfter.

»Nein, das rechtfertigt es nicht. Er und ich wissen das. Deshalb haben wir auch das Signal zwischen uns vereinbart.«

»Und was ist, wenn es ein Mal zu oft passiert, wenn er die Selbstbeherrschung verliert, kein Signal gibt und Ihnen durchbrennt? Es wird ganz sicher dazu kommen. Sie wissen das. Und irgendein Mädchen wird mit ihrem Leben bezahlen.«

Darauf gab er keine Antwort. Er senkte nur den Blick.

»Werden Sie ihn dann verstecken?« drängte sie. »Werden Sie ihn dann immer noch decken?«

»Wir wissen, was wir tun, wenn es je dazu kommt. Wir haben darüber geredet. Wir sind uns einig. Wir regeln das – unter uns. Nur unter uns.«

Sie sah, daß sie einen seltsamen Blick wechselten, den sie nicht deuten konnte. Irgend etwas daran ließ sie frösteln.

Sie nahmen die Karten auf und begannen zu spielen, aber Madeline verharrte weiter an der Tür, unfähig, sich loszureißen, obwohl die beiden sie vergessen zu haben schienen.

»Wie haben Sie ihn vorhin genannt«, sagte sie zu Jansen, »als Sie ins Zimmer gekommen sind?« Wegen der gewalttätigen Auseinandersetzung, die sich zwischen Herrick und ihr abgespielt hatte, empfand sie Hemmungen, sich direkt an diesen zu wenden.

»Er heißt Vernon«, sagte der Ältere.

»Wie hieß seine Frau, die, die ihn verlassen hat?«

»Er hatte nur eine Frau«, antwortete Jansen. »Marika. Sie war Polin.«

Madelines Enttäuschung machte sich in einem langgezogenen ›Hhhhhh‹ Luft.

»Ich mache ihr keinen Vorwurf«, sagte Herrick. »Sie hat richtig gehandelt. Sie war damals erst zwanzig. Es war besser, mich so zu verlassen, eine saubere Trennung zu vollziehen, als bei mir zu bleiben und mich vor meiner Nase nach Strich und Faden zu betrügen.«

Er spielte eine Karte aus.

»Was passiert ist, tut mir leid«, sagte er zu Madeline, ohne sie anzusehen. »Ich möchte mich entschuldigen.«

»Ist schon gut«, murmelte sie fast unhörbar. »Ich verstehe, wie es dazu kam.«

Plötzlich hob er den Kopf und sah direkt zu ihr herüber. »Gute Nacht«, sagte er zaghaft.

»Gute Nacht«, antwortete sie. »Danke für Ihre Spende.«

Erst hinterher ging ihr auf, wie abgeschmackt die Bemerkung angesichts dessen war, was sich zwischen ihnen abgespielt hatte.

So etwas wie innerer Anstand hinderte Madeline daran, die unbenutzten Spendenformulare, die sie noch übrig hatte, wegzuwerfen. Schließlich waren sie ihr in gutem Glauben übergeben worden, ganz gleich, welche Absichten sie gehabt hatte. Deshalb steckte sie ein paar Dollar in jeden Umschlag, schrieb die Namen fiktiver Spender darauf und schickte sich an, sie zurückzugeben, nach Möglichkeit ohne der Frau aus dem Komitee ein zweites Mal zu begegnen. Eine Begegnung, die für sie von sehr geringem Reiz war.

Sie erwischte den falschen Zeitpunkt. Aufgrund eines jener dummen Zufälle, denen man unmöglich vorbeugen kann, tauchte in dem Augenblick, als sie gerade die Umschläge unter der Tür durchgeschoben hatte und sich wieder aufrichtete, Mrs. Fairchild am anderen Ende des Flurs auf. Sie kam von den Fahrstühlen und ertappte sie dabei.

»Wie kommen Sie mit Ihrer Lauferei zurecht?« begrüßte sie Madeline heiter.

»Ich bin gerade eben fertig geworden«, sagte Madeline lahm.

»Kommen Sie einen Moment herein, dann rechnen wir ab.«

»Ich muß leider gleich wieder los«, wandte Madeline ein.

»Aber ich muß den Betrag verbuchen und unter Ihrem Namen eintragen.«

»Tragen Sie ihn unter Ihrem Namen ein, das macht mir nichts.«

»Aber das dürfen wir nicht!« japste Mrs. Fairchild so entsetzt, als hätte man sie aufgefordert, sich an einer Unterschlagung zu beteiligen.

Unterdessen hatte sie die Tür geöffnet und eine energische Hand unter Madelines Ellbogen geschoben, und so folgte ihr Madeline mit einem heimlichen Seufzer der Entmutigung nach drinnen, darauf gefaßt, das

Wiederaufwärmen der früheren Triumphe ihrer Gastgeberin auf dem Gebiet des Männermordens und der Ehe so taktvoll wie möglich über sich ergehen zu lassen.

Mrs. Fairchild, die sich für das bißchen simple Buchführung an den Schreibtisch setzte, fragte sie, ob sie noch mehr Spendenformulare wolle. Madeline lehnte mit der Erklärung, sie habe leider keine Zeit mehr, dankend ab, und ein Schauder durchlief sie, als sie an den Vorfall vom vergangenen Abend in der St. Joseph Street dachte.

Wie alle Frauen, die einmal schön gewesen sind, hatte Mrs. Fairchild mehr als ein gerüttelt Maß Narzißmus. »Ich habe mir gerade neue Bilder machen lassen«, sagte sie und deutete auf einen auf dem Schreibtisch gestapelten Stoß großer, länglicher Mappen. »Wahrscheinlich finden Sie das in meinem Alter albern.«

Pflichtschuldig sagte Madeline, wovon sie wußte, daß Mrs. Fairchild es von ihr zu hören erwartete. »Sie sind noch nicht alt genug, um keine Bilder mehr von sich machen zu lassen.«

»Freunde von mir haben mich ständig bekniet —« Mrs. Fairchild stand auf und holte zwei davon, um sie Madeline zu zeigen.

»Mir gefällt das hier am besten«, sagte sie. »Aber ich möchte Ihre Meinung hören. Was meinen Sie, welches wird mir am ehesten gerecht?« »Das hier«, sagte Madeline mit erstickter Stimme. Aber ihre Augen waren nicht auf das Gesicht der Porträtierten gerichtet. Sie waren auf die Signatur in Sepiatinte gerichtet, die schräg über die rechte untere Ecke lief: ›Vick's Photo Studio.‹

»Vick«, sagte sie. »Ist das der Vor- oder der Nachname des Fotografen?«

»Der Vorname«, sagte die Frau. »Obwohl die Schreibweise ungewöhnlich ist, nicht wahr? Mit einem K.«

»Ich hatte einmal einen Freund, der sich so schrieb«, sagte Madeline. »Sie erinnern sich wohl nicht an den Nachnamen des Fotografen.«

»Leider nein.« Die Frau runzelte nachdenklich die Stirn. »Aber ich habe bestimmt eine Quittung bekommen, und ich habe sie bestimmt aufgehoben. Lassen Sie mich mal nachsehen.«

Und ein paar Minuten später hielt Madeline die Quittung in der Hand. Vick's Photo Studio, mit Adresse und Telefonnummer. Und ganz unten die Unterschrift: Vick Herrick.

Es war in jeder Hinsicht geschäftsmäßig ausgestattet, dachte sie neugierig, als sie von der Vorhalle aus eintrat. Zuerst kam ein kleiner Empfangsraum mit Schreibtisch, hinter diesem ein Mädchen und auf diesem Papierkram, den das Mädchen zu erledigen hatte. Sogar eine Gegensprechanlage.

»Ich bin Miss Chalmers«, sagte Madeline. »Ich habe wegen eines Termins angerufen.«

»Ach ja«, entsann sich das Mädchen. »Sie haben um den letzten Termin des Tages gebeten, wenn möglich. Tja, ich habe Sie dafür vorgemerkt. Möchten Sie nicht Platz nehmen? Mr. Herrick hat gleich Zeit für Sie.«

An der Wand hatte er gerahmte Proben seiner Arbeit ausgestellt. Sie machten ihm Ehre, dachte sie, während sie sie betrachtete. Er war auf seinem Gebiet mehr als ein Fachmann, er war ein Künstler. Eins war eindrucksvoller als das andere.

Er war beinahe ein Surrealist der Porträtfotografie, sagte sie sich. Da gab es die faszinierende Studie eines jungen Mädchens, von der man den Blick nicht mehr losreißen konnte, wenn man sie einmal angesehen hatte. Er hatte das Unmögliche vollbracht, indem er sämtliche Gesetze der Fotografie mißachtete. Das Licht war HINTER dem Gegenstand, nicht davor. Ein blendend helles, beinahe explosives Licht, fast wie von einer chemischen Reaktion. Er mußte, hinter ihrem Kopf verborgen, eine große, nackte Glühbirne hängen gehabt haben. Man konnte beinahe die Strahlen davon ausgehen sehen, wie Sonnenstrahlen, wenn die Sonne in ein Wolkengewirr eingebettet ist. Infolgedessen lag das Gesicht selbst natürlich im Schatten, ein bloßer Umriß, eine Silhouette. Dann hatte er irgendeine reflektierende Oberfläche, möglicherweise ein schmales Stück Spiegelglas, genommen und es von vorn mitten auf das Gesicht gerichtet, so daß die Augen von verschwommenem Licht übergossen waren, ein schmaler Streifen über den Nasenrücken lief und die Wölbung der Unterlippe schwach nachgezeichnet war. Das war alles. Es war wie eine mit Kreide auf einer schwarzen Tafel ausgeführte Skizze eines Gesichts. Und doch vermittelte es die ganze Zartheit der Gesichtszüge des Mädchens, und mit ihr etwas von der Einsamkeit und Scheu der Jugend. Es war eine Kamee der Anmut, ein fotografiertes Chiaroscuro.

»Wer ist das?« fragte Madeline mit offenem Mund.

»Das fragt jeder, der hier hereinkommt«, sagte das Mädchen lächelnd. Dann fügte sie hinzu: »Können Sie das nicht erraten? Um ein solches Werk zu schaffen, braucht es echte Liebe, nicht bloß Geschick mit der Kamera. Das ist seine Frau.«

Sind das dieselben Augen, die sich an meinem Herzen geschlossen haben? fragte sich Madeline. Ist dies das Gesicht, das ich habe erlöschen sehen? Die Augen, meinte sie jetzt, da sie es wußte, schienen um den nahenden Tod zu wissen, schienen aus großer Ferne auf ihn zu blicken und abzuwarten, nur abzuwarten...

»Es könnte in jeder Ausstellung mit Leichtigkeit einen Preis gewinnen«, sagte das Mädchen, »aber er will es nicht ausstellen. Ich habe mitbekommen, wie Leute es kaufen wollten, und er guckt sie bloß an —«

»War sie denn so?« fragte Madeline. Was soviel hieß wie: auf der Höhe ihrer Jahre, bevor sie niedergeschossen wurde.

»Ich habe sie nie gesehen«, sagte das Mädchen.

»Ist es denn nicht hier im Studio gemacht worden?«

»Er muß es zu Hause gemacht haben. Oder woanders. Er hat es eines Tages mitgebracht. Sie sind mittlerweile getrennt, wissen Sie.«

»Ach so.«

»Jedenfalls soweit ich weiß.« Dann plauderte sie mit dem typisch weiblichen Zusammengehörigkeitsgefühl, das jedesmal aufkommt, wenn Herzensdinge besprochen werden, aus dem Nähkästchen. »Eines Morgens bin ich zur Arbeit gekommen und hab' ihn schlafend in dem Sessel da gefunden. In dem da, direkt gegenüber. Er war die ganze Nacht nicht nach Hause gegangen. Tausende von Zigarettenstummeln. Eine kleine leere Flasche. Er hatte den Lampenschirm so gekippt, daß das Licht direkt darauf schien. Die ganze Nacht...«

Sie schüttelte mitfühlend den Kopf.

»Ich hab' so getan, als hätte ich nichts gemerkt. Was ganz schön schwer war. Er hat es allerdings nicht nochmal gemacht. Hat es wahrscheinlich zu Hause gemacht.«

Madeline blickte gedankenvoll zu Boden.

Das Mädchen sagte: »Er wird jetzt jeden Moment Zeit für Sie haben. Möchten Sie sich frischmachen, bevor Sie hineingehen? Hinter der Tür da ist ein kleines Umkleidezimmer. Da drin werden Sie alles finden, was Sie brauchen, denke ich.«

Madeline stand auf und ging hinein.

Darin stand eine breite, hinten mit einem Spiegel von ebensolcher Breite versehene Frisierkommode. Darauf eine Reihe von Fläschchen mit Haarglanzmittel und dergleichen.

Sie nahm ihre Armbanduhr ab und legte sie auf den Tisch. Dann kämmte sie sich flüchtig das Haar. Darauf zog sie zwei, drei Kleenextücher aus dem Schlitz des verspiegelten Halters und legte sie auf die Uhr. Sie stand auf und ging in Richtung Tür. Sie warf einen Blick zurück, und die Uhr war noch immer teilweise zu sehen. Sie ging zurück und ordnete die Tücher so an, daß sie die Uhr besser verbargen, sie vollständig bedeckten. Dann trat sie hinaus.

Sie hatte den letzten Termin des Tages. Hier würde niemand mehr hereinkommen. Nur das Mädchen, um das Licht auszumachen und abzuschließen. Madeline hoffte, daß sie ehrlich war. Auf jeden Fall hatte sie bereits selbst eine Uhr, Madeline hatte sie an ihr bemerkt; das bot jedenfalls eine gewisse Sicherheit.

»Sie können gleich hineingehen«, sagte das Mädchen. Die Tür zum eigentlichen Studio stand jetzt offen.

Madeline ging an ihr vorbei und trat ein, drinnen stand ein Mann, der ihr entgegenblickte.

Zum erstenmal sahen sie einander. Zum erstenmal trafen sich ihre Augen und sahen einander an. Zum allerersten Mal. Die Mörderin und der, der ermordet werden sollte.

Zunächst bekam sie nur einen allgemeinen Eindruck, einen Abriß von ihm. Zweidimensional, ohne Tiefe. Für etwas anderes war keine Zeit, ihre Sinne waren zu sehr von der physischen Unmittelbarkeit der Begegnung in Anspruch genommen, um sich davon lösen und ihn eingehend mustern zu können. Ein anziehendes Gesicht, unansehnlich, aber sympathisch. Wohlproportionierter Knochenbau, keinerlei Schlaffheit am Kinn oder etwas dergleichen, doch ansonsten durchschnittlich. Die Haare von sehr hellem Braun, aber trotzdem nicht ganz blond, und dicht gekräuselt. Die Augenbrauen etwas dunkler, die Augen noch dunkler. Intelligenz darin, auch eine gewisse Sensibilität. Etwa eins achtzig, nicht kräftig, aber ebenmäßig gebaut, eher mager. Und, als er gleich darauf sprach, eine helle, aber keine hohe Stimme, keine Dialektfärbung, einfach schlichtes, kultiviertes Ostküstenenglisch.

Zusammenfassend: jemand, zu dem man sich ohne weiteres hätte hingezogen fühlen können — wenn man ihn nicht umbringen müßte.

»Sie sind sehr hübsch, Miss Chalmers«, bemerkte er einleitend.

Es wurde mit berufsmäßiger Objektivität, ohne persönliches Interesse gesagt, soviel erkannte sie.

»Wahrscheinlich wissen Sie das bereits«, fügte er hinzu. »Ich brauche es Ihnen also nicht zu sagen.«

»Das weiß man«, sagte sie ganz einfach. »Wenn nicht, ist man dumm. Oder eine Lügnerin.«

Er warf ihr einen raschen Blick zu, als ob ihm das gefiele. Als ob er es erfrischend fände.

»Ist das da draußen Ihre Frau?« fragte sie. »Sie ist auch sehr schön.«

»Das Mädchen hat Ihnen bereits gesagt, wer das ist«, sagte er ruhig.

Sie nahm den Rüffel gelassen hin. »Ich wollte mich vergewissern.«

Er beantwortete ihre vorherige Bemerkung. »Ja, das ist sie«, pflichtete er bei. »Starr ist sehr schön.«

Jetzt endlich, sagte sie sich frohlockend, ballte im Geist die Faust und ließ sie heruntersausen. Jetzt endlich doch, zu guter Letzt. Keine Irrtümer, kein falscher Alarm mehr. Keine krakeelenden Baseballfans, keine jämmerlichen Wracks aus dem Krieg mehr. Endlich der richtige. Der Mann, den Starr geheiratet hatte — er stand vor ihr.

»Ich denke, ich hätte Sie gern hier sitzen«, sagte er und rückte einen Stuhl mit schalenförmiger Lehne zurecht. »Ich nehme nur Gesicht und Hals auf.«

Er machte sich um sie herum zu schaffen, verstellte und regulierte mit sicheren Bewegungen diverse Blenden und Scheinwerfer, wußte genau, was er wollte.

»Entspannen Sie sich. Sie können die Beine übereinanderschlagen, wenn Sie wollen. Ich möchte zuerst ein paar vorbereitende Lichttests machen.«

»Ich weiß nicht, was ich mit meinen Händen machen soll«, gestand sie.

»Sie können damit machen, was Sie wollen. Die kommen nicht aufs Bild. Hier. Manchmal verwende ich das hier.« Er schob ihr einen ganz gewöhnlichen Bleistift in die Hand. »Machen Sie damit irgendwas. Spielen Sie damit herum. Aber nur so, daß sich Ihre Hände dabei nicht anspannen und verkrampfen. Das kann sich manchmal auf die Schulterpartie und sogar auf den Hals auswirken.«

Er knipste etwas an, und die Scheinwerfer übergossen sie mit blendendem, magnesiumhellem Licht.

»Versuchen Sie, nicht zu blinzeln. Sie haben sich gleich daran gewöhnt.« Er dämpfte es ein wenig.

Er beherrscht sein Handwerk aus dem Effeff, dachte sie.

»Ich bin froh, daß Sie keinen Schmuck tragen«, sagte er. »Schmuck lenkt ab, zieht den Blick vom Gesicht weg, das im Mittelpunkt des Bildes stehen sollte.«

Sie dachte an die Uhr. Sie hoffte, das Mädchen würde nicht zu bald in den Umkleideraum gehen, ehe sie aus dem Studio herauskam.

»Drehen Sie sich etwas hierher. Sehen Sie die Fuge, die zwischen den beiden Wänden da drüben verläuft? Schauen Sie dorthin. Nein, das ist zu ausdruckslos. Denken Sie an etwas leicht Verwirrendes. Geht das? Etwas leicht Verblüffendes, Irritierendes.«

»Etwas Verwirrendes?«

»So bekomme ich eine sehr hübsche Stirnpartie, ein gewisses leichtes Heben der Augenbrauen, das ich anders nicht bekommen kann. Einmal hat eine Frau hier gesessen, die mir sagte, sie sei sehr schlecht im Rechnen. Ich habe sie das große Einmaleins aufsagen lassen, Sie wissen ja, mal dreizehn, mal vierzehn, und so das schönste Kräuseln in ihre Augenbrauen gekriegt. Das hat ihr ganzes Gesicht ausgemacht. Die meisten Brauen sind zu gerade.«

Sie dachte: Es ist schwer, einen Mann umzubringen, den man nicht haßt. Bloß stellvertretend haßt.

»Das war ein bemerkenswerter Gesichtsausdruck!« rief er zufrieden aus. »Einer der bemerkenswertesten, den ich je gesehen habe!«

»Wann fotografieren Sie mich nun?« fragte sie.

»Das hab' ich gerade«, sagte er verbindlich. »Der Ausdruck eben war zu gut, um ihn sich entgehen zu lassen. Sie werden ein beachtliches Foto erhalten.«

Er nahm sie noch ein paarmal aus unterschiedlichen Blickwinkeln auf, und dann war es vorbei.

»Danke«, sagte sie. Sie hielt ihm die Hand hin, vor allem um seinen Händedruck zu testen.

Sein Händedruck war aufrichtig, warm und fest.

Der Händedruck eines ehrlichen, geradlinigen Mannes.

Der erste Telefonanruf jagte sie praktisch ins Hotel zurück. Es klingelte schon, während sie die Tür aufschloß. Sie machte keine Anstalten, hinzugehen und abzunehmen; statt dessen schloß sie sorgsam die Tür, nahm ihren Hut ab und machte es sich in einer Ecke des Sofas gemütlich, beachtete das Klingeln so wenig, als wäre sie stocktaub und nähme es gar nicht wahr. Es hörte schließlich auf.

Etwa eine Viertelstunde später klingelte es wieder. Sie mußten so lange gewartet haben, um ihr zusätzlich Zeit zu geben, nach Hause zu kommen. Sie ging wieder nicht dran. Sie wollte ihn aus dem Studio haben, ehe sie abnahm. Wieder verklang es, wie ein abgelaufener Wecker.

Beim dritten Mal klingelte es eher, schon nach etwa zehn Minuten. Diesmal ging sie dran und nahm ab. Es war mittlerweile kurz vor sechs. So spät konnte er unmöglich noch im Studio sein, Armbanduhr hin oder her.

»Miss Chalmers?« Es war seine Stimme, nicht die des Mädchens.

»Ja?« sagte sie so unschuldig, als wüßte sie nicht, wer es war.

»Hier spricht Mr. Herrick, der Fotograf. Vermissen Sie zufällig eine Armbanduhr?«

»Ja«, log sie gewandt. »Ich habe eben erst beim Hereinkommen bemerkt, daß sie weg ist. Ich dachte, ich hätte sie vielleicht im Taxi verloren —«

»Wir haben im Umkleidezimmer eine gefunden«, sagte er. »Nichts für ungut, aber dürfte ich Sie bitten, sie zu beschreiben?«

»Sie ist aus Platin, rund, mit einem Ring Diamanten um das Zifferblatt. Es ist eine Patek Philippe. Sie ist an einer schwarzen, geflochtenen Kordel anstelle des üblichen Leder- oder Metallarmbandes befestigt.«

»Das ist sie«, sagte er. »Ich habe sie. Miss Stevens hat sie gefunden, gleich nachdem Sie gegangen waren.«

»Mein Gott, bin ich froh«, rief sie mit Inbrunst. »Was für eine Erleichterung. Ich weiß nicht, wie ich Ihnen danken soll. Mein Vater hat sie mir zum Geburtstag geschenkt.« Letzteres stimmte immerhin.

»Ich habe sie bei mir«, sagte er. Und erklärte dann: »Ich bin unten im Hotel. Soll ich sie am Empfang abgeben?«

»Nein, nein«, rief sie dermaßen erschrocken, daß er es für übermäßige Dankbarkeit gehalten haben mußte. »Bitte kommen Sie herauf, wenigstens für einen Moment. Ich möchte mich persönlich bei Ihnen bedanken.«

»Gut.« Er legte auf.

Jetzt hatte sie ihn auf ihrem eigenen Territorium. Der Eröffnungszug hatte von Anfang bis Ende wunderbar reibungslos geklappt.

Vor den Fenstern war es noch hell, aber sie knipste eine ganz bestimmte Lampe an, so daß der Schein, wenn er in ihrem Lichtkreis säße — wofür sie sorgen wollte —, auf sein Gesicht fallen würde und sie dessen Ausdruck besser beobachten konnte. Er war nicht der einzige Fachmann für Beleuchtungseffekte, sagte sie sich überheblich. Nur wurden seine zwecks Wirkung erzeugt, und ihre zum Spionieren.

Er klopfte, sie machte auf, und er kam herein.

Er reichte ihr die Uhr, und sie machte ein großes Theater darum, indem sie kleine Schreie ausstieß und sie sogar einen Moment lang an ihr Herz drückte. Dann legte sie sie wieder an ihr Handgelenk.

»Ich weiß nicht, wie mir das passieren konnte.«

»Wir haben keinen Tresor im Studio, wir bewahren dort nichts sonderlich Wertvolles auf, und ich wollte sie über Nacht nicht einfach in einer Schreibtischschublade lassen. Ich habe beschlossen, sie mit nach Hause zu nehmen und Sie morgen früh anzurufen, aber mir war klar, daß Sie sich die ganze Nacht Sorgen machen würden, darum habe ich das Taxi auf dem Nachhauseweg auf gut Glück zuerst hier halten lassen.«

»Setzen Sie sich doch.« Sie lotste ihn mit einer angedeuteten Handbewegung genau an den Platz, wo sie ihn sitzen haben wollte. »Darf ich Ihnen einen Drink anbieten, um Ihnen meine Dankbarkeit zu zeigen?«

»Bitte machen Sie sich keine Umstände«, wehrte er ab.

Aber sie stand bereits am Telefon. »Schlagen Sie mir das nicht ab, sonst bin ich beleidigt. Was hätten Sie gern?«

»Scotch mit Wasser.«

»Was für Scotch?«

»Chivas Regal.«

»Zimmerservice«, sagte sie. Und schloß dann mit: »Einen doppelten und einen einfachen.«

»Ich habe eine Kundin, die hier im Haus wohnt«, bemerkte er, als sie sich wieder zu ihm setzte.

»Die kenne ich«, sagte sie.

In gegenseitigem Einverständnis lachten sie beide ein wenig, aber gutgelaunt, nicht boshaft, und mehr mußten sie sich nicht dazu sagen.

»Ich halte Sie doch von nichts ab, oder?« fragte sie. »Ihre Frau erwartet Sie doch nicht, oder?«

»Wir sind nicht mehr zusammen«, sagte er ausdruckslos.

»Das tut mir leid.«

»Damit wären wir schon zwei«, sagte er sarkastisch.

Es war ihr natürlich nicht neu, aber da sie es nun so gedeichselt hatte, daß er es ihr selbst erzählt zu haben schien, konnten sie von da an ohne weiteres Hindernis fortfahren.

Es wurde nichts Denkwürdiges gesagt, aber dazu war es andererseits auch noch zu früh im Spiel.

Sie erfuhr Kleinigkeiten über ihn, winzige Facetten, nicht mehr. Er trank langsam, und er ließ einen Zentimeter Alkohol im Glas zurück. Das hieß, daß man ihn nicht als schweren, ja nicht einmal als mäßigen Trinker, sondern als leichten Geselligkeitstrinker einstufen konnte. Er war kein nervöser oder ruheloser Typ. Einmal hatte irgendwo unmittelbar vor dem Fenster ein vermutlich überdimensionaler Lastwagen eine donnernde Fehlzündung. Sie fuhr vor Schreck einen Zentimeter vom Sessel hoch. Er rührte sich überhaupt nicht, sondern warf ihr lediglich ein humorvoll bekümmertes Lächeln zu. Außerdem fiel ihr auf, daß er, gleich nachdem er sich gesetzt hatte, die Beine übereinanderschlug, das linke über das rechte. Ganz zum Schluß, als sie sich beide zum Aufstehen und Gehen anschickten, lagen die Beine immer noch so, das linke über dem rechten. Es war gemütlich, erholsam, ihn um sich zu haben.

Sie achtete sehr auf das Spiel seiner Hände. Es waren sensible, geschickte Hände, für seinen Beruf gut geeignet. Die Nägel waren oben gerade geschnitten. Offensichtlich selbstgemacht; er war keiner von den Stutzern, die sich für Maniküre begeisterten. Aber die Hände waren tadellos sauber. Sie konnte an ihnen nichts Grausames oder Gemeines entdecken. Doch konnte man da sicher sein? Es waren bloß Hände, ganz gleich, was immer gesagt wurde, und nicht der Verstand, der sie lenkte. Sie fragte sich, ob sie sich je geballt hatten, um Starr vor Wut oder Haß einen Schlag zu versetzen.

Er trug noch immer Starrs goldenen Ehering, einen von den beiden, die sie ausgetauscht haben mußten.

Irgendwie wußte sie nun — obwohl sie nicht hätte sagen können warum —, daß er Starr niemals vor Wut oder Haß einen Schlag versetzt hatte.

Er schien sich bei ihr wohl zu fühlen, machte keinen energischen Versuch, aufzustehen und zu gehen. Sie zog das Intermezzo absichtlich hinaus, verlängerte es, bis draußen alles Licht erloschen war und er zum Essen kaum noch woanders hingehen konnte.

Dann ging sie raffinierterweise hinaus zum Telefon und bat darum, ihr zwei Speisekarten aufs Zimmer zu schicken, ohne es ihn merken zu lassen.

»Was machen Sie denn da?« sagte er zu ihr, als der Kellner an der Tür erschien.

»Ich bestelle ein Abendessen für uns beide«, sagte sie aalglatt.

Er sprang protestierend halb vom Stuhl auf, aber sie konnte sehen, daß er geschmeichelt war. »Das kann ich nicht zulassen —!« Und dann: »Na gut, aber nur, wenn Sie mich bezahlen lassen —«

»Ich wohne hier«, sagte sie bestimmt. »Sie können beim nächsten Mal bezahlen.«

Sie einigten sich schließlich, gingen nach unten, setzten sich an den Ecktisch, an dem sie normalerweise saß, und sie zeichnete die Rechnung ab, und er zahlte das Trinkgeld.

Sobald sich die Frage des Abendessens erledigt hatte, war es einfach, ihn wieder nach oben zu lotsen. Er hätte sie nicht sofort nach dem Essen verlassen können, ohne als ›Schmarotzer‹ dazustehen.

Und er hielt sehr auf gesellschaftliche Formen, soviel wußte sie bereits von ihm.

Wieder in ihrem Zimmer, mit einem eher symbolischen als tatsächlich zu konsumierenden Kognak vor sich, waren sie sich schon ein Stück näher gekommen. Das Abendessen und der Drink davor hatten ihn zugänglich gemacht, und sie fand es leicht, ihn mit ein, zwei geschickt überleitenden Fragen dazu zu bringen, von sich selbst zu erzählen. Natürlich nicht von dem privaten, inneren Selbst, das Starr gekannt hatte. Danach zu greifen, traute sie sich nicht. Es war zu früh dafür, es hätte sich ihr nur entzogen. Sondern von dem Selbst seines äußeren Lebens, seiner Arbeit, seiner Erfahrungen.

»Wie sind Sie zur Fotografie gekommen?«

»Das war mir angeboren«, sagte er ihr freimütig. »Ich hätte gar nichts anderes werden können.«

Mit zehn oder elf hatte er von seinem Vater eine Kamera, eine der damaligen schlichten Kodaks, zum Geburtstag geschenkt bekommen. Fast jeder Junge bekommt irgendwann einmal eine Kamera geschenkt, und für fast jeden wird sie eine Zeitlang zum Hobby, wie Briefmarken- und Münzensammeln oder etwas dergleichen. Und dann geht es vorbei und ist vergessen. Doch kaum hatte er sie das erstemal angefaßt, da passierte etwas.

»Ich wußte sofort, was ich werden würde. Ich wußte sofort, was ich werden wollte, werden mußte. Ich hielt mein ganzes Lebenswerk in Händen.«

Die technische Seite der Sache, das Entwickeln und Abziehen seiner Filme, lernte er schnell. Die meisten Jungen tun das ohnehin, und es war schon bei den damals bescheidenen Preisen zu teuer, sie zum Drugstore an der Ecke zu bringen.

Aber bei ihm ging es weit darüber hinaus. Es war, als wäre bis dahin diese Kraft, dieser Drang, dieses Reservoir schöpferischer Fähigkeiten in ihm eingeschlossen gewesen und als hätte sich dann dieses Ventil geöffnet und es freigesetzt, wie ein Katalysator gewirkt, so daß es fortan bis ans Ende seiner Tage unvermindert sprudelte.

Von Anfang an lag ihm nichts daran, die grinsenden Gesichter seiner Freunde oder ihre Hündchen oder ihre kleinen Schwestern zu knipsen. Oder die Schulmannschaft in Baseballkluft.

Eigenartige Fotos und Blickwinkel. Das war alles, woran ihm jemals lag. Er suchte ständig nach neuen und andersartigen Blickwinkeln. Das Dazwischentreten des Ich zwischen Objektiv und Gegenstand, das einen bloßen technischen Vorgang in Kunst verwandelt.

Auf der anderen Straßenseite, schräg gegenüber, war ein Laternenpfahl, den er von seinem Schlafzimmerfenster aus sehen konnte. Aber von da aus war er völlig nichtssagend. Im Sommer warf er ein weiches, diesiges Licht, das aufgrund der Feuchtigkeit fast verschwamm. Im Herbst wirbelte trockenes Laub um seinen Sockel. Doch am allerbesten war er im Winter, wenn Schneeflocken sanft an ihm herunterrieselten, kurz wie Funken aufleuchteten und dann im Dunkeln wieder verloschen.

Er wollte ihn von UNTEN, von unmittelbar darunter, aufnehmen, nichts anderes kam in Frage.

Also wartete er geduldig, und schließlich ergab sich genau das, was er wollte: eine Riesenmenge Schnee, etwa einen Meter hoch. Er schlich sich um Mitternacht aus dem Haus, als so gut wie niemand mehr auf der Straße war. Er legte sich rücklings darunter in den

Schnee und richtete die Kamera senkrecht nach oben. Es wurde zwei Uhr morgens, ehe er schließlich das Foto bekam, das er wollte — das eine, perfekte Foto —, und die Eindrücke, die sein Körper im Schnee hinterlassen hatte, waren wie die Speichen eines Rades, das sich um den Sockel des Laternenpfahls drehte.

Seine Mutter rieb ihm nahezu eine Stunde lang den Rücken mit Alkohol ab, doch am nächsten Tag lag er mit einer leichten Rippenfellentzündung im Bett. Nur daß er so krank war, hielt seinen Vater davon ab, ihn zu verdreschen. Aber die einzige Strafe, die wirklich eine Strafe gewesen wäre, verhängten sie nicht. Sie entzogen ihm nicht seine Kamera. Sie mußten irgendwie gespürt haben, was es für ihn bedeutet hätte, wenn man sie ihm weggenommen hätte.

Ein andermal wollte er ein Foto von einem Blitz am Himmel machen. Er wollte ihn ebenfalls von unmittelbar darunter aufnehmen, als entlade er sich auf ihn. Wieder legte er sich auf den Rücken, diesmal auf einer Wiese im Park, mitten in einem gewaltigen Sommergewitter, die Kamera unters Kinn geklemmt und eine Plane um beides gewickelt. Die meisten Blitze machten den ganzen Himmel bleich, waren für das Objektiv wertlos, denn es blieb nicht genug Dunkelheit, von der sie sich abheben konnten. Mehrmals mußte es nahebei eingeschlagen haben, denn er spürte die Erde unter sich beben, aber er war zu sehr in Anspruch genommen, um Zeit für die Angst zu haben. Er mußte bei dem Versuch, das zu bekommen, worauf er aus war, drei Rollen Film verknipst haben. Aber wie im anderen Fall bekam er es schließlich. Einen Blitz, von dem man einen Abzug machen und den man für immer festhalten konnte.

»Wie ein glühender Draht, wie ein Glühfaden – wissen Sie, was ich meine? –, der sich über den Himmel schlängelt.« Dann fügte er versonnen hinzu: »Ich hab' es noch irgendwo.«

Und so ging es durch all seine Jugendjahre hindurch. Ein Mann, der in einem Funkenschauer eine Lötlampe bedient, eine vom Wind schief gewehte Fontäne, eine eiserne Abrißbirne im Moment des Aufpralls, wie sie eine Mauer sprengt, ein auf einem Kranausleger sitzender Mann, gesehen durch den schwarzen Rahmen der Öffnung am Ende einer Pier. Er pflegte stundenlang um solche möglichen Motive herumzulungern, bis er sein Foto gemacht hatte. Sogar Betrunkene, die in Einfahrten ihren Rausch ausschliefen, waren vor seiner visuellen Unersättlichkeit nicht sicher. Eines späten Nachmittags hielt er geduldig neben einem Wache, bis ein ganz bestimmter, schräg einfallender Sonnenstrahl die Flasche, die dieser zärtlich in den Armen hielt, erfaßt hatte und aufblitzen ließ und dies wiederum ein Schlaglicht auf das schlafende Gesicht darüber warf. Wie jemand, der über der Nachglut des Feuers kauert, das ihn verzehrt hat. Die Geschichte, die das Bild erzählte, war unmittelbar anschaulich, aber nur er hatte es verstanden, das eine, kleine Detail hinzuzufügen, das ihr vollen Ausdruck verlieh.

Einmal wäre er fast ums Leben gekommen, als er, in voller Länge unter einem geparkten Auto liegend, eine Fotoserie von den Füßen von Passanten machte, die auf dem Bürgersteig vorbeigingen, und unerwartet der Besitzer einstieg und sein Auto anließ.

Nach Abschluß der Grundschule ging er auf die höhere Berufsschule und belegte einen Kurs in Fotografie, aber es gab bereits nicht mehr sehr viel, was sie ihm noch beibringen konnten. Ein paar aktuelle Kenntnisse in puncto Ausrüstung und Reproduktionsmethoden, das war alles. Er hätte seinen Lehrern beibringen können, wie man ein unvergeßliches Bild macht. Aber zumindest stellten sie ihm die erforderlichen Zeugnisse aus.

Zunächst war es eine Schinderei. Er bekam ein paar Jobs als Hilfskraft in Fotostudios anderer Leute, aber die Bezahlung reichte nicht aus, um damit zurechtzukommen, und der interessante Teil der Arbeit, der schöpferische Teil, blieb ihm verschlossen. Manchmal war er wenig mehr als ein Laufbursche, der Kaffee holte, den Boden fegte und Schalen mit Entwicklerflüssigkeit leerte.

Um über die Runden zu kommen, mußte er an Gelegenheitsarbeiten annehmen, was immer er finden konnte. Dann gelang es ihm eines Sommers, als Bühnenarbeiter bei einem Repertoiretheater in der Provinz unterzukommen. Ursprünglich war er dorthin gegangen, um als Kellner im Kurhotel zu arbeiten. Eines Tages wurde der Mann, der für die Beleuchtung der Stücke zuständig war (sie pflegten eins pro Woche zu spielen), auf dem Rückweg von der Stadt bei einem Autounfall verletzt und ließ sie im Stich. Herrick überredete sie, ihn für den Abwesenden einspringen zu lassen, und leistete derart effektvolle Arbeit (das Stück, BERKELEY SQUARE, bot sich für Übungen in Beleuchtungstricks freilich geradezu an), daß sie ihn übernahmen.

Nach Ablauf der Spielzeit ging er, mit einem Empfehlungsschreiben des Intendanten des Sommertheaters gewappnet, nach New York, um das dortige Theater zu erobern. Nach herzzerreißenden Monaten ergatterte er einen Job, und nachdem er wie ein Verrückter mit seinen Scheinwerfern und Farbblenden und allem andern geschuftet hatte, wurde das Stück nach der zweiten Vorstellung prompt abgesetzt. Kurz darauf zog er ein zweites an Land, und so ging es dann weiter.

Ein, zwei Kritiken enthielten sogar eine lobende Erwähnung der Beleuchtungseffekte, was sehr ungewöhnlich ist. Aber lobende Erwähnungen kann man nicht essen, und sein Name wurde ohnehin nie genannt — was brachte es also schon?

»Es war immer noch nicht die Arbeit, die mir lag. Es war eine Sackgasse. Und die Pause zwischen den Stükken war manchmal furchtbar lang.«

Dann ertappte ihn eines Abends die Hauptdarstellerin des Stückes, das er damals gerade beleuchtete, wie er bei ihrem Abgang aus den Seitenkulissen Schnappschüsse von ihr machte. Sie bat ihn, ihr am nächsten Tag die Abzüge zu zeigen, und als sie sie betrachtete, war sie so beeindruckt, daß sie anbot, sie ihm abzukaufen. Er schenkte sie ihr statt dessen. Eins führte zum anderen, und im Laufe des Gesprächs erzählte er ihr, was sein Traum war. Sie verhalf ihm schließlich dazu, indem sie ihm soviel Geld vorstreckte, daß er sein eigenes Studio eröffnen und sich selbständig machen konnte.

»Natürlich dachte jeder im Ensemble, daß da noch mehr dahintersteckte. Sie war um die Vierzig, und es war bekannt, daß sie eine Schwäche für sehr viel jüngere Männer hatte. Aber es war nichts dergleichen dahinter. Tatsächlich war sie damals gerade sehr in jemand anderen verliebt. Aber sie war eine große Menschenfreundin und vertraute so sehr auf mein Talent und meine Fähigkeiten, daß sie mir helfen wollte. Mehr war da nicht. Und ich habe dafür Sorge getragen, daß sie ihr Darlehen bis auf den letzten Penny zurückbekam, als ich es geschafft hatte.«

Das wußte sie; es entsprach seinem Charakter.

»Sie war mein erstes Modell. Und sie gestattete mir, eins der Porträts, das ich von ihr gemacht habe, unter Glas neben dem Eingang zum Studio auszustellen. Die Reklame half. Sie brauchte keine; ich schon.«

Er ging gegen elf. Es hatte sich nicht viel ergeben, aber es war zumindest ein Anfang gemacht. Das Fundament war gelegt. Sie waren jetzt ›Vick‹ und ›Madeline‹ füreinander. Und er schuldete ihr ein Essen. Das war wichtig, denn er hatte ein ungewöhnlich ausgeprägtes Gefühl für gegenseitige Verpflichtungen, das hatte sie schon an ihm bemerkt. Was er schuldete, zahlte er zurück.

Jedenfalls war die Sache ins Rollen gekommen.

Er rief eine Woche später an, gegen Ende der Woche.

»Vick Herrick.«

»Hallo, Vick.«

»Ich habe zwei Karten für ein Theaterstück und dachte mir, ob Sie es sich nicht mit mir zusammen ansehen möchten, falls Sie heute abend nichts vorhaben.«

»Gern«, sagte sie prompt.

»Gehen Sie vorher mit mir essen, und –«

»Nein«, sagte sie ebenso prompt. »Auf die Sache mit dem Essen müssen wir ein andermal zurückkommen.« Sie wollte die Verpflichtung offenhalten, damit ihr eine Gewähr blieb, daß sie ihn ein drittes Mal sah.

»Sie lassen sich von mir nicht zum Essen einladen?« sagte er geknickt.

»Beim nächsten Mal ja, aber nicht heute abend. Aber ich sehe mir das Stück mit Ihnen an, und Sie können mich hinterher zu einer Tasse Kaffee einladen. Ich bleibe gern lang auf und unterhalte mich.«

»Gut, ich hole Sie im Hotel ab.«

»Wir können uns am Theater treffen, wenn Sie wollen.«

»Nein, es ist eine dieser Experimentierbühnen, Sie hätten wahrscheinlich Schwierigkeiten, es zu finden. Ich hole Sie um acht ab.«

Sie wartete unmittelbar hinter dem Hoteleingang auf ihn, um Zeit und Mühe zu sparen. Da es sich nicht um eine Liebesaffäre handelte, gab es keinen Grund, sich spröde oder schwer zugänglich zu geben, ihn hereinkommen zu lassen oder auf ihr Zimmer zu bitten, und was noch alles zum Flirten dazu gehört.

Sie erkannte ihn durch das Fenster des Taxis, als es vorfuhr, ging hinaus und trat zu ihm, als er gerade die Tür aufmachte und ausstieg.

»Na, bin ich pünktlich?« fragte sie fröhlich.

»Auf die Minute«, feixte er. »Sie sind die Sorte Mensch, die ich gern dabei hätte, wenn ich auf die Schnelle einen Zug erreichen muß.«

Die entgegenkommenden Scheinwerfer draußen warfen Schattenpunkte auf ihre Gesichter, als das Taxi wieder anfuhr.

»Haben Sie Ihre Bilder bekommen?«

»Vick, sie sind einfach unglaublich. Wie machen Sie das nur?«

»Das ist mein MÉTIER, wie die Franzosen sagen. Übrigens, Sie haben mir noch gar nicht gesagt — woran Sie eigentlich gedacht haben, als Ihre Brauen so wunderhübsch hochgegangen sind.«

Sie lachte. »Wissen Sie was? Wenn ich's Ihnen sagte, wären Sie derjenige, dessen Augenbrauen hochgehen.«

»Ich kann mich für dieses Ding, in das wir da gehen, nicht verbürgen«, sagte er. »Es wurde vor zwei Jahren in New York gespielt, an einer dieser kleinen Off-

Broadway-Bühnen. Ich glaube, es waren schon damals keine Berufsschauspieler dabei. Man könnte also sagen, daß wir heute abend die Tourneetruppe einer Amateurproduktion zu sehen bekommen.«

»Das macht nichts«, sagte sie nachsichtig. »Zumindest wird es eine Erfahrung.«

Das wurde es. Es hieß THE CONNECTION und hatte irgend etwas mit Rauschgiftsucht zu tun. Davon abgesehen war nicht zu enträtseln, wovon es handelte. Die Bühne war wie ein Boxring mitten im Zuschauerraum aufgebaut. Sie war ausgestattet mit zwei, drei Holzstühlen, das war alles. In einer Ecke davon standen zwei, drei Männer und unterhielten sich. Gelegentlich ging der eine oder andere von ihnen ein wenig umher und stellte sich dann wieder zu den anderen. Und darauf beschränkte sich die dramatische Handlung denn auch.

Madeline war nicht allzu verstimmt darüber; sie war um ihrer eigenen dramatischen Handlung willen hier, nicht, um die der anderen zu sehen. Gelegentlich ärgerte sie sich allerdings, daß sie flüchtig andere Gesichter im Publikum zu sehen bekam, die durch die Beine der Schauspieler in ihre Richtung blickten, wann immer diese eine Bewegung machten oder stillstanden. Das verdarb jede Möglichkeit zur Erzeugung einer Illusion, die das Stück gehabt haben mochte.

Irgendwann wandten sie sich gleichzeitig einander zu und sahen sich an.

»Ich kann sie perfekt hören«, flüsterte sie. »Ihr Vortrag ist gut. Aber ich komme nicht dahinter, wovon sie reden.«

»Ich wollte gerade das gleiche zu Ihnen sagen«, gluckste er. »Ich glaube, eine Menge davon ist Benutzerslang. Rauschgiftbenutzer, wissen Sie.«

Sie harrten trotzdem noch eine ganze Weile tapfer aus, gaben den Kampf aber schließlich auf und gingen, als es keinerlei Anzeichen für ein Ende gab.

»Ich weiß sowieso nicht, woran wir gemerkt hätten, daß es vorbei ist«, meinte sie auf dem Weg nach draußen. »Sie hatten keinen Vorhang.«

»Eine Möglichkeit zu erkennen, daß es nicht mehr weitergeht, wäre vielleicht die allgemeine Aufheiterung der Stimmung gewesen. Ich muß mich wirklich bei Ihnen entschuldigen.«

»Aber nicht doch. Das ist eben ein Teil der heutigen Szene um uns herum. Ein winziger Teil, aber trotzdem ein Teil. Vielleicht stehen Rauschgiftsüchtige so herum und warten einfach; ich habe nie welche kennengelernt. Trotzdem, ich bin froh, daß wir es gesehen haben.«

»Es war wohl sehr avantgardistisch. Aber warum konnte es das nicht ein und gleichzeitig verständlich? Das sind sie nie.«

»Ich mache mir nichts aus diesem Zeug«, sagte sie ihm entschieden. »Ich bin wahrscheinlich hundert Jahre zu spät auf die Welt gekommen.«

Das stimmte. Sie war Formalistin. Sie war altmodisch auf die Welt gekommen. Sie wollte eine Handlung in ihren Stücken; sie wollte eine Melodie in ihrer Musik; sie wollte eine Wiedergabe des natürlichen Bildes in ihren Gemälden, ihrer Kunst. Diese Leute waren gut genug für sie.

Sie hatte kein Interesse an dem Kreidegekleckse von Kleinkindern, wenn es von Erwachsenen stammte. Oder an Kifferträumen, auf der Zugposaune improvisiert, von keinerlei Noten untermauert. Oder an Skulpturen aus Maschendraht. Oder an Leuten auf einer Bühne, die redeten, sich aber nicht bewegten.

Sie verlangte eine unmißverständlich deutliche Aussage, makellos vollkommen, abgerundet; ohne daß Lücken zu füllen blieben.

Und etwas von diesem Gefühl für Vollendung, für Symmetrie, mußte auch dem Zwang zugrundeliegen, Starrs Leben für sie zu Ende zu führen. Der ursprüngliche Schuldkomplex war nicht mehr der alleinige Beweggrund; er hätte sich mittlerweile erschöpft.

Ein Modernist hätte sie mit einem Lachen stehenlassen. ICH soll das Leben eines anderen für ihn zu Ende führen? Ich habe mein eigenes, und eins auf einmal reicht.

Aber das neunzehnte Jahrhundert hätte verstanden. Das neunzehnte Jahrhundert mit seinem Idealismus.

Sie fanden ein kleines Espressocafé, düster wie eine flackernde Streichholzflamme, aber ein guter Platz zum Reden. Im Halbdunkel saßen sie ganz hinten in einer Ecke, konnten kaum die Augen des anderen sehen. Ein Mädchen mit dem Rücken zur Wand zupfte träge an einer Mandoline, aber sie schien bei allem, was sie anfing, nie über den ersten Akkord hinauszukommen.

»Erzählen Sie mir von Ihrer Frau«, sagte sie, so wie man einen Kiesel in einen glatten, unbewegten Teich wirft und abwartet, um zuzusehen, wie das Gekräusel drumherum sich langsam ausbreitet.

Aber es kam kein Gekräusel; die Oberfläche verfestigte sich plötzlich, schien sich zu verhärten. So wie auch seine Augen. Und für einen Moment war die Unbefangenheit des Gesprächs dahin.

Es ist zu früh, wurde ihr klar. Er wird es mir noch nicht erzählen. Vielleicht erzählt er es mir nie.

»Was soll ich Ihnen von ihr erzählen?« sagte er argwöhnisch.

»Ich habe nur gemeint — wie sie aussieht«, verbesserte sie sich. »Auf dem Bild im Studio ist das schwer zu erkennen, da ist sie so sehr im Schatten.«

»Ach so«, sagte er erleichtert. Und er dachte einen Moment nach. Und wahrscheinlich sah er ihr Gesicht in der Kerzenflamme, in die sie ihn starren sah. Sie spiegelte sich doppelt in seinen Augen, einmal in jeder Pupille, wie zwei kleine, an einem Altar der Erinnerung leuchtende Kerzen.

»Sie ist umwerfend schön«, murmelte er andächtig.

Madeline hatte sie in den Armen gehalten, als sie im Sterben lag, hatte ihr ins Gesicht geblickt, hatte es gesehen. Zwar hatte sie Schmerzen gehabt, hatte unter Schock gestanden, und das Leben war aus ihr herausgeströmt. Aber selbst wenn man das berücksichtigte, war sie nicht umwerfend schön gewesen. Attraktiv ja; gefällig anzusehen; das verdankte sich dem Schnitt und den Proportionen ihres Gesichts. Vor allem verdankte es sich ihrer Jugend. Aber sie war NICHT umwerfend schön gewesen. Und doch, für ihn war sie es, war sie es gewesen.

Ergo: ER HATTE SIE WIRKLICH GELIEBT.

In dieser Hinsicht bestand kein Zweifel, blieb keine Frage mehr. Er hatte sie mit den Augen wahrer Liebe geliebt, die bei jedem Mann eins, nur eins, sehen und alles andere und alle anderen übergehen.

Das nahm sie mit nach Hause und dachte darüber nach. Was er ihr auch angetan hatte, es war nicht aus mangelnder Liebe, sondern in der Fülle der Liebe geschehen.

Als sie eines Nachts, nachdem sie mit ihm ausgegangen war, nach Hause zurückkam — die Zahl ihrer gemeinsam verbrachten Abende belief sich mittlerweile auf mehr als sechs oder acht —, zog sie sich aus, warf sich einen Morgenrock über und setzte sich an den Schreibtisch, um alles zu durchdenken, zu analysieren, was sie bisher über ihn wußte.

Sie kannte die Äußerlichkeiten seines Lebens mittlerweile praktisch so gut, wie ein Mensch die eines anderen nur kennen kann. Genausogut, wie wenn er ihr Mann gewesen wäre. Sein Kindheitshobby mit der Kamera, seine jugendliche Unstetigkeit, ehe er sich fand, und schließlich sein Erfolg und die Erfüllung in der selbstgewählten Arbeit, darüber hatte er ihr alles erzählt. Aber die Kränkung Starrs lag irgendwo in seinem Innenleben, seinem Privatleben verborgen, von dem er ihr nichts erzählt hatte.

Was es auch gewesen war, es war im Rahmen seiner Liebe zu ihr geschehen, daran konnte kein Zweifel bestehen. Es war ein Vergehen, ein Verbrechen aus Liebe, und nicht aus Haß oder Böswilligkeit gewesen. Das hätte es eigentlich sehr vereinfachen müssen. Wie zahlreich sind die Bösartigkeiten, die man gegen jemanden begehen kann, den man verabscheut; und wie begrenzt die gegen jemanden, den man liebt. Aber das vereinfachte es nicht.

Sie nahm schließlich einen Bleistift und ein Stück Papier zur Hand und versuchte, eine Liste der Möglichkeiten aufzustellen, um ihren Gedanken auf die Sprünge zu helfen. Sie hatte eine große Vorliebe dafür, einen Bleistift zu benutzen, um ihrem Denken konkrete Formen zu geben. Sie hätte eine gute Zeichnerin abgegeben.

ALKOHOL: Völlig ausgeschlossen. Er wies keins von den verräterischen Merkmalen auf, die so leicht zu deuten sind. Er trank sogar noch langsamer als sie selbst. Er ließ stets einen Rest Alkohol im Glas zurück. Er hatte noch nicht einmal das Stadium mäßigen Trinkens in Gesellschaft erreicht. Er war in Gesellschaft ein Gelegenheitstrinker, die erste Stufe nach völliger Enthaltsamkeit.

RAUSCHGIFT: Da bewegte sie sich auf unsicherem Boden. Er zeigte keinerlei Anzeichen, aber sie war auch keine Expertin dafür, die Anzeichen zu erkennen. Sie dachte flüchtig an das Stück, in das er sie mitgenommen hatte. Lag darin irgendeine Andeutung? Aber dann verwarf sie das als unfair, es war schlicht ein zufälliges Zusammentreffen gewesen. Oder vielmehr ein zufälliges Ereignis, da es ja nichts gab, womit es zusammentreffen könnte. Und angenommen, er wäre selbst süchtig gewesen, was hätte ihn dann überhaupt daran gereizt, sich ein solches Stück anzusehen? Er hätte dieses Leben so gut gekannt, warum sich also eine Reproduktion dessen ansehen? Er wäre wahrscheinlich eher davor zurückgeschreckt, und sei es nur, um sein schlechtes Gewissen zu schonen. Schließlich, entsann sie sich, schien er mit dem in dem Stück verwendeten Jargon ebensowenig vertraut gewesen zu sein wie sie selbst. Und es gab keinen Grund zu der Annahme, daß das vorgetäuscht war.

EIN VORSTRAFENREGISTER ODER IRGENDEINE FRÜHERE STRAFTAT: Das schien überhaupt nicht zu ihm zu passen. Zwar war sie nicht so naiv zu glauben, daß Verbrecher oder Gesetzesbrecher herumliefen und wie Verbrecher aussahen oder ein Schild auf der Brust trugen, auf dem »Ich bin ein Verbrecher« stand. Und sie hatte außerdem gehört, daß einige der schlimmsten Vertreter dieser Kategorie zu Hause bei ihren Familien häufig in noch stärkerem Maße als der Durchschnittsehemann und -vater gütig, zärtlich und liebevoll waren. Aber selbst wenn man all das gebührend berücksichtigte, blieb die Tatsache bestehen, daß er überhaupt nicht in dieses Bild und das Bild nicht zu ihm paßte.

Die schlichte, dichtgewirkte kleine Geschichte seines Lebens, die er ihr erzählt hatte, mußte natürlich nicht unbedingt wahr gewesen sein. Es war nicht zu erwarten gewesen, daß er ihr auf Anhieb irgendein schweres Verbrechen oder ein kriminelles Vorleben offenbarte. Aber sie war von Anfang bis Ende so plausibel, so ungekünstelt, so unaffektiert, daß es unwahrscheinlich war, daß er etwas ausgelassen hatte. Mit anderen Worten, sie war zu einförmig, um etwas anderes als wahr zu sein. Wenn sie ausgedacht gewesen wäre, wäre sie zumindest farbiger gewesen. Und es gab keine Ritze, keine Lücke darin, in die sich eine größere kriminelle Erfahrung einfügen, einzwängen ließe. Es war, als wäre in dieser kurzen, undenkwürdigen, aber irgendwie sympathischen Saga seiner dreißig Jahre, die er ihr erzählt hatte, über jeden Tag, ja beinahe jede Minute Rechenschaft abgelegt worden.

Sie kannte diesen Mann mittlerweile recht gut. Es war keine Gewalttätigkeit in ihm, sonst hätte sie es schon bemerkt, ganz gleich, wieviel Mühe er sich gab, es zu verbergen. Das heißt, Gewalttätigkeit großen Stils, die über einen bloßen Fluch oder Faustschlag hinausging. Er hatte nie von Gewalttätigkeit gelebt, und er hatte nie Gewalttätigkeiten verübt. Und vor allem fehlte es ihm an der Gerissenheit, die für die Kriminalität erforderlich ist. Er war ein schlichter Mensch. Er verstand sich auf seine Arbeit, war als Person aber schlicht, unkompliziert. Einfach ein Durchschnittsmensch mit einem Händchen fürs Fotografieren, angefüllt mit Gutmütigkeit und in seiner Liebe unsterblich treu.

So sah sie ihn, und nichts konnte sie davon überzeugen, daß sie unrecht hatte.

Alle Möglichkeiten, die sie aufgelistet hatte, hatten eins gemeinsam, wie sie nicht übersehen konnte. Es waren negative Vergehen. Das heißt Vergehen an ihm selbst, nicht an Starr. Jede Frau, jede Ehefrau hätte in einem solchen Fall eins von beiden getan. Entweder zu ihm gehalten und versucht, ihm zu helfen, oder, wenn sie sah, daß das hoffnungslos war, nichts mehr damit zu tun haben wollen und ihn sitzenlassen. Aber sie hätte nicht kehrtgemacht und ihn getötet sehen wollen. Oder sich gar angeschickt, ihn selbst zu töten. Dafür gab es bei keiner dieser hypothetischen Übeltaten eine Rechtfertigung.

Sie stellte fest, daß die Liste gegenstandslos geworden war.

Sie zerknüllte den kleinen Zettel und warf ihn weg. Sie zog an der Schnur der abgeblendeten Schreibtischlampe, und der Lichttümpel vor ihren Augen erlosch.

Ich kann diese Ungewißheit nicht mehr ertragen, dachte sie, fuhr sich mit den Fingern durchs Haar und zog es nach vorn über ihr Gesicht. Dann muß ich eben im wahrsten Sinne des Wortes ein blindes Werkzeug der Gerechtigkeit sein und es trotz meines Nichtwissens tun. Um es endlich, endlich, hinter mich zu bringen und davon frei zu werden!

Das nächste Mal, wenn wir zusammen sind, tue ich es. Ich muß es dann tun, sonst tue ich es vielleicht überhaupt nie.

Schließlich war der Tag gekommen. Sie wußte es, gleich als sie frühmorgens die Augen aufschlug. Einerseits gab es eigentlich keinen Grund dafür, daß es dieser, und nicht der vorangegangene oder der unmittelbar nachfolgende Tag war; es war völlig willkürlich. Doch andererseits gab es allen Grund. Sie hatte sich bis zu einem gewissen Grad aufgeputscht, den sie vielleicht nicht länger als ein paar Stunden aufrechterhalten und möglicherweise nie wieder erreichen konnte, sobald er verlorengegangen war oder auch nur teilweise nachgelassen hatte. Sie brauchte diesen Grad von Aufgeputschtheit, sie brachte es anders nicht fertig. Denn sie war kein Berufskiller und auch keine Mörderin aus Leidenschaft. Sie konnte weder kaltblütig noch im Affekt töten. Beide Extreme waren ihrem Wesen fremd. Sie konnte nur so töten, wie sie jetzt zu töten im Begriff war: für ein Ideal, aus einer Verpflichtung heraus, um ein Gelübde zu erfüllen. Wie man an einem Altar eine Kerze entzündete: als Sühne.

Und nur dieses eine Mal, nie wieder.

Er war der Mann. Daran konnte es keinen Zweifel geben. Er war mit Starr verheiratet gewesen, Starr war seine Frau gewesen. Er war derjenige, den sie getötet haben wollte, er und kein anderer. Und Starr-Madeline würde die Dea ex machina sein, die es für sie ausführte.

Sollte das, was er ihr angetan hatte, weshalb sie ihn getötet haben wollte, ruhig mit ihm begraben werden, mit den beiden ins Grab sinken und nie bekannt werden. Vielleicht war es besser so. Wer wußte, was es war? Warum es am Leben halten, damit es die Erde besudelte? Warum es in eine Zelle mitnehmen und das morbide Wissen darum die nächsten zwanzig Jahre oder gar ihr ganzes Leben lang nähren? Irgendwie hatte sie sich bei all ihren Berechnungen — nein, das war das falsche Wort, sie war darin nicht berechnend — bei aller Bereitschaft, eine Bestrafung zu akzeptieren, sich einer Buße zu unterziehen, niemals vorgestellt, daß man sie zum Tode verurteilen könnte. Nicht daß sie das abgeschreckt hätte. Aber sie sah immer nur voraus, daß man ihr eine lange Gefängnisstrafe zumessen würde.

Das also war der Tag. Er war gekommen.

Sie war noch nicht einmal aufgestanden. Die Lamellen der Jalousie, oder vielmehr die Ritzen dazwischen, zogen dünne, gelbe Bleistiftstriche über die Wand gegenüber dem Fenster, über den Boden, über die Tagesdecke ihres Bettes und sogar ein Stück ihre nackten Arme hinauf. Sie hatte sogar den Eindruck, daß einer dieser Lichtstreifen quer über ihrem Nasenrücken liegen mußte, weil sie in beiden Augen einen Blendeffekt spürte. Sie fand es reizvoll; als befände man sich in einem goldenen Käfig.

Sie stand auf, ging zur Jalousie hinüber und zog an der Bedienungsschnur. Die Jalousie glitt mit einem ganz leichten Rascheln geschmeidig hoch, und der Tag wurde zu einer völlig rechteckigen Fläche, nicht mehr nur streifenförmige Schimmer auf einer Wand. Er strömte über vor Sonnenschein, und die Stadt sah darin aus wie etwas Nagelneues, das gerade erst entstanden war. Jeder Ziegelstein fleckenlos, jeder Pflasterquader frisch gelegt. Sie lehnte sich hinaus, und unter ihr huschte ein Taxi mit spiegelblank poliertem, orangefarbenem Dach vorbei, wie eine Art liebenswerter, farblich abweichender Käfer, der hastig Deckung sucht.

Wie seltsam, dachte sie, wir sind beide in eben diesem Moment zusammen in dieser Stadt, wenn auch voneinander entfernt. Wir atmen beide, wir betrachten beide irgendwelche Dinge, obwohl wir getrennt sind. Doch heute nacht oder in den frühen Morgenstunden wird er tot sein. Dann wird er nicht mehr in dieser Stadt sein, nur noch ich, allein. Wo wird dann sein Atem sein, wo wird er hingegangen sein? Wo werden dann die auf der Iris seiner Augen reflektierten Bilder sein, wo werden sie hingegangen sein?

Ich weiß es nicht, denn ich habe den Tod nicht bestimmt, nicht eingerichtet. Ich weiß nur, daß er in den Tod gegangen sein wird.

Sie wandte sich vom Fenster ab und warf im Vorbeigehen einen nachdenklichen Blick auf das zerwühlte Bett, in dem sie eben noch geschlafen hatte. Letzte Nacht, dachte sie, haben wir beide geschlafen, er und ich, und unser Schlaf war gleich. Heute sind wir beide aus dem Schlaf erwacht. Heute nacht werden wir wieder schlafen, er und ich, aber diesmal wird unser Schlaf verschieden sein. Morgen werde ich wieder aufwachen, wie heute. Er nicht; für ihn wird es kein Morgen geben.

Schlaf, dieses ins Leben eingebettete kleine bißchen Tod. Nein, verbesserte sie sich. Schlaf ist nicht Tod. Hat überhaupt keine Ähnlichkeit damit. Die Leute haben unrecht, wenn sie das sagen oder glauben. »Wie ein Toter schlafen«, das hieß tief schlafen. Völlig falsch. Denn der Körper funktioniert weiter. Er atmet, das Blut fließt, das Herz schlägt. Manchmal bewegt sich der Körper sogar, dreht sich herum. Die Träume aus der Tageswelt färben auf den Schlaf ab; Nacht für Nacht stellen sie sich ein, auch wenn man sich am nächsten Tag vielleicht nicht an sie erinnert.

Nein, die französischen Revolutionäre, die ›Der Tod ist ein ewiger Schlaf‹ auf Grabsteine schrieben, irrten sich. Es gibt keinerlei Ähnlichkeit zwischen den beiden, nicht die geringste. Sogar die Stellung der Augen ist verschieden, denn im Schlaf sind sie geschlossen, und im Tod bleiben sie paradoxerweise offen. Menschliche Hände müssen sie schließen.

Nein, Schlaf ist nicht Tod. Schlaf ist untergetauchtes Leben.

Sie schüttelte, über sich selbst verärgert, den Kopf. Warum quäle ich mich so? Tu es einfach, und bring es hinter dich! Nicht immer nur darüber NACHDENKEN, NACHDENKEN, NACHDENKEN.

Aber ich muß darüber nachdenken. Was ich sonst noch für sie getan habe, war unbedeutend, nebensächlich. Das hier ist die Hauptsache. Das hier ist wichtig. Das hier ist das, was sie am meisten wollte.

Sie duschte kurz, ohne Seife zu verwenden. Sie duschte in der Regel zweimal am Tag, morgens und abends, und verwendete nur jedes zweite Mal Seife; sie neigte zu der Auffassung, daß es öfter eigentlich überflüssig war. Möglicherweise sogar schädlich für die Haut.

Sie zog sich an und machte sich eine Tasse Instantkaffee. Sie sagte sich widerwillig, ich sollte eigentlich etwas essen. Das sagte sie sich morgens immer und versuchte immer, es zu vermeiden. Schließlich zwang sie sich gegen ihre Neigung dazu, eine Scheibe Weißbrot in den Toaster zu stecken und ihn einzuschalten.

Dann aß sie im Stehen, biß abwechselnd von dem Toast in der einen Hand ab und trank schluckweise von dem Kaffee in der anderen. Schließlich stellte sie die Tasse ab, ließ ein Stück Brotrinde stehen und tat so, als wäre sie froh, daß es vorbei war. Das war sie auch.

Die Stadt war mittlerweile wach. Sie zündete sich eine Zigarette an, ging ans Fenster zurück, stand da und sah wieder hinaus. Der Tag war so normal, wirkte so gewöhnlich. Man merkte ihm nicht an, daß er den Tod in sich trug.

Ein mausgrauer Zwergpudel, bei einem jungen Mädchen an der Leine, blieb stehen, um einen Baum zu untersuchen, entschied sich dagegen, ging weiter zum nächsten. Auf einem Fahrrad mit eingebautem Kasten für den Transport von Lebensmitteln kam ein Auslieferungsfahrer angestrampelt.

Ein schmuck aussehender Lastwagen mit der Aufschrift ›U.S. Mail‹ fuhr vorbei, die untere Hälfte blau, die obere weiß, dazwischen ein dünnes rotes Band, nicht mehr als ein Streifen. Die hätten das Rot oben hinmalen müssen, dachte sie träge; der Ausdruck hieß ›rot, weiß, blau‹, nicht ›weiß, rot, blau‹. Vielleicht hatten sie ja auch befunden, daß ein rotes Dach an einem Lastwagen nicht gut aussah.

Irgendwo in der unmittelbaren Nachbarschaft, aber außer Sicht, stieß der Portier eines Apartmenthauses immer wieder in seine Pfeife, um für seinen wartenden Mieter ein Taxi herbeizuzaubern. Der Klang hatte etwas unsagbar Einsames und Wehmütiges.

Eine defekte Ampel blieb auf rot stehen, als sie auf grün hätte springen sollen, und verursachte weiter vorn an der nächsten Kreuzung ein kleineres Verkehrschaos. Dann schaltete sie schließlich um und wurde grün, doch mittlerweile waren alle anderen wieder rot geworden.

An der Spitze einer langen, doppelreihigen Prozession kleiner Schulkinder schwebten majestätisch zwei Nonnen vorüber.

Droben jagte ein Düsenflugzeug vorbei, das den Himmel erdröhnen ließ, irgendeinem fernen, romantischen Ort zusteuerte. Anchorage, Tokio, Manila.

Von einem Gesims flogen trotzig ein paar unzeitgemäße Tauben auf, kehrten um, als ihre Herausforderung unbeachtet blieb, und ließen sich wieder darauf nieder.

Ein Sprengwagen der Städtischen Straßenreinigung kam schwerfällig angerollt, hielt auf einem Abschnitt der Bordschwelle, wo keine Fußgänger waren, sein Wasser zurück und sprühte dann zielgenau los, als er auf gleiche Höhe mit einem Mann und einer Frau kam, die zusammen unterwegs waren. Sie sprangen beide zur Seite und begannen kläglich, aber ohne Murren, an sich herumzuwischen.

Ein stämmiger Arbeiter stand neben einem offenen Kanalschacht mit einer hellorangefarbenen, kreisförmigen Absperrung, von der ein Stab mit einer roten Flagge vorsprang, und redete mit jemand Unsichtbarem unten drin. Es verursachte einen kleinen Strudel im ansonsten glatten Verkehrsfluß.

In dem Gebäude gegenüber von Madelines Hotel, aber auf gleicher Höhe mit dem Stockwerk, in dem sie sich befand, befestigte ein Fensterputzer seinen Sicherheitsgurt an den beiden Konsolen, die das Fenster flankierten, setzte sich dann rückwärts auf den Sims, zog den Gurt über seinen Oberschenkeln fest und begann mit einem feuchten Schwamm über die Scheibe zu wischen.

Was für eine Art, sich seinen Lebensunterhalt zu verdienen, dachte Madeline mißbilligend. Und vielleicht hat er zu Hause sogar Frau und Kind. Warum sollte er auch keine haben, so wie alle anderen?

Aber für jeden noch so undankbaren Job, den es gibt auf der Welt, gibt es immer jemanden, der ihn besetzt. Sonst könnte die Welt nicht weiterbestehen.

Während sie da stand, beschloß sie, ihn gegen zwölf anzurufen, kurz bevor er Mittagspause machte.

Gerade als die Entscheidung in ihren Gedanken feste Form annahm, klopfte es an der Tür. Sie seufzte, durchquerte das Zimmer und machte auf.

Es war das Zimmermädchen. Sie wechselten Gutenmorgengrüße, und dann sagte das Zimmermädchen: »Ist das nicht ein herrlicher Tag!«

»Und ob«, pflichtete Madeline bei. Und dann kam der Gedanke an seinen Tod zurück. Nicht, daß er je sehr weit weg gewesen wäre. Er hat schönes Wetter zum Sterben, dachte sie.

»Möchten Sie nicht ausgehen und was von dem schönen Sonnenschein abkriegen?« wollte das Zimmermädchen wissen.

»Ich gehe später aus«, sagte ihr Madeline. »Ich gehe heute nachmittag aus.« Sie fragte sich, was das Zimmermädchen denken oder sagen würde, wenn sie ihr sagte, ich gehe aus, um einen Mann zu töten. Wahrscheinlich würde sie flüchtig grinsen, wie über einen Witz, den man nicht versteht, und dann umgehend mit ihrer Arbeit weitermachen.

»Darum brauchen Sie sich nicht zu kümmern«, sagte Madeline, als das Zimmermädchen die Kaffeetasse nahm, um sie auszuspülen.

»Das ist nicht der Rede wert, lassen Sie nur«, sagte das Zimmermädchen zuvorkommend. »Ich hinterlasse Ihr Zimmer gern picobello.« Madeline gab gute Trinkgelder. Und mehr Worte fielen an diesem Tag nicht zwischen ihnen.

Der Morgen war vorbei. Der Morgen von Herricks letztem Tag auf Erden.

Sie schaute auf ihre Armbanduhr. Dreieinhalb vor zwölf. Sie ging noch einmal ins Schlafzimmer und setzte sich wieder aufs Bett, das jetzt ordentlich gemacht war.

Der Todesanruf.

Sie wartete zweieinhalb Minuten. Dann nahm sie den Hörer ab und gab der Hotelvermittlung seine Geschäftsnummer. Sie war so ruhig, als verlangte sie die Uhrzeit oder den Hausdiener.

Sie nannte einem Mädchen seinen Namen. Dann hörte sie seine Stimme. Jedes Wort, das die Stimme sagte, bedeutete, daß sie ein weiteres Wort verbraucht und entsprechend weniger zum Gebrauch übrig hatte, ehe sie für immer verstummte. Aber trifft das nicht auf uns alle zu? dachte Madeline.

»Hier ist Madeline«, sagte sie und lächelte ihm zur Begrüßung leicht zu, obwohl er sie nicht sehen konnte.

»Komisch, ich hab' gerade eben erst an dich gedacht«, sagte er.

»Ich hab' auch an dich gedacht«, gab sie zu.

»Glaubst du an Gedankenübertragung?«

»Es ist unmöglich, nicht daran zu glauben«, sagte sie nüchtern, »wenn so etwas passiert wie das, was wir gerade sagen.«

»Komm rüber und iß mit mir zu Mittag«, lud er sie ein. »Die ganze Stadt schwänzt die Schule. Ein so schöner Tag ist nicht zum Arbeiten da, sondern zum Faulenzen.«

»Nein«, sagte sie rasch, »ich kann nicht. Ich will heute nachmittag noch einiges erledigen.«

»Iß zuerst mit mir, und dann kannst du es hinterher erledigen«, schlug er folgerichtig vor.

»Nein«, sagte sie, »aber ich sag dir, was ich mache.«

»Was?« fragte er eifrig.

»Ich esse heute abend mit dir, wenn du Zeit hast.«

Aus Eifer war Begeisterung geworden. »Prima«, sagte er innig. »Das paßt mir ganz prima. Wo sollen wir hingehen und wo soll ich dich abholen?«

»Ist deine Wohnung eingerichtet?« fragte sie unvermittelt.

»Eingerichtet?«

»Zum Kochen eingerichtet.«

»Aber klar doch. Wieso, möchtest du lieber in meiner Wohnung essen?«

»Ja«, sagte sie. »Das fände ich schöner als im Restaurant. Ich bin gerade in der Stimmung dafür. Das einzige Hindernis ist —«

»Was?« sagte er beunruhigt.

»Ich kann nicht für fünf Pfennig kochen.«

Er lachte erleichtert auf. »Aber ich«, sagte er. »Soll ich, anstatt daß wir uns was bringen lassen?«

»Unbedingt«, sagte sie fröhlich. »Genau darauf bin ich aus, einmal im Leben ein selbstgekochtes Essen.«

»Abgemacht«, sagte er. »Also, was möchtest du? Stell ein Menü zusammen. Ich bestelle telefonisch die Zutaten, und bis du kommst, ist alles da und muß nur noch zubereitet werden.«

»Tja«, sagte sie und blickte gedankenvoll an der Wand entlang, »ich bin keine Feinschmeckerin, und eine große Esserin bin ich auch nicht. Ich mag Hausmannskost.«

»In Ordnung«, sagte er. »Ich hab' Bleistift und Papier hier. Fangen wir vorne an. Was möchtest du als Aperitif?«

»Sherry«, sagte sie entschieden. »Immer und ausschließlich. Ich mag keine gemixten Drinks. Da halte ich es mit den Europäern.«

»Marke?«

»Domecq. La Ina, wenn du hast. Das ist einer der allertrockensten.«

»Hab' ich«, sagte er. »Mag ich selber. Als nächstes?«

»Keine Suppe, kein gar nichts. Bloß ein Gang. Ich

weiß, die meisten Männer mögen rotes Fleisch, und mir geht es in Maßen genauso. Wie wär's mit einem Steak?«

»Du bist ein Mädchen nach meinem Herzen.«

»Aber nicht eins von diesen übergroßen Lendensteaks«, sagte sie rasch. »Warum besorgst du nicht für jeden von uns ein kleines Clubsteak? Die sind klein und zart.«

»Ich kann eine erstklassige Sauce«, schwärmte er.

»Tu Pilze hinein.«

»Die gehören sowieso dazu. Pilze und Sauternes.«

»Keine Beilagen, kein Salat.«

»Nachtisch?«

»Kein Nachtisch. Ich hasse Nachspeisen. Das ist was für Kinder.«

»Geht mir genauso.«

»Oder warte mal. Roquefort auf dünnen Salzkräkkern, und dann schwarzer Kaffee mit einem Schuß Kognak. Und das wär's.«

»Du hast einen ausgeprägten Sinn für Essen«, gratulierte er ihr. »Und einen ausgeprägten Geschmack.«

»Danke«, sagte sie ganz sachlich. Dann fragte sie ihn: »Um welche Zeit soll ich vorbeikommen?«

»Och, irgendwann nach halb sechs. Ich fange erst an, wenn du da bist. Es macht viel mehr Spaß, wenn man dabei jemanden um sich hat.«

»Gut«, sagte sie mit ernster Höflichkeit. »Ich komme. Du kannst dich darauf verlassen.«

»Bis dann«, sagte er.

»Bis dann«, wiederholte sie.

Weder lächelte sie rachsüchtig, als sie aufgelegt hatte, noch blickte sie grimmig oder gab sich sonstwie melodramatisch. Sie hatte einen versonnenen, wehmütigen Ausdruck in den Augen, fast als täte ihr der

Mensch leid. Sie stieß einen sanften, leisen Seufzer aus. Dann zuckte sie leicht mit einer Schulter, als würde ihr klar, daß ihr die ganze Sache über den Kopf gewachsen war.

Sie verließ die Wohnung gegen halb zwei und nahm am Ausschank des Hotel-Drugstore einen Mittagsimbiß zu sich. Er war nur geringfügig weniger frugal als die vorangegangene Mahlzeit: ein Tomatensandwich und eine Malzmilch.

Dann stieg sie in einen Bus und suchte unter Vermeidung der größeren Warenhäuser, wo es den Kleidern in der Regel an Individualität fehlte, ein kleines Fachgeschäft in einer Seitenstraße auf, wo sie schon ein-, zweimal gewesen war.

»Etwas in schwarz«, gab sie an.

Etwa das vierte fand ihr Interesse. Sie ging in die Umkleidekabine, zog es an und kam wieder heraus.

»Das steht Ihnen ausgezeichnet«, sagte die lebhafte Geschäftsführerin.

»Das sehe ich«, pflichtete Madeline bei. »Deswegen habe ich es auch ausgesucht. Das einzige ist das hier — « Sie strich mit der Hand über eine kleine Verzierung aus Metall. »Können Sie das nicht abmachen? Ich mag keinen Schnickschnack an meinen Kleidern.«

»Aber dann sieht es ja wie ein Trauerkleid aus«, wandte ihr Gegenüber ein. »Sie gehen doch nicht zu einer Beerdigung.«

Ach nein?, dachte Madeline und beäugte sie undurchsichtig. Ach nein?

»Es muß jedenfalls weg«, sagte sie rundheraus, »wenn Sie möchten, daß ich das Kleid nehme.«

Die Frau holte eine kleine Schere und trennte es ab.

Madeline bezahlte das Kleid und ließ es in eine Schachtel einpacken.

Es war mittlerweile kurz nach drei, und sie hatte immer noch mehr als zwei Stunden totzuschlagen.

Sie kehrte ins Hotel zurück, ließ das Kleid von einem Pagen auf ihr Zimmer bringen und ging selbst in den Schönheitssalon des Hotels. Das geschah eher, um die überschüssige Zeit aufzubrauchen, die sie zur Verfügung hatte, nicht weil ihr daran lag, sich frisieren zu lassen. Tatsächlich frequentierte sie solche Orte für ein Mädchen ihrer Altersgruppe bemerkenswert selten; nicht mehr als ein- oder zweimal im Jahr.

»Können Sie mich drannehmen?« fragte sie das Mädchen an der Anmeldung. »Ich habe keinen Termin.«

»Ich habe eine Kundin, die ihren Termin wie üblich nicht eingehalten hat«, sagte das Mädchen verärgert. Eine Verärgerung, die sich allerdings nicht gegen Madeline richtete, das war offensichtlich. »Sie können ihren Termin haben. Falls sie doch noch auftaucht, soll sie ruhig warten, bis Sie fertig sind. Vielleicht lernt sie dann, das nächste Mal pünktlicher zu sein.« Dann fügte sie, zweifellos als besonderes Zugeständnis, hinzu: »Möchten Sie gern von Mr. Leonard bedient werden?«

»Nein«, sagte Madeline, unfähig, den Widerwillen zu verbergen, den sie für solche Leute empfand. »Ich lasse mich lieber von einem Mädchen frisieren.«

»Ich rufe Miss Claudia«, sagte die Empfangsdame.

Während sie einem emailglatten Rotschopf in eine Nische folgte, fragte sich Madeline, wie früher schon ein-, zweimal, warum in diesem speziellen Beruf den Namen des Personals stets ein ›Miss‹ vorangestellt war, während sich alle gleichrangigen Angehörigen anderer Berufe schlicht beim Vornamen riefen. Eine der Traditionen des Gewerbes, nahm sie an.

»Wie möchten Sie es denn gerne?« fragte das Mädchen Madeline, während sie mit professionell abschätzendem Blick ihre Frisur musterte.

»Ich kenne mich mit dem heutigen Stil nicht so aus«, teilte ihr Madeline mit. »Ich trage meins seit meinem sechzehnten Lebensjahr so, aber ich weiß, daß es mittlerweile wohl altmodisch ist, weil ich es bei niemand mehr sehe, im Gegensatz zu früher.«

Das Mädchen reichte ihr eine Broschüre mit Hochglanzfotos. »Vielleicht finden Sie darin etwas, was Ihnen gefällt.« Sie deutete auf eins. »Die hier wird viel verlangt.« Die Frisur sah aus wie ein Bienenstock. Sie war massig und türmte sich hoch über den Kopf.

»Es macht bestimmt viel Mühe, sie in der richtigen Form zu halten.«

»Das stimmt«, gab das Mädchen zu. »Aber sie ist sehr dramatisch.«

Madeline lachte laut heraus. »Ich glaube nicht, daß ich mit einer dramatisch aussehenden Frisur herumlaufen möchte, was immer das ist.«

Sie gelangten schließlich zu einem Kompromiß. Madeline behielt ihre ursprüngliche, glatt nach unten gekämmte Frisur bei, aber sie wurde modernisiert, indem das Haar bis zu den Ohrläppchen abgeschnitten und oben gleichzeitig in mehrere verschiedene Richtungen gekämmt wurde.

»Nicht schlecht«, räumte sie ein, als die Arbeit beendet war.

»Nicht schlecht?« schrie das Mädchen beinahe. »Sie sehen einfach wunderbar aus. Geradezu männermordend«, versicherte sie.

Dann stutzte sie und hielt inne. »Das war vielleicht ein komisches Lächeln«, sagte sie lahm. »Ich hab' noch nie so ein komisches Lächeln gesehen.«

Als Madeline hinausging, starrte das Mädchen ihr noch immer mit mehr als nur beruflichem Interesse nach, denn sie wußte, daß sie auf etwas gestoßen war, ohne genau zu wissen, worauf.

Madeline ging auf ihr Zimmer und begann endlich mit den abschließenden Vorbereitungen für die Begegnung. Die Todesbegegnung. Sie zog das neue schwarze Kleid an und fragte sich dabei, ob sie sich wohl je wieder dazu überwinden könnte, es nach heute nacht noch einmal zu tragen. Wahrscheinlich nicht. Sie beschloß, es dem netten Zimmermädchen zu schenken, wenn es am nächsten Morgen kam. Sie zog ihre Reisetasche aus dem Schrank, schloß sie auf und holte den Revolver heraus, den Charlotte Bartlett ihr vor so langer Zeit gegeben hatte. Fast in einem anderen Leben, so schien es. Sie überprüfte ihn — nicht, daß sie eine Schußwaffenexpertin war, tatsächlich hatte sie kaum einen blassen Schimmer davon —, schlicht um sicherzugehen, daß er voll geladen war. Er müßte es eigentlich sein; er war voll geladen gewesen, als sie ihn in die Reisetasche gesteckt hatte, und wer war seither drangegangen? Er war geladen. Es war eine Waffe mit Trommel, und als sie sie in der Mitte aufklappte, konnte sie sehen, daß alle sechs kleinen Bohrungen von den kleinen Messingböden der Patronen fest verschlossen waren.

Was die Fähigkeit anging, damit zu zielen und zu treffen — auch darin war sie ein völliger Laie —, wie konnte sie aus praktisch kürzester Entfernung danebenschießen? Zwei Menschen zusammen in einem Zimmer, einer davon bewegungslos. Nur die Breite eines Eßtisches oder die Länge eines Sofas zwischen ihnen.

Sie klappte ihn zu und legte ihn längs, verkehrtherum, unten in ihre Handtasche. So konnte sie mit der Hand hineingreifen und ihn in einer einzigen, flüssigen Bewegung herausziehen, ohne ihn umdrehen zu müssen. Außerdem war er besser im Gleichgewicht, wenn er mit dem Griff nach oben auf der Oberseite lag.

Als sie die Handtasche verschloß — es war ein unter dem Arm zu tragendes Mäppchen ohne Schulterriemen —, durchlief sie eine plötzliche Aufwallung kalter Furcht, prickelnd wie Eiswasser. Das Telefon klingelte. Nicht, daß sie an sich etwas davon zu befürchten hatte; es lag einfach an der Reihenfolge, in der es geschehen war, unmittelbar nach dem, was sie gerade mit dem Revolver gemacht hatte. Ihr war, als träfe der Auslöser jedesmal ihr Herz, anstatt die Glocke anzuschlagen.

Das mußte er sein. Sie kannte sonst niemanden. Und wenn er es war, dann rief er an, um die Verabredung zu verschieben oder abzusagen. Das war der einzig mögliche Grund. Sie stand da wie eine Statue, weigerte sich, sich zu bewegen. Wenn sie nicht dranging, konnte er sie auch nicht erreichen, um ihr zu sagen, daß sie nicht kommen sollte. Sie würde auf jeden Fall hingehen, so wie sie es die ganze Zeit vorgehabt hatte.

Als es aufgehört hatte, wartete sie noch eine Minute, um sicherzugehen, daß die Leitung frei war. Dann ging sie zum Apparat hinüber und fragte das Mädchen von der Vermittlung: »Dieser Anruf, den Sie gerade für mich hatten, war das ein Mann? Ich konnte leider nicht drangehen.«

»Der Anruf war nicht für Sie«, sagte das Mädchen von der Vermittlung. »Tut mir leid, ich habe bei der falschen Zimmernummer eingestöpselt.«

Madeline atmete lang und tief aus, als sie auflegte.

Sie hatte immer noch ein bißchen freie Zeit zur Verfügung. Sie füllte in der Kochnische ein Glas Wasser, nahm es mit hinaus, setzte sich damit in einen Sessel und nippte langsam daran.

Schließlich stand sie auf, ging in das andere Zimmer zurück und holte ihre Handtasche mit dem Revolver darin. Als sie sich, zum Gehen bereit, im Spiegel musterte, überkam sie ein plötzliches Gefühl von Unwirklichkeit. Das ist nicht so. Das ist nicht wahr. Gehe ich innerhalb der nächsten Minuten von hier weg, im Begriff, einen Mann zu töten?

Sie beugte sich weiter vor, bis auf Zentimeter an das Glas heran. Sind das die Augen einer Mörderin? Diese weichen, fast kindlichen Dinger, blaßblaue, in kristallklarer Feuchtigkeit schwimmende Scheiben, mit blaßbraunen Wimpern wie mit einem Federbesatz eingefaßt. DAS, die Augen des Todes?

Sie drehte sich um und rannte wie eine Besessene hinaus, als hätte ihr der Anblick ihres eigenen Gesichts Angst gemacht. Sie drehte sich nicht einmal um, um die Tür hinter sich zu schließen, sondern riß im Hindurchlaufen kurz daran, so daß sie ein paar Sekunden später von allein zufiel.

Selbst als sie im Fahrstuhl hinunterfuhr, drehte sich der Fahrstuhlführer um und warf ihr einen raschen, verstohlenen Blick zu, als spürte er irgendeine Anspannung von ihr ausgehen.

Sie stieg in ein Taxi und nannte die Adresse von Herricks Wohnung.

In weniger als fünfzehn Minuten standen sie vor dem Haus.

Der Fahrer wartete einen Moment, während er Ausgangspunkt und Fahrziel in sein Fahrtenbuch eintrug. Dann drehte er sich um und sagte zu ihr: »Hier wollten Sie doch hin?«

Sie nickte bestätigend, ohne zu antworten. Am liebsten hätte sie zu ihm gesagt: »Bitte wenden Sie und bringen Sie mich wieder dahin, wo wir hergekommen sind«, aber sie zwang sich dazu, es nicht zu tun.

Er wartete wieder einen Moment, den Arm über die Lehne des Vordersitzes geworfen. Dann fragte er, immer noch geduldig, immer noch umgänglich: »Haben Sie kein Geld dabei? Ist es das?«

Immer noch wortlos klappte sie ihre Handtasche auf, gab ihm etwas Geld und öffnete die Tür. Sie schauderte, als sie ausstieg.

Aber oben vor seiner Tür legte sie den Finger ganz fest auf den Klingelknopf. Sie war jetzt über den Punkt hinaus, von wo es kein Zurück mehr gab. Es würde kein Zögern, kein Kneifen mehr geben.

Er machte auf, und sie begrüßten sich mit lockerer Herzlichkeit, die auch einen Händedruck einschloß.

»Hallo, Madeline.«

»Hallo, Vick.«

Sie machte die üblichen Bemerkungen, die eine Besucherin von sich gibt, wenn sie zum erstenmal einen Blick in die Wohnung eines Mannes wirft. »Sehr hübsch. Ich wußte gar nicht, daß du so eine hübsche Wohnung hast.«

»Ich hab' sie genauso gekriegt, wie sie jetzt ist, nichts hinzugekommen, nichts weggenommen. Ein Freund von mir hat drin gewohnt, und als er geheiratet hat, sind er und sein Mädchen aufs Land gezogen, deshalb hat er mir die Wohnung überlassen. Ich zahle auch noch die alte Miete. Es ist fast geschenkt.«

»Wohnst du schon lange hier?«

»Zweieinhalb Jahre.«

Dann hatte sie hier mit ihm zusammengelebt. Hier hatte sie gewohnt.

Sie fragte trotzdem nach. Es gab keinen Grund, es nicht zu tun.

»Hat deine Frau hier mit dir zusammengelebt?«

»Ja, Starr und ich haben während unserer Ehe hier gewohnt.« Wieder sah sie, wie der alte Schmerz sein Gesicht überflog. Der Schmerz, das Sehnen, das nicht sterben würde.

Er holte den Sherry, zog den Korken und goß ein. Der Wein war nicht gekühlt, aber die leeren Gläser waren es. Er hatte von diesem Trick gehört, den sie selbst auch kannte.

Er bot ihre eine Zigarette an. Sie hatte selbst welche, nahm aus Höflichkeit aber eine von seinen. Es stellte sich heraus, daß sie die gleiche Marke rauchten. Darüber mußten sie ein bißchen lachen.

»Möchtest du gern Musik hören?« bot er an. »Oder lieber nicht?«

»Doch, ich glaube, das wäre schön.«

»Was möchtest du hören?«

Sie überlegte. »›Eines Tages sehen wir‹ aus MADAME BUTTERFLY; den ›Musette-Walzer‹ aus LA BOHÈME; ›Und es blitzen die Sterne‹ aus LA TOSCA; vielleicht ›Vilia‹ aus DIE LUSTIGE WITWE; den Tango ›Eifersucht‹; ›April in Portugal‹. Solche Sachen. Für mich muß Musik einer Melodie folgen, ich mag kein nervöses Gedudel.«

»Das hab' ich alles. Ich stelle es leise«, sagte er, »damit wir uns bequem unterhalten können.«

Er stapelte Platten auf den Wechsler, knipste den Schalter an, und der Tonarm schwang nach außen, nach innen und nach unten, wie ein Ding mit eigener Intelligenz. Dann setzte er sich wieder ihr gegenüber aufs Sofa. Das Sofa, das seine Totenbahre sein sollte.

Sie saßen, einander halb zugewandt, gelöst und ungezwungen da und plauderten.

»Ich mag dich sehr, Madeline«, sagte er irgendwann.

Sie wußte genau, wie er das meinte. Es war keine Liebeserklärung. Man stützt sich nicht mit übereinandergeschlagenen Beinen auf einen Ellbogen und sagt ›Ich mag dich sehr‹, wenn man auf Liebe hinaus will. Er hatte seine Liebe schon. Er mochte sie als Mensch. Sie war verträglich.

Sie wußte nicht recht, was sie darauf sagen sollte, also sagte sie ganz einfach das Naheliegende: »Danke. Das hört man immer gern.«

Nach dem zweiten Glas Sherry stand er auf und begann mit seinen Vorbereitungen.

Das Essen war ausgezeichnet. Er mochte kein vielseitiger Koch sein (was er ihr gegenüber auch nicht behauptet hatte), aber die wenigen Gerichte, die er beherrschte, beherrschte er gut.

Doch ihr Interesse galt nicht dem Essen.

Der Rahmen war bezaubernd. Nur waren die falschen Leute darin. Für zwei Liebende wäre der Rahmen perfekt gewesen. Auch für bloße Freunde durchaus ansprechend. Das bequeme, wohnliche, schlichte, doch geschmackvolle Junggesellenapartment, die heitere Tafel, die unaufdringliche Musik, das Beisammensein einer höchst attraktiven Frau und eines sympathischen Mannes. Aber sie waren keine Liebenden, sie waren keine Freunde, sie waren die Mörderin und der, der ermordet werden sollte.

Einmal blickte sie sich, als er gerade etwas sagte, flüchtig nach der Handtasche um, die auf dem Sofa auf der anderen Seite des Zimmers lag, wo sie sie mit dem Revolver abgelegt hatte, und wandte sich ihm dann wieder zu.

Nein, es war ganz falsch, es so zu machen. Hierher

zu kommen und sein Essen und seine Gastfreundschaft zu akzeptieren und ihm dann zwischen die Augen zu schießen. Es war abscheulich, es war feige, es war die schlimmste Art von Hinterlist. Aber welche andere Möglichkeit gab es denn, es zu tun? Es gab keine andere Möglichkeit. Ihm in irgendeiner Einfahrt aufzulauern und ihn zu erschießen, wenn er aus einem Taxi vor seine Haustür trat? An seiner Tür zu läuten und ihn zu erschießen, wenn er nichtsahnend und unvorbereitet öffnete? So wurde es bei Meuchelmorden gemacht, wie sie die Unterwelt oder eifersüchtige Frauen oder ehemalige Geschäftspartner aus zwanghaftem Haß begingen. Sie war keine Meuchelmörderin, und es war auch nicht diese Art von Tötung. Es war eine Tötung in Erfüllung eines feierlichen Gelübdes. Es gab keine andere Möglichkeit, es zu tun, als so, indem sie ihm offen ins Gesicht sah und ihn nach Möglichkeit wissen ließ, wofür, ehe er starb.

»Ich fand, du hast eben ein bißchen blaß ausgesehen«, sagte er.

Sie lächelte, ohne es abzustreiten.

»Aber jetzt ist es wieder vorbei.«

Er goß behutsam den Hennessy in die Kaffeetassen, dann nahm er eine in jede Hand.

»Sollen wir unseren Kaffee da drüben trinken?« sagte er und deutete mit dem Kopf zum Sofa hin. »Starr und ich haben das immer gemacht, wenn wir zu Hause gegessen haben. Was nicht oft vorkam.«

Sie stand auf und ging hinüber, und sie setzten sich beide wieder dorthin, wo sie vorhin gesessen hatten, einer an jedem Ende. Etwa einen Meter fünfzig voneinander entfernt. Es gab wirklich keinen Grund für sie, einander näher zu sein.

Aber ich weiß es immer noch nicht, dachte sie. Ich

muß versuchen, es aus ihm herauszuholen. Ich weiß immer noch nicht, warum sie ihn verlassen hat.

»Tut dir das nicht weh?« fragte sie ihn ganz unverblümt.

»Was denn?«

»Erinnert dich das nicht daran?«

»Ach so, der Kaffee. Nein, solche Kleinigkeiten machen nichts. Nichts daran ist so wie damals. Die Tassen sind nicht die gleichen. Das Mädchen, das sie mit mir zusammen benutzt, ist nicht das gleiche. Das einzige, was gleich geblieben ist, ist der Mann.« Dann kam und ging der Schmerz. »Das einzige, was weh tut, ist die eine schlimme Sache — daß sie mich verlassen hat.«

Jetzt hab' ich ihn soweit. Ich hab' ihn soweit.

Der Plattenstapel war schließlich abgespielt. Es kam ein endgültiges, beinahe brüskes kleines Klicken. Er wandte den Kopf danach um und warf ihr dann einen fragenden Blick zu.

»Nichts mehr«, sagte sie kurz angebunden und machte mit der Hand eine beinahe wütende Abwehrbewegung. Blödes Gerät, ausgerechnet jetzt, dachte sie.

»Kam das ganz plötzlich, daß sie dich verlassen hat?« Sie hatte sich leicht zu ihm vorgebeugt. Sie merkte es selbst und zwang sich, sich etwas zurückzulehnen.

»Schrecklich plötzlich. Fürchterlich plötzlich.« Er trank mit einem Schluck den Rest seines Kaffees aus, mehr wegen des Branntweins als wegen des Kaffees, vermutete sie.

»Manchmal macht es das einfacher, manchmal auch nicht.«

»In der Liebe ist das nie einfach.«

Und ich mache es dir auch nicht einfacher, indem ich dir das abverlange, oder? Aber ich muß es wissen. Ich muß einfach wissen — warum ich dich töte.

»Trink noch etwas«, sagte sie mit perfidem Mitgefühl — das nur teilweise perfide war. »Wenn du etwas trinkst, fällt es dir leichter zu reden. Wenn du redest, fällt es dir leichter, es zu ertragen.«

Er blickte sie dankbar an. »Ich habe es nie jemandem erzählt. Verstehst du, es war einfach niemand da, dem ich es erzählen konnte.«

»Jetzt ist jemand da«, sagte sie besänftigend.

Er goß Hennessy in ein Kognakglas, bis es etwa viertelvoll war. Dann schwenkte er es in den Händen hin und her.

Sie ließ es darauf ankommen. Vielleicht kam es nicht, wenn sie bloß dasaß und wartete.

»Habt ihr euch gestritten — kurz davor?«

»Zum Streiten war keine Zeit.«

»Aha«, sagte sie.

»Es fing an wie eine Art Anfall. Ich wußte nicht, daß es damit enden würde, daß sie mich verläßt. Das wußte ich erst Wochen später.«

»Aber du hast doch gesagt —«

Jetzt kam es. Es hatte angefangen. Es hatte angefangen, und nichts konnte es aufhalten. Wie wenn man einen Wasserhahn aufdreht und der Griff abbricht. Oder auf einer Geröllhalde einen Steinschlag auslöst.

Er deutete auf eine Stelle, die der gegenüberliegenden Wand näher war als ihnen. »Genau da ist sie auf den Teppich gefallen. Siehst du, wohin ich deute? Sie ist ganz plötzlich umgefallen. Gefallen wie ein Stein.« Und wie um sie zu beruhigen, sagte er: »Es ist nicht der gleiche Teppich. Keine Angst. Ich habe ihn auswechseln lassen.«

»Eine Krankheit?«

»Das wußte ich zuerst auch nicht, ich konnte es nicht sagen. Sie war bei Bewußtsein, ihre Augen blieben offen. Aber sie konnte oder wollte nicht reden. Sie warf sich in einem fort auf dem Boden hin und her, als hätte sie einen Krampf. Aus ihrem Mund floß Speichel, in Spritzern. Er glänzte silbrig, in kleinen, schaumigen Flecken. Deswegen habe ich später den Teppich auswechseln lassen. Und sie fing an hineinzubeißen. Sie riß mit den Zähnen kleine Büschel heraus.«

Mittlerweile strömte ihm Schweiß übers Gesicht.

Starr? Das war dieselbe Starr, die später in meinen Armen so ruhig, so anspruchslos gestorben ist? »Doch keine zeitweilige Geisteskrank —?«

»Nein«, sagte er rasch, ehe sie ausreden konnte. »Ich konnte überhaupt nichts mit ihr machen. Es wurde jedesmal schlimmer, wenn ich versuchte, mich ihr zu nähern. Wenn ich versuchte, sie in die Arme zu nehmen, schlug sie heftig um sich. Unbeherrschbar. Ein Zucken durchlief sie jedesmal, fast wie bei einem Patienten, der Elektroschocks bekommt.«

Er schluckte etwas von seinem Drink. Er machte ein Gesicht, als ätzte ihm der Drink beim Herunterschlukken die Schleimhaut der Kehle weg.

»Ich mußte schließlich nach einem Krankenwagen telefonieren. Der Arzt untersuchte sie gleich dort auf dem Boden, wo sie lag. Er sagte, es sei ein Schock. Ein akuter Schock. Ein psychischer Schock. Er hätte das bei Soldaten während des Koreakrieges gesehen. Er gab ihr eine Spritze, um sie zu beruhigen, und natürlich haben sie sie ins Krankenhaus gebracht.«

Er nahm noch einen Schluck, einen schlimmeren, einen, der noch mehr weh tat.

Sie riskierte es und öffnete ihre Handtasche einen

Spalt weit, der gerade nur der Breite ihrer Handkante entsprach, griff hinein und zog ein Taschentuch heraus. Es war etwas Kölnischwasser darauf, aber das war nicht zu ändern. Sie warf es ihm zu, und er nahm es, wischte sich damit die schweißbedeckte Stirn und knüllte es dann zwischen den Handflächen.

»Als sie auf der Bahre zur Tür hinausgetragen wurde, war es das letzte Mal, daß ich sie je gesehen habe. Ich habe sie bis auf den heutigen Tag nicht wiedergesehen. Seit dieser Nacht ist sie nicht mehr hierher zurückgekommen.«

»Aber — wieso bist du nicht mit ihr gegangen? Geht ein Ehemann nicht normalerweise mit seiner Frau, wenn sie so krank wird?«

»Sie ließ mich nicht. Sie hat sich so fürchterlich aufgeführt. Die Spritze hat nämlich nicht schnell genug gewirkt, und sie muß gehört haben, wie ich sagte, daß ich im Krankenwagen mitfahre. Sie fing an zu stöhnen und sie anzuflehen, sie sollten mich nicht in ihre Nähe lassen, sie wollte mich nicht in ihrer Nähe haben. Schließlich nahm mich der Arzt beiseite und sagte, es wäre vielleicht besser, wenn ich nicht mitführe; der Gedanke schiene sie aufzuregen. Ich sollte ein Weilchen warten und ihr Zeit lassen, sich zu beruhigen. Er sagte, er glaube nicht, daß man sich Sorgen darüber machen müsse, es sei bloß irgendeine Nervenkrise.

Also bin ich die ganze Nacht auf und ab gegangen, auf und ab.«

Er hielt plötzlich inne. Er warf ihr einen eigenartigen Blick zu und sagte: »Warum erzähle ich dir das alles?«

»Ich weiß nicht«, sagte Madeline ruhig. »Es gibt Zeiten, da muß jeder irgendwem bestimmte Dinge erzählen — und diesmal bin ich dieser irgendwer.« Dann fügte sie hinzu: »Erzähl es zu Ende. Du hast mir schon so viel erzählt, daß du ruhig weitererzählen kannst. Ich möchte gern alles hören.«

»Da gibt es nicht mehr viel«, sagte er. »Ich ließ ihnen Zeit, sie hinzubringen, und rief dann im Krankenhaus an. Sie hatten sie aufgenommen — ich hatte dafür gesorgt, daß sie ein Einzelzimmer bekam — und sie sagten mir, daß sie schliefe.

Ich blieb die ganze Nacht auf den Beinen. Gleich am nächsten Tag ging ich hin, und sie sagten mir, sie habe sich beruhigt, aber ich müßte Geduld haben, ich könnte sie noch nicht sehen, und sie dürfte in ihrem Zustand noch nicht gestört werden.

Abends ging ich wieder hin. Eine andere Schwester hatte Dienst, aber sie erzählte mir das gleiche.

Tja, die ersten drei, vielleicht vier Tage konnte ich es verstehen und akzeptieren.« Er ballte die Faust und spreizte die Finger dann weit auseinander. »Aber drei Wochen lang — drei Wochen — drei Wochen« — er sagte es dreimal — »bin ich zweimal am Tag im Krankenhaus gewesen. Zweiundvierzig Besuche. Und irgendwann in diesen Wochen kapierte ich endlich. Anfangs waren es ja vielleicht noch die Krankenhausvorschriften, aber mittlerweile war sie dafür verantwortlich, daß ich nicht hinein durfte. Sie muß sich geweigert haben, mich zu sehen, und sie angewiesen haben, mich nicht vorzulassen. Ich konnte sie nicht einmal telefonisch erreichen. Die Schwester nahm jedesmal ab und wollte mich nicht mit ihr reden lassen. Ich versuchte es mit Schreiben. Die Briefe kamen in getippten Krankenhauskuverts ungeöffnet zurück.«

»Und dann?«

»Und dann. Das zweiundvierzigste Mal, das ich hinging, war am Abend des einundzwanzigsten Tages. Da bekam ich eine andere Auskunft. Die Schwester sagte mir, sie sei morgens entlassen worden und hätte keine Nachsendeadresse hinterlassen.«

Er verstummte für eine Weile, und sie dachte schon, es wäre vorbei.

Aber das war es nicht. Plötzlich fuhr er fort: »Die Schwester war sehr lebensklug, du weißt ja, wie Schwestern sind. Sie musterte mich sehr eingehend und sagte: ›Ich weiß nicht, was zwischen Ihnen beiden vorgefallen ist, Mr. Herrick. Sie hat es mir nicht gesagt, und ich will es auch nicht wissen, es geht mich nichts an. Aber meinen Sie nicht, daß es ihr zuliebe besser ist, wenn Sie sich von jetzt an von ihr fernhalten, nicht versuchen, ihr zu folgen, nicht versuchen, sie zu finden? Das junge Mädchen, das wir all die Wochen hier hatten, hat nicht simuliert, nicht geschauspielert. Sie ist wirklich krank.‹ Und sie nahm einen ganz kleinen Umschlag aus ihrer Schreibtischschublade, eins von diesen kleinen Dingern, das sie für Tabletten und Kapseln verwenden, und gab ihn mir. Er war zugeklebt, und es stand nichts darauf. Ich machte ihn erst auf, als ich wieder zu Hause war.«

»Und was war drin?« fragte sie, als die Pause sich zu dehnen begann.

»Soll ich dir wirklich erzählen, was drin war? Du ersparst mir auch gar nichts, wie?«

Sie machte eine gleichmütige Bewegung mit nach oben gedrehter Hand.

»Mein Ehering war drin. Ihrer. Der, den ich ihr gekauft hatte. Und noch etwas, etwas Schreckliches. Ich glaube nicht, daß jemals irgendein Ehemann so etwas von der Frau bekommen hat, die ihm gerade davongelaufen ist.«

Und wieder schien er es nicht über die Lippen zu bringen, doch diesmal fragte sie nicht.

»Ein Fetzen Toilettenpapier. Und zwar benutztes. Es war um den Ring gewickelt. Der Ring war darin eingebettet.«

Sie schlug sich in unwillkürlichem Entsetzen den Handrücken vor den Mund.

Danach sagte er nichts mehr. Was gab es nach dem, was er ihr zuletzt erzählt hatte, auch noch zu sagen?

Jetzt war es an ihr zu reden, und wenn sie geredet hatte, an ihm zu sterben.

»Ich bin Starr einmal begegnet«, sagte sie tonlos, beiläufig.

Sie sah ihm an, daß er meinte, nicht richtig gehört zu haben. »Du bist was? Was hast du gerade gesagt?«

»Ich bin Starr einmal begegnet.«

»Nachdem sie mich verlassen hatte?«

»Nachdem sie dich verlassen hatte, ja.«

Hoffnung erhellte sein Gesicht, und das so kurz danach. Es war wie eine Flamme. Er war schön vor Hoffnung, hatte strahlende Augen vor Hoffnung.

»Nein, nein«, sagte sie rasch und machte eine mahnende Handbewegung. »Mach dir keine Hoffnung. Keine. Sonst tut es hinterher nur doppelt weh.«

Sein Gesicht erstarb wieder, erlosch wieder.

Gott, wie er sie liebt, dachte sie. Aber was hat er ihr nur angetan — ?

Sein Mund stand offen, in stummer Bitte, in schweigendem Flehen.

»Ja, ich werde es dir erzählen. Ich werde dir davon erzählen, alles erzählen. So wie du mir deine Geschichte aus deiner Sicht erzählt hast, werde ich dir meine Geschichte aus meiner Sicht erzählen. Ist es nicht merkwürdig, daß wir zwei zusammenkommen und die beiden Teile zusammenfügen, und dann haben wir die ganze Geschichte?«

»Mach schon«, keuchte er, fast wie ein Verdurstender.

»Es war im letzten Mai, vor einem Jahr. Ich wollte mich umbringen.«

»Warum?«

»Soll ich dir mal was sagen? Ich weiß nicht mehr genau, warum. Weil das Leben keinen Sinn mehr hatte, vermutlich. Weil — ist auch egal. Ich hatte einen Revolver, das einzige, was mein Vater mir hinterlassen hat, als er sich zu Tode trank. Ich hielt mir den Revolver an den Kopf und drückte auch tatsächlich ab, und der Revolver ging nicht los.«

»Ein Wunder«, flüsterte er.

»Das dachte ich auch. Ich fühlte mich wie neugeboren. Ich sprang auf, wollte vor Freude tanzen und singen. Ich warf den Revolver hin. Und —«

»Ja?«

»Er ging los. Der Schuß ging durchs Fenster. Willst du das auch bestimmt hören? Bestimmt?«

»Spann mich nicht auf die Folter.«

»Da bin ich Starr begegnet. Sie war diejenige, die von der Kugel getroffen wurde. Sie starb in meinen Armen.«

Sie schwieg. Sie hatte ihm nichts mehr zu erzählen.

Sie fragte sich, ob er weinen oder stöhnen würde, oder was er sonst tun würde. Er würde in ihrer Achtung sinken, wenn er es täte — sie mochte keine jammernden Männer —, doch welches Recht hatte sie, ihm die Form seines Kummers vorzuschreiben?

Er rührte sich mehrere Minuten lang überhaupt nicht. Er saß einfach nur da wie betäubt, wie gelähmt.

Dann griff er nach dem Branntweinglas. Sie dachte, er würde den Inhalt in einem Zug hinunterstürzen.

Statt dessen richtete er sich mit einem Schlag zu seiner vollen Größe auf und warf es. Der Alkohol bildete quer durchs Zimmer einen bernsteinfarbenen Regenbogen fallender Tropfen, und das Glas zersprang an der Wand in hundert Splitter.

»Danke, Leben!« brüllte er aus vollem Hals. »Vielen Dank! Tausend Dank!«

Und dann ballte er die Faust, bleckte die Zähne wie ein Tier, das seinen Herrn anknurrt, der es gerade getreten hat, und blickte geradewegs zur Decke empor. Aber sie wußte, daß er nicht die Decke sah.

»Und was dich angeht — !«

Sie ging rasch zu ihm hinüber und verschloß ihm mit der Hand den Mund.

»Nicht«, warnte sie ihn fast abergläubisch. »Das nicht. Bist du denn noch nicht genug gestraft? Willst du etwa noch mehr? Wende dich nicht gegen deinen Gott wegen etwas, was du selbst getan hast.«

»Er ist nicht mein —«

Sie legte die Hand rasch wieder zurück. Da sank er zusammen, und aller Trotz verließ ihn. Er drehte sich um, ging zum Sofa zurück und sackte wie eine knochenlose Puppe schlaff darauf zusammen.

»Etwas, was ich selbst getan habe«, wiederholte er in einem fort teilnahmslos, die Worte, die sie eben benutzt hatte. »Etwas, was ich selbst getan habe.«

»Es muß so gewesen sein«, sagte sie schließlich mit leiser, fast unhörbarer Stimme. »Warum sollte das Mädchen dich so verlassen, warum dir deinen Ring besudelt zurückschicken? Ich sage dir noch etwas, Vick. Sie wollte dich getötet haben, Starr wollte dich getötet haben. Wenn sie weitergelebt hätte, sie hätte keinen Frieden finden können, bis du getötet worden wärst. Warum? Was hast du ihr angetan?«

Sie beobachtete ihn, musterte ihn. Sie sah, wie in

seinem Gesicht eine Veränderung vorging. Ein Ausdruck, der vorher nicht dagewesen war. Nicht der Schmerz darüber, Starr zu lieben und sie verloren zu haben. Nicht das gramvolle Wüten darüber, von ihrem Tod erfahren zu haben. Nein, etwas anderes.

Sie versuchte, es zu deuten und meinte, es zu begreifen.

Solange der Gegenstand seiner Liebe noch am Leben, noch auf einer Welt mit ihm war, wenn auch von ihm getrennt, konnte nichts seine Gier nach ihr lindern, sein Fieber, seine Sucht, wie immer man es nennen wollte. Nichts anderes zählte, nichts anderes spielte eine Rolle, nichts anderes existierte. Es gab weder Recht noch Unrecht, weder Gut noch Böse.

Jetzt lebte sie nicht mehr, war nicht mehr auf der Welt.

Die Flamme, die sich von ihrem Körper nährte, wenn auch nur in seinen Gedanken und nirgendwo sonst, hatte jetzt nichts mehr, wovon sie sich nähren konnte. Und wenn Flammen nichts mehr haben, wovon sie sich nähren können, werden sie kleiner und kleiner. Von einer Erinnerung bleibt eine Flamme nicht am Leben.

Sie konnte sie in ihm verlöschen sehen, während er da saß. Grauen trat an ihre Stelle. Es stand ihm ins Gesicht geschrieben, und seine Augen waren groß und rund und flackerten vor Grauen. Jetzt war die lodernde Flamme fort, die wie ein brennendes, sich langsam drehendes Schwert Dinge, unaussprechliche Dinge, auf Distanz, jenseits der Schranken gehalten hatte. Jetzt krochen die Gerippe und die Würmer, die Maden und das Ungeziefer, kroch alles, was furchterregend und unrein und abscheulich war, langsam auf ihn zu, umzingelte ihn, kam näher, fraß an ihm, bedeckte ihn.

Und er, in ihrer Mitte, war in einer Hölle, wie sie diese Welt und auch die Hölle, die jenseits dieser Welt liegt, nie gekannt hatten.

Sie konnte es in seinem Gesicht sehen. Es war beinahe zu schrecklich, um es mitanzusehen. Sie blickte mit angehaltenem Atem, voller Angst, auf ihren Schoß.

Sie hörte noch ihre eigenen Worte im Zimmer um sie herum leise nachhallen, nachklingen, obwohl es lange her schien, daß sie gesprochen worden waren. »Warum? Was hast du ihr angetan?«

Und plötzlich antwortete er, und alles war vorbei.

»WEIL ICH IHR EIGENER BRUDER BIN!«

In die Stille, die folgte, drang der Klang ferner Stimmen aus der Vergangenheit, die wie Totengeläut in ihren Ohren dröhnten; drang die Erinnerung an Dinge, die gesagt worden waren und die sie gelesen hatte.

Wieder hörte sie in der Ferne Charlotte Bartletts Stimme: »Wir hatten zuerst einen kleinen Jungen, vor Starr. Dann haben wir ihn verloren. Er ist einfach vom Erdboden verschwunden. Diesen Moment spielte er noch vor der Haustür. Im nächsten war nichts mehr von ihm zu sehen.«

Starr selbst, in einem Brief an ihre Mutter: »... Dieser Kleine-Jungen-Blick, dieser Ehemann-Blick. Ich habe die Arme um ihn geworfen, mich ihm an den Hals gehängt, ohne mit den Füßen den Boden zu berühren, und ihn ungefähr achtzehnmal geküßt.«

Dell, wie sie in der Erinnerung ihr Innerstes bloßlegte: »Ich merkte es, wenn er mit ihr zusammen gewesen war. Die unübersehbaren kleinen Anzeichen, die einen Mann verraten. Müde, aller Elan verbraucht. Ein bißchen hohl in den Wangen und an den Schläfen, was sich binnen vierundzwanzig Stunden wieder gab. Und binnen achtundvierzig wieder da war.«

Sogar die Schwester im Krankenhaus, von der sie nur aus zweiter Hand, von ihm, wußte: »Sie ist wirklich krank. Ich weiß nicht, was Sie ihr angetan haben, aber halten Sie sich von ihr fern!«

Sie sprang auf, und ihr Gesicht war nicht bloß weiß, es war gelb vor Übelkeit.

»Wo ist das Badezimmer? Schnell —!« sagte sie mit erstickter Stimme.

»Da drin — die Tür mit dem Spiegel —«

Der Spiegel blitzte im Widerschein der Zimmerbeleuchtung, als sie die Tür aufriß, und blitzte gleich darauf wieder wie ein Streifen laufenden Wassers, als sie fast unmittelbar danach herauskam.

»Falscher Alarm«, sagte sie, an niemanden gewandt, sarkastisch. »Anscheinend habe ich einen kräftigeren Magen, als ich —«

Sie sah sich nach dem Hennessy um, fand ihn und goß sich etwas davon ein, ohne ihn zu bitten, sie zu bedienen. Sie goß ihn in ein Schnapsglas, kippte ihn mit einem Ruck. Sie brauchte ihn.

Sie setzte sich aufs Sofa, ohne zu ihm hinzusehen. Noch lange danach herrschte Schweigen zwischen ihnen. Er schien vergessen zu haben, daß sie überhaupt da war. Sie konnte seine Gegenwart nicht vergessen.

»Wie lange wart ihr verheiratet, als du es herausgefunden hast?« fragte sie plötzlich.

Er schüttelte verbissen den Kopf. »Ich wußte es schon vorher.«

Wenn auf der Skala der Gefühle, die sie an diesem einen Abend schon durchlebt hatte, überhaupt noch etwas Neues angeschlagen werden konnte, so geschah es jetzt. Sie empfand eine Mischung aus Ekel und Entsetzen, und völlige Ungläubigkeit. »Du hast es gewußt und sie trotzdem geheiratet!« würgte sie heraus.

»Ich habe sie geliebt. Ich habe ihretwegen sogar meine Frau verlassen.« Dann korrigierte er sich nachträglich: »Meine erste Frau.«

»Sprich nicht so davon«, sagte sie mit vor Grauen verzerrtem Gesicht.

Zum erstenmal, seit die Sache ans Licht gekommen war, wandte er sich ihr zu und sah sie direkt an. Ihre Augen wandten sich ab und flüchteten sich in eine andere Ecke, wollten mit aller Macht seinem Blick entgehen, weigerten sich, ihn zu ertragen. »Ich habe nie jemanden so geliebt, wie ich sie geliebt habe. Hast du das nicht an meinem Blick gesehen, als du ihren Namen gesagt hast? Hast du das nicht an meiner Stimme erkannt, als ich ihn gesagt habe?

Ich wußte es, als ich sie heiratete. Sie nicht. Ich habe sie mit weit offenen Augen geheiratet. Was machte das zu dem Zeitpunkt schon für einen Unterschied?«

»Was das für einen UNTERSCHIED machte?« keuchte sie.

»Wir schliefen schon miteinander, als ich noch mit Dell zusammenlebte. Die Heirat brachte da nichts Neues. Ich wollte keine Geliebte. Ich liebte sie, wie ein Mann die Frau liebt, die er heiraten will — und eben heiratet.

Das ist nicht so schrecklich. Es ist bloß die Vorstellung, die dich erschreckt und so schrecklich klingt.«

»Es ist verflucht«, fuhr sie scharf dazwischen. »Es ist unrein. Es ist verboten«, aber er beachtete sie nicht.

»Wir waren einander völlig fremd«, sagte er und hob dabei zu seiner Rechtfertigung die Stimme. »Selbst wenn wir als Kinder ein Jahr zusammen verbracht hätten — oder nur ein halbes Jahr, einen Monat. Aber wir hatten uns nie im Leben zu Gesicht bekommen, bis zu dem Tag, an dem wir uns kennenlernten und ich mich verliebte. Niemand war sich so völlig fremd, wie wir beide es waren. Das einzige, was gleich war, war das Blut. Und was weiß das Blut, wie erkennt es sich? Cousins heiraten oft Cousinen. Im alten Ägypten galt in der Herrscherfamilie das Gesetz, daß der Bruder die Schwester heiratete. Es war üblich. Nur weil es heute tabu ist, schockiert es so.«

»Das war bei den Heiden. Wir leben in der christlichen Welt. Und damit meine ich genauso das Judentum, den Islam, nenn es, wie du willst; es wird von allen gleichermaßen verdammt. Es ist aus gutem Grund tabu«, sagte sie kalt, »und man soll nicht dagegen verstoßen.«

»Man sieht dieses schöne Gesicht«, sagte er träumerisch. »Man liebt dieses schöne Gesicht. Man liebt diesen schönen Menschen. Dann findet man heraus, daß man sich für ein Weilchen, am Lebensanfang, an der Brust derselben Frau genährt hat, die sie später nährte. Aber wenn man da schon so innig liebt, ist es zu spät, noch einen Unterschied zu machen. Irgendwie spielt es keine Rolle, es facht die Liebe nur noch mehr an. Jetzt liebt man nicht mehr nur sie, man liebt die zusätzliche Verbundenheit, durch die man ihr jedesmal um so näherkommt. Das Gefühl des Angehörens, des Besitzens, wird um so stärker.«

»Du versuchst nicht, mich zu überzeugen«, sagte sie stumpf. »Du versuchst, dich selbst zu überzeugen. Es steht dir ins Gesicht geschrieben, die Schuld, die Angst –«

»Ja, weil sie jetzt fort ist. Sie ist nicht mehr da, um die Schuld, die Angst fernzuhalten, mich vergessen zu lassen.«

»Du kannst dein Gewissen nicht begraben, du kannst es nicht völlig abtöten. Du hast dich selbst zerstört. Jetzt wirst du das Leben nicht mehr ertragen können und vor dem Sterben schreckliche Angst haben. Jedenfalls müßtest du das.«

Er gestand es ein, indem er den Kopf hängenließ.

»Wie hast du es herausgefunden?«

Als er sprach, blieb sein Kopf gesenkt, und er blickte nicht zu ihr auf. »Ganz einfach, das war nicht weiter kompliziert. Meine Mutter ist vor sieben, acht Jahren gestorben. In der Nacht vor ihrem Tod saß ich an ihrem Bett, und sie sagte mir, es gäbe etwas, was sie sich von der Seele reden müßte, ehe sie sterbe, ihr wäre dann wohler. Es klingt wie eins dieser alten Melodramen, ich weiß, aber es hat sich wirklich so abgespielt.

Als junges Mädchen wurde sie von einem Kerl sitzengelassen, nachdem er sie geschwängert hatte. Das Kind wurde tot geboren. Das ließ ihr keine Ruhe, und sie wurde wohl eine Zeitlang wunderlich.

Sie redete davon, daß sie eines Tages durch eine ganz bestimmte Straße gegangen sei und vor einem Haus ein kleines Kind hätte spielen sehen. Sie nannte den Namen der Straße und gab mir sogar die Hausnummer. Sie sagte, sie hätte nicht anders gekonnt. Ehe ihr klar war, was sie tat, führte sie das Kind bei der Hand die Straße hinunter.

Um die Ecke stieg sie mit ihm in ein Taxi und ließ sich zu einer falschen Adresse fahren, weit weg von der Gegend, wo sie wirklich wohnte. Von dort nahm sie dann einen Bus zu ihrer Wohnung.

Sie wohnten in einem dieser altmodischen Einfamilienhäuser, bloß sie und ihre Mutter, und waren deshalb zumindest vor den neugierigen Augen von Nachbarn in angrenzenden Wohnungen sicher. Ich weiß nicht, wie sie es geschafft haben, aber sie haben es geschafft. Ich nehme an, sie ließen mich nicht aus dem Haus und hielten mich von den Fenstern fern, solange sie noch dort wohnten. In den Dreißigern war so etwas leichter zu schaffen, als es das in den Sechzigern wäre. Die Mutter war an den Rollstuhl gefesselt und hätte ohnehin nicht viel dagegen machen können, selbst wenn sie gewollt hätte. Aber sie war völlig damit einverstanden, weil es ihre Tochter glücklich machte, und nach ganz kurzer Zeit hatte sie mich auch liebgewonnen.

Sobald es gefahrlos ging, also etwa ein Jahr später, als das Aufsehen sich weitgehend gelegt hatte, verkauften sie vorsichtshalber das Haus und zogen aufs Land.

Als dann mein Vater auf der Bildfläche erschien — oder besser gesagt, der Mann, den sie heiratete — und ihr einen Antrag machte, beichtete sie ihm ihren damaligen Fehltritt, nicht aber die andere Sache, und ließ ihn in dem Glauben, ich wäre das fragliche Kind. Jedenfalls heiratete er sie, und er war sein Leben lang nicht nur ein guter Ehemann, sondern mir auch ein guter Vater.

So einfach ist das.

Nachdem ich dann Starr kennengelernt hatte, lag sie eines Nachts, etwa einen Monat, nachdem wir angefangen hatten, miteinander zu schlafen, neben mir und redete mit mir. Du weißt ja, wie Menschen in solchen Momenten alles über sich erzählen. Sie erwähnte die Trinkerei ihres Vaters und sagte, ihrer Meinung nach sei der Groll ihrer Mutter daran schuld, weil er sie genötigt hatte, sie, Starr, zu bekommen, wo sie doch gar keine Kinder mehr haben wollte. Und dann erzählte sie von ihrem kleinen Bruder, der verschwunden war, bevor sie auf die Welt kam, und nie wieder gesehen wurde. Ganz nebenbei erwähnte sie die Straße und die Hausnummer, wo sie gewohnt hatten, als das passierte. Ich fragte sie nicht einmal danach. Es war dieselbe Straße, dasselbe Haus, das meine Mutter genannt hatte.

Da wußte ich, daß ich dieses Kind war.«

»War dir das nicht anzumerken? Hat sie denn nicht erkannt, daß du überrascht warst?«

»Wir waren im Dunkeln. Sie konnte mein Gesicht nicht sehen.«

»Und du hast es ihr nie erzählt.« Es war keine Frage.

»Nie bis zu Ende.«

»Wie hat sie es dann herausgefunden?«

»Das muß meine erste Frau Dell gewesen sein. Ich habe es nie mit Sicherheit herausgefunden, aber es kann niemand anders als Dell gewesen sein.

Starr und ich hatten in dieser einen Nacht miteinander geschlafen. Später döste ich vor mich hin, war halb eingeschlafen. Alles schien weit weg zu sein — du weißt ja, wie Geräusche klingen, wenn man so im Halbschlaf liegt — und mir war, als hörte ich weit weg das Telefon klingeln. Es stand gleich neben dem Bett, aber ich war zu benommen, um dranzugehen, also muß sie das wohl getan haben. Hätte ich doch bloß abgenommen, vielleicht wären wir dann heute noch zusammen, wir beide. Ich hörte sie nicht einmal viel sagen. Nur eins war klar verständlich. Da muß sie laut geworden sein oder so was. Ich hörte nur eins, das war alles. ›Sie müssen verrückt sein!‹ Als nächstes spürte ich, wie sie mich schüttelte und schüttelte, als wäre sie halb wahnsinnig. Ich kam einfach nicht zu mir, kriegte die Augen nicht auf. Ich hörte sie sagen: ›Bist du adoptiert worden? Warst du ein Adoptivkind? Ja oder nein?‹ Sie schüttelte mich weiter, bis ich ja murmelte.

Dann sagte sie: ›In welcher Straße und Hausnummer bist du auf die Welt gekommen, bevor du adoptiert wurdest? Sag mir die Straße und die Hausnummer.‹ Ich wollte nur, daß sie aufhörte, mich zu schütteln, daß sie mich wieder schlafen ließ. Ich sagte mit geschlossenen Augen die Adresse. Und das war alles, keiner von uns sagte noch etwas.

Plötzlich gingen die Lichter an. Das öffnete meine Augen schließlich, ich war endlich wach. Und sie rannte aus dem Zimmer, rannte aus dem Zimmer. Ich kann dir gar nicht sagen, wie sie aus dem Zimmer rannte. Wie — wie von allen Furien der Hölle gehetzt. Ich sprang auf und ging ihr nach. Hier holte ich sie ein, in diesem Zimmer, wo wir jetzt sitzen. Ich fragte sie, was los sei, und ich streckte die Hand aus und berührte sie. Bei der bloßen Berührung meiner Hand fiel sie zu Boden, wie ich es dir erzählt habe, in diesem Schockzustand.«

Das war keine Bagatelle, dachte sie, keine Belanglosigkeit, kein harmloses Unglück. Das war eine Ungeheuerlichkeit. Es war kein Wunder, daß Starr ihn tot sehen wollte. Er verdiente den Tod.

Sie nahm die Handtasche auf, hielt sie aufrecht auf ihrem Schoß, eine Hand an jeder Ecke des Rahmens. Sie fragte sich, ob er eine Ahnung hatte, was darin war. Wie sollte er? Aber er würde es sehr bald wissen.

»Fragst du dich nicht, warum ich heute abend hierhergekommen bin?«

»Das war vor tausend Jahren«, sagte er teilnahmslos, »bevor ich wußte, daß sie tot ist. Jetzt erinnere ich mich, du bist zum Essen gekommen.« Er blickte auf den Tisch, den sie benutzt hatten. »Wir haben gegessen. Vor tausend Jahren.«

»Würde ich denn nur deshalb hierherkommen, zum

Essen? Was zu essen kann ich überall bekommen. Warum sollte ich hierher zu dir kommen? Wir lieben uns nicht. Wir sind nicht einmal enge Freunde.«

»Warum hast du's dann getan?«

»Ich habe dir gesagt, daß sie in meinen Armen gestorben ist. Verstehst du jetzt?«

Er sah sie seltsam an, als verstünde er es in einer jähen Vorahnung tatsächlich. Aber er gab es nicht zu. Und er zeigte keine Angst.

»Ich habe ihre Schritte zurückverfolgt«, sagte sie ihm. »Die Schritte, die sie von dir weggeführt haben. Möchtest du wissen, wohin sie sie geführt haben, worauf zu?«

»Ich möchte alles über sie wissen, was es gibt«, sagte er so unersättlich wie je. »Alles über sie will ich wissen, hören, erfahren. Das bringt sie für ein Weilchen zurück, in all ihrer Glut, all ihrem Glanz, all ihrer Herrlichkeit.«

»Ihre Herrlichkeit war Schande und Dunkelheit, die Herrlichkeit, in die du sie gestoßen hast«, spie sie ihm entgegen. »Das Krankenhaus hat vielleicht die Schocksymptome kuriert, aber an dem Tag, an dem sie es verließ, war sie krank, krank am Geist und krank an der Seele. Auf ihr lag ein Schatten. Sie versteckte sich, versuchte, sich vor diesem Schatten in einem billigen, möblierten Zimmer zu verstecken. Ich war dort. Ich sehe sie vor mir, wie sie gewesen sein muß. Die Rouleaus ganz heruntergezogen, den ganzen Tag; wie sie sich vor dem Leben versteckte, es auszusperren versuchte. Wie sie manchmal im Bett zitterte, obwohl ihr nicht kalt war. Wie sie nachts aus ihrem Fieberschlaf erwachte und ihr Grauen und ihre Verzweiflung hinausschrie.

Sie sah, daß es nur einen Weg gab, diesen Schatten

zu zerstreuen, nur einen Weg, ihr Herz davon zu reinigen. Nur einen Weg zur Läuterung. Sie war in einem Glauben erzogen worden, der es verbietet, Selbstmördern die Sterbesakramente zu spenden oder sie in geweihter Erde zu bestatten. Dieser Weg war ihr also verstellt, sonst hätte sie sich bestimmt dafür entschieden. Aber durch all das, was sie durchgemacht hatte, fürchtete sie sich zu sehr davor, einem Tod ohne Trost ins Auge zu sehen, für alle Ewigkeit eine Verstoßene zu bleiben, eine Unselige, für die niemand betete. So entschloß sie sich zu einem zweiten Verbrechen, einer zweiten Sünde, vielleicht weil sie die geringere von beiden war, wer weiß? Die, die eher abzubüßen war. Und das war die Auslöschung, die Ausmerzung des Ursprungs der Unreinheit, die sie verschlungen hatte. Das war der einzige Weg, wie sie Frieden finden konnte.

Sie verließ das Zimmer, gab das Zimmer vorläufig auf und ging zu ihrer Mutter zurück. Um sich etwas zu fassen und um ihre Vorbereitungen zu treffen.«

Sie sah seine Brauen unwillkürlich zucken.

»Sie kaufte sich einen Revolver«, sagte sie. »Ich habe ihn. Er ist auf ihren Namen registriert.«

Sie sah, wie seine Augen sich flüchtig auf die Handtasche und dann wieder auf ihr Gesicht richteten.

Er weiß es, sagte sie sich. Er weiß es.

Da war keine Angst. Und da war auch kein Wille zur Selbsterhaltung, kein verschlagener, berechnender Blick, mit dem er plante, wie er am besten entkommen oder sich herauswinden konnte. Sie hatte nicht diesen Eindruck. Es war eher wie bei jemandem, der so geduldig wie möglich darauf wartet, daß ihm etwas Gutes, eine Wohltat widerfährt.

»Für ein Mädchen ist es in vieler Hinsicht viel leichter, einen Waffenschein zu bekommen, als für einen

Mann. Zumindest, wenn sie der zuständigen Behörde bekannt ist, schon ihr ganzes Leben lang in der Gemeinde wohnt und einen guten Ruf hat. Sie kann es mit Belästigungen begründen, mit wirklichen oder eingebildeten; mit der Angst, spät nachts auf dem Nachhauseweg verfolgt oder angesprochen zu werden; mit der Angst vor Einbrechern, wenn sie allein oder, wie in Starrs Fall, nur mit einer älteren Frau in einer Wohnung wohnt; mit verrückten oder obszönen Telefonanrufen; mit allen möglichen derartigen Dingen.

Ich weiß nicht, ob Starr das getan hat. Ich weiß allerdings, daß sie ihren Waffenschein und den Revolver bekommen hat. Sie hat ihn ganz offen in einem Sportgeschäft gekauft.

Als sie im Begriff war, wieder hierher zurückzukommen, nahm ihn ihre Mutter, die sich genug zusammengereimt hatte, um über die ganze Sache beunruhigt zu sein, heimlich aus ihrer verschlossenen Tasche und versteckte ihn. Sie übergab ihn mir, als ich Schritt für Schritt Starrs Weg zurückverfolgte.«

Diesmal vermied er es, die Handtasche anzusehen, aber sie erkannte an seinen Augen, daß er es wollte.

»Daß sie den Revolver nicht mehr hatte, entdeckte Starr tatsächlich erst, als sie wieder in das gleiche möblierte Zimmer zurückgekehrt war, in dem sie beim ersten Mal gewohnt hatte. Ich nehme an, sie hätte sich einfach darum bemüht, hier in der Stadt einen anderen zu bekommen, was nicht ganz so leicht gewesen wäre. Aber ehe sie überhaupt etwas unternehmen konnte, ging sie ganz zufällig an den Fenstern im Erdgeschoß meiner Pension vorbei — und brauchte keinen Revolver mehr. Durch mich ist sie ums Leben gekommen.«

Sie sah, wie er eine Hand um seine Kehle legte und fest zupackte, als täte ihm dort das Atmen weh.

»Ich habe gelobt auszuführen, was sie im Leben am meisten wollte. In dem Trümmerhaufen von Leben, der ihr noch geblieben war.

Vor allem wollte sie deinen Tod.«

Bei diesen Worten neigte er in einer Art fatalistischer Ergebung den Kopf, als wollte er sagen: Wenn sie es so wollte, dann sei es.

»Und ich bin verpflichtet, das für sie auszuführen. Denn ich habe ihr Leben genommen und muß an ihrer Stelle tun, woran ich sie gehindert habe.«

Jetzt endlich öffnete sie die Handtasche und zog den Revolver heraus. Er zuckte leicht zusammen, ganz kurz, wie man es tut, wenn man weiß, daß ein Schmerz bevorsteht. Ein notwendiger, heilsamer Schmerz. Dann wandte er sich ihr voll zu, wie um ihr ein größeres Ziel zu bieten, auf das sie schießen konnte, und holte tief Atem. Es klang fast erleichtert.

Er sagte von da an kein Wort mehr, solange sie noch im Zimmer war.

Obwohl die Waffe so, wie sie auf der Seite lag, direkt auf ihn zielte, hob sie nicht die Hand.

Er beugte sich leicht zu ihr vor. Nicht in dem Versuch, die Lücke zwischen ihnen zu schließen, nach dem Revolver zu greifen oder ihn zur Seite zu schlagen. Denn er behielt die Arme, wo sie waren — sie waren jetzt leicht nach hinten versetzt —, und beugte sich nur mit dem Oberkörper vor. Er neigte sogar das Gesicht leicht nach oben, als versuche er ihr zu helfen, mitzuwirken. Und seine Augen flehten, bettelten, sie konnte nicht verkennen, was sie zu ihr sagten. Sie baten um das Geschenk, das sie allein ihm geben konnte. Das Geschenk des Todes. Das Geschenk eines glatten, schnellen Todes, und dann kein Grauen mehr, keine Angst mehr, kein gar nichts mehr.

Ganz außen in seinem Mundwinkel kroch sogar kurz seine Zungenspitze hervor und berührte wie in kaum gezügelter Erwartungsfreude den Lippenrand.

Dann senkte er die Lider über die Augen und wartete einfach, etwas schnell atmend, aber hoffnungsvoll. Krümmte sich nicht zusammen. Wartete gebannt auf den Ritterschlag der Erlösung. »Du bist frei.« Gottes größtes Geschenk an den Menschen: der Tod.

»Aber ich werde es nicht tun«, sagte sie im gleichen Tonfall, in dem sie sich vorher bei Tisch unterhalten hatten. »Ich kann nicht. Das sehe ich jetzt. Es ist nicht meine Sache. Warum sollte ich mich einmischen? Wer hat mir das Recht dazu gegeben und wer hat mir die Verpflichtung auferlegt? Ich muß an mein eigenes Glück, meinen eigenen Frieden denken. Ich habe schon einen Tod verursacht, ein Leben genommen. Warum sollte ich dem ein zweites hinzufügen? Macht es das meinem Gewissen leichter, das erste zu ertragen? Nein. Warum sollte ich meine Schuld gegenüber Starr begleichen, nur um dann dir gegenüber eine neue auf dem Hals zu haben? Und nach dir, wer kommt dann? Weiter und weiter und weiter, wie die Glieder einer endlosen Kette. Und wenn sie dich jetzt ansehen könnte, so wie ich dich ansehe, vielleicht wollte sie dann gar nicht, daß du tot bist. Denn die weitaus größere Strafe für dich ist, nicht tot zu sein. Ich glaube, für dich ist das Leben der Tod. Und der Tod wäre – einfach eine Flucht. So wird Starrs Wille am Ende doch erfüllt.

Meine Hand wird nicht in dein Schicksal eingreifen.«

Er hatte längst verblüfft und vorwurfsvoll die Augen aufgerissen.

Sie war aufgestanden, und dabei war der Revolver von ihrem Schoß in die Sofaecke geglitten. Sie machte keine Anstalten, ihn wieder an sich zu nehmen. Wenn sie ihn überhaupt sah, so hatte er für sie alle Bedeutung verloren; ihre Sinne waren zu sehr von dem metaphysischen Problem in Anspruch genommen, das sie beide beschäftigte, so daß unbelebte Gegenstände um sie herum unwichtig waren oder gar nicht existierten.

Er schien ihn auch nicht zu bemerken. Unverwandt blickte er ihr ins Gesicht, mit seinen gehetzten, flehenden Augen, die sich so sehr anstrengten, daß sie wie weiße, in sein Gesicht geschlitzte Narben waren. Nichts anderes existierte. Bis ans Ende waren sie stumm bettelnd auf sie gerichtet.

Sie machte die Tür auf und sah sich von dort aus nach ihm um. »Auf Wiedersehen«, sagte sie ruhig. »Gott sei deiner Seele gnädig. Deiner armen, armen Seele.«

Sie schloß die Tür und entzog ihn ihrer Sicht.

Sie rannte und rannte und rannte, durch endlose Korridore der Nacht — wie Starr einmal die nicht zu bewältigende Strecke zwischen seinem Bett und seiner Haustür gerannt war —, rannte meilenweit und rannte stundenlang, durch zahllose Kurven und Querstraßen und Abzweigungen und Steigungen und Gefälle und Schlangen von Taxis und quietschende Bremsen und die stützenden Arme von Portiers und Fahrstuhlführern, bis das Rennen endlich aufhörte und sie still lag, in einer Hand ein Häufchen kleiner weißer Pillen, in der anderen eine kleine, halbleere Flasche.

Als sie am Morgen nach einem von Beruhigungsmitteln erzeugten Schlaf die Augen aufschlug, wußte sie es irgendwie sofort. Er war nicht mehr auf einer Welt mit ihr. Er war tot.

Sie war so sicher, so überzeugt, daß sie sich fast nicht die Mühe machte, sich zu vergewissern. Als sie sich angezogen hatte, ging sie wie gestern ans Fenster, stand da und sah hinaus. Wie lange gestern her schien.

Sie schaute hinauf zum Himmel und auf die Wolken, die darüberhin glitten wie kleine weiße Baumwollbäusche, die sich zum Teil durch ihre eigene Geschwindigkeit entwirrten. War die Welt ohne ihn besser? War sie schlechter? Sie war weder das eine noch das andere, das wußte sie. Es war eine vergeßliche Welt, sie nahm nicht einmal wahr, daß er fort war. Eine Menschenseele weniger, das war alles.

Sie schaute zufällig auf die Uhr an ihrem Handgelenk, und es war zwei Minuten nach halb. Gerade rechtzeitig für die halbstündlichen Kurznachrichten. Die Hauptmeldung hatte sie vermutlich verpaßt, aber das war sicher etwas Politisches gewesen, höchstwahrscheinlich der Kongo. Sie drehte den Knopf des kleinen Transistors, der den Vorteil hatte, keine Zeit zum Warmwerden zu brauchen. Das Radio ging abrupt mitten in einer Meldung an, eine Schießerei in der West Side im Zusammenhang mit Rauschgift. Sie hörte sich die gesamte Nachrichtensendung an, ohne etwas von persönlicher Bedeutung zu erfahren.

Dann brachten sie wieder Musik. Sie ließ das Radio an, schenkte dem, was sie hörte, aber keine Beachtung. Sie verspürte den Drang, das Radio auszumachen und die Lampe auszuknipsen, und sie erinnerte sich daran, wie sie das schon einmal getan hatte und am Ende den Revolver ihres Vaters genommen und sich an die Schläfe gedrückt hatte.

Wenn er bloß losgegangen wäre, als sie abdrückte. Sie erinnerte sich an Vernon Herrick, wie er ihr mit wildem Blick von seiner Verletzung auf Tarawa erzählt hatte. Er hatte recht — manchmal waren die, die starben, die Glücklichen.

YOU AND I, TOGETHER ALL ALONE,
IN A LITTLE COUNTRY OF OUR OWN,
WHERE THE POPULATION'S ONLY TWO —

Sie fuhr zusammen. Hatte sie Halluzinationen? Oder war das ihr Lied, was da im Radio kam?

Die Melodie war fremd, nichts, was sie schon einmal gehört hatte. Aber der Text war von ihr, das eine Textfragment, zu dem sich Dell wohlwollend geäußert hatte. Der Rest des Textes war ihr so fremd wie die Melodie. Überwältigt hörte sie sich das Lied bis zu Ende an, und am Ende kam ihr Stückchen Text als Höhepunkt des Liedes.

YOU AND I, TOGETHER ALL ALONE,
IN A LITTLE COUNTRY OF OUR OWN,
WHERE THE POPULATION'S ONLY TWO.

Es war leicht zu erraten, was passiert sein mußte. Dell war von den Worten mehr beeindruckt, als sie zugeben wollte, und hatte sie an einen professionellen Komponisten weitergegeben. Und der hatte sie in ein Lied eingearbeitet, sie ohne Skrupel gestohlen, und jetzt hatte eine Sängerin das Lied aufgenommen, und es wurde gesendet. Vielleicht wurde es sogar ein Hit.

Welche Ironie, dachte sie. Daß ein Lied mit eben diesem Text genau in diesem Stadium ihres Lebens populär wurde.

Denn sie stand genauso da wie zu Beginn. Ganz allein, auf ihrer eigenen verlassenen Insel.

Während sie den Suchknopf am Radio drehte, um das Lied auf einem anderen Sender zu finden, klopfte es an der Tür.

Die Polizei, dachte sie.

Sie machte das Radio aus, näherte sich der Tür. »Wer ist da?« rief sie.

Die Antwort kam gedämpft. Sie konnte sie nicht verstehen.

»Wer ist da?«

»Warum machst du nicht auf und siehst nach?«

Es war seine Stimme! Ihr Herz machte einen Sprung. Sie öffnete die Tür und erschauerte bei seinem Anblick.

»Es ist was Komisches passiert«, sagte er. »Ich hab' das gleiche erlebt, was du vor einem Jahr erlebt haben mußt, außer, daß der Revolver nicht versagt hat, und er ist auch nicht losgegangen und hat jemand anders getötet. Was passiert ist, hat sich nur in meinem Kopf abgespielt, aber es ist auf das gleiche hinausgelaufen. Ich habe mich für das Leben entschieden.«

Ihr Herz hämmerte in ihrer Brust. Sie schaute ihm in die Augen, spürte seine Kraft.

»Wofür entscheidest du dich, Madeline?«

Sie lag in seinen Armen. Er drückte sie an sich, strich ihr übers Haar.

YOU AND I, TOGETHER ALL ALONE,
IN A LITTLE COUNTRY OF OUR OWN,
WHERE THE POPULATION'S ONLY TWO —

Hatte sie das Radio nicht ausgemacht? Doch, natürlich. Aber die Musik spielte in ihrem Herzen, ihrem Kopf. Schon einmal hatte sie sich für das Leben entschieden — für ein Leben allein, ein Leben entschlossener Rache. Nun entschied sie sich wieder für das Leben — ein Leben mit ihm, ein Leben in Liebe.

Die Musik schwoll an und übertönte alles Denken.